EL PRISIONERO DE LA PLANTA 15

SALVADOR PERPIÑÁ

EL PRISIONERO DE LA PLANTA 15

HarperCollins

Editado por HarperCollins Ibérica, S. A.
Avenida de Burgos, 8B - Planta 18
28036 Madrid
www.harpercollinsiberica.com

El prisionero de la planta 15
© Salvador Perpiñá Gutiérrez, 2026
© 2026, para esta edición HarperCollins Ibérica, S. A.

Diseño de cubierta: Pedro Viejo Diseño
Maquetación: MT Color & Diseño, S. L.

ISBN: 978-84-1064-141-9
Depósito Legal: M-27313-2025
Impreso en España por: Liber Digital

Índice

A Paloma

I

Un hombre resucita en el Edificio España

El vapor velaba la imagen del cuarto de baño reflejada en el gran espejo sobre el lavabo, el escenario vacío para una tragedia de argumento indescifrable. El agua caliente rebosaba la bañera para atravesar el salón, deslizarse por debajo de la puerta del apartamento y, como en un sueño de fiebre, recorrer los pasillos de la planta quince hasta precipitarse escaleras abajo. Podría haber sido mucho peor.

Lucía cerró los grifos y volvió al salón. Víctor estaba echado en el sofá, muy pálido. Lo atendía el bueno de Julián, el portero de noche, que había tapado su desnudez con una espesa manta del dormitorio, de un burdeos intenso. Lucía guardó la jeringa en la caja de ébano, que perteneció al padre de su padre, y la escondió de miradas indiscretas. Solo entonces se sentó al lado, se inclinó sobre él y le acarició la frente.

—¿Otra vez?

Él sonrió al oír la voz de su hermana y sentir el tacto de aquellas manos. Tras los años de aflicción, aún perduraba la sonrisa. Los dedos olían a un familiar jabón fragante. Víctor los besó.

—Entonces no me he muerto.

—Ya sabes que no es fácil acabar contigo.

—¿Y toda esta niebla?

Lucía le pidió a Julián que abriera las ventanas. Víctor se incorporó y vio al joven moviéndose con ligereza mientras el vapor caliente se escapaba hacia las estrellas sobre Madrid. Julián le caía bien, con su aire de tunante y el orgullo un poco infantil con el que paseaba su uniforme. Se entendían: el portero de noche sabía guardar sus secretos, pero también contarle los de los demás.

—La he liado buena, ¿verdad?

Julián ahogó una risita mientras volvía a repasar con la fregona el suelo del salón.

—Más se perdió en Cuba, y vinieron cantando.

Víctor se dejó caer de nuevo sobre el sofá.

—Se me fue la mano. Lo siento.

—¿De verdad se te fue la mano? No quiero que me mientas.

Víctor podía percibir la culpa que ella sentía en ese momento, no menos tangible que el vapor que escapaba por la ventana hacia el cielo.

No mentía, no quería matarse, simplemente necesitaba desaparecer por unas horas. Lucía recorrió con la mirada el salón hasta la puerta abierta del baño, al fondo, intentando hacerse una idea de los daños. De los otros, de lo que estaba ocurriendo dentro de la cabeza de Víctor, prefería no encargarse ahora.

—Lo estabas llevando bien, sabías controlarte.

Víctor sonreía con tristeza, los ojos cerrados.

—Dios… Si llamas llevarlo bien a la vida que llevo…

—¿Por qué? Dímelo.

Víctor señaló un telegrama sobre la mesa. Su hermana se puso en pie y lo examinó con aprensión. Imaginaba cualquier cosa, pero no lo que se encontró en el interior. Apenas doce palabras habían desatado la catástrofe:

Necesito que vengas a verme.
Quiero que encuentres a mi hija.
Virginia.

Se acercó a la ventana abierta y se asomó al exterior. Nunca se acostumbró a ver la ciudad desde esa altura. Entendía a Víctor cuando le decía que allí se sentía seguro. Todo parecía tan lejano…, como si nada pudiera alcanzarla y hacerle daño. Y, sin embargo, todo lo que se extendía allá abajo estaba lleno de peligros. El viento cortante de una noche de noviembre entraba sin obstáculos. Lucía no sabía que ese aire venía de muy lejos, de la sierra de Guadarrama, para atravesar después los bosques de la Casa de Campo, donde a esas horas los jabalíes hozaban la tierra húmeda y los zorros se daban a sus cacerías, un mono rhesus escapado del zoo se escondía en las ramas de un árbol, asustado por la oscuridad, y una lechuza miraba dormir a un mendigo, un antiguo soldado cuyos aullidos de demente alarmaban a los novios que allí se aventuraban.

Encendió un cigarrillo e intentó dejarse llevar por los sonidos, los olores de la ciudad que se extendía a sus pies y anunciaban que a aquellas horas un mundo diferente empezaba a despertar, un mundo desconocido para los hombres y mujeres cansados que dormían en sus casas. Otros hombres, otras mujeres salían de sus escondites y ocupaban ahora las calles oscuras, entregados a otros asuntos, otras leyes. Se dio cuenta de que estaba temblando. Y no era por el aire que la atravesaba.

Tenía miedo porque podía hacer que la pequeña inundación se quedara en mero accidente doméstico, podía comprar el silencio del doctor que dentro de unos minutos vendría a atender a un morfinómano que se había excedido con su dosis, pero no podía hacer nada para evitar lo que aquel telegrama iba a desencadenar en aquella cabeza. Lucía le había hablado muchas veces de cómo el hombrecito Víctor le juró, cuando sus padres murieron, que siempre cuidaría de ella. Ahora, el hombre tumbado en el sofá parecía incapaz siquiera de cuidar de sí mismo. Tenía miedo de quedarse a solas con él, tenía miedo de saber, tenía miedo de que él empezara a saber, pero Julián no tardó en terminar su trabajo y, tras vaciar el último cubo de agua en el baño, se retiró discretamente con una buena propina e instrucciones muy precisas para responder a la policía y la aseguradora. Inevitablemente, Víctor y Lucía se quedaron solos.

Ella le cogió la mano. Pensó que todo sería más fácil si hubiera muerto en la bañera, y le asustó pensarlo.

—¿Qué vas a hacer?

—No pienso ir. Por nada del mundo.

Lucía asintió en silencio. No, no podía hacer nada.

II

Un paseo fuera de la cueva

A la mañana siguiente, Víctor Cano casi tuvo que gatear hasta el cuarto de baño desde su cama. Era como si sus miembros fueran de goma y su cráneo estuviera lleno de un fluido cenagoso. Intentó afeitarse como pudo, se aplicó una enérgica loción facial y se peinó con el resto de un tubo de gomina caducada. Verificó su aspecto ante el espejo, mientras se anudaba la corbata con las manos temblorosas. Parecía una estrella de cine caducada.

Salió de puntillas al salón, Lucía estaba dormida en el sofá. La blusa gris y la estricta falda dobladas primorosamente sobre una silla. Un vaso casi vacío junto a una botella de coñac, sus gafas al lado. Ella también se defendía del mundo como podía. Cubrió con la manta un pie descalzo que había quedado descubierto y, al mirar su cara dormida, intentó encontrar a la niña que aparecía en aquellas viejas fotografías. Eso lo hizo sentirse mejor; a él ya le resultaba imposible imaginar al niño que jugaba con ella.

Le cogió algunos billetes del bolso. Cerró la puerta con cuidado y enfiló con toda la dignidad posible el largo pasillo. Salvo un olor a humedad que le provocó náuseas, apenas quedaban restos del desastre de la víspera. Alguien avanzaba desde el fondo del pasillo en dirección contraria a la suya, mirando con perplejidad el aspecto de la moqueta. Era una mujer, una vecina de planta, de la que solo sabía —cortesía de Julián, el portero— que era actriz. Mucho más joven que él, vestía con un estudiado, colorido desaliño. A Víctor lo avergonzó su paso vacilante y la poca juventud que le quedaba en el cuerpo, hasta que se dio cuenta de que ella regresaba de una larga noche y que también trastabillaba al andar. Ella lo miró, se llevó un dedo a los labios y contuvo la risa. Mientras llamaba al ascensor, Víctor oyó el sonido de unas llaves cayendo al suelo y una maldición ahogada.

Víctor bajó en el ascensor, impregnado todavía del perfume floral de su vecina. Volvió a mirarse en el espejo: seguía pareciendo caducado, y ya ni siquiera una estrella de cine.

La luz de la mañana entre unas nubes velazqueñas lo deslumbró y tuvo que ponerse las gafas de sol, que no se quitó en todo el trayecto porque lo hacían sentirse invisible. Como si no llamara la atención su vestimenta desfasada, que apenas destacaba de noche, cuando el tiempo parecía perder su poder, pero que de día iba gritando que ya no pertenecía al mundo. Mientras caminaba en dirección a la boca del metro se preguntó hacía cuánto no salía por la mañana. Antes de lanzarse a atravesar la plaza miró hacia arriba, hacia la fachada del Edificio España, el zigurat, como lo llamaba su amigo Amancio. Hacía un par de años que Víctor solo se movía en un círculo muy limitado en torno a esa mole, y casi siempre tras la puesta de sol. Sintió inquietud al tener que alejarse tanto de su sombrío poder.

Era sábado, era otoño, era el año 1966, y Víctor se fijó en los grupos de jóvenes. No se acostumbraba a su manera de vestir, pero le hacían pensar en algo que él había sido y que había perdido. Qué lejos se sentía ahora de sus ternuras y su inocente brutalidad. Pasó al lado de un quiosco sin ver que, en un lateral, un viejo ejemplar de *Lecturas,* mordido por el sol, mostraba en un recuadro inscrito en su portada a Dolores Rivera en su puesta de largo. La escena, descolorida, fantasmal, parecía acontecer en un tiempo remotísimo.

Siguió caminando. No sabía si sería capaz de encontrar a Dolores, había perdido el don hacía tiempo. Ni siquiera sabía si quería hacerlo, solo pensaba en Virginia, en verla de nuevo. Le daba igual lo que pasara después.

Para entonces, todavía en combinación y sentada en el sofá del apartamento de Víctor, Lucía intentaba despertar del todo. Hacía tiempo que se encontraba mal, especialmente en esas primeras horas del día, pero ahora no podía permitirse pensar en ello. Víctor era más importante. Sabía que se había marchado, sabía que le habría cogido dinero y que iría a ver a Virginia. Se duchó, se contempló desnuda en el gran espejo del baño, y ese cuerpo que escondía tras la austeridad de sus ropas le hizo evocar con tristeza algo que la turbó. Se puso las gafas, se recogió el pelo, dejó un sobre con dinero sobre la mesita del salón y salió, cerrando la puerta con su juego de llaves. Se preguntó si, en el estado en que estaba, Víctor sería capaz de llegar por sí mismo a la calle Alfonso XII.

Sus temores no eran exagerados. Víctor siguió un itinerario confuso de cerca de diez mil pasos hasta llegar a su destino. Tras sufrir un pequeño episodio de ansiedad en el metro, se equivocó de línea y acabó en Cuatro Caminos. Allí se metió en un bar de aspecto anónimo y, para serenarse, ingirió tres cafés, dos cruasanes y un pincho de tortilla que acto seguido vomitó en el baño. Llamó a un taxi y se dirigió a la mansión de Santiago y Virginia Rivera.

Una vez ante el ostentoso portal, tuvo miedo de subir y decidió retroceder y vagar por el Retiro a paso vivo para espantar la indecisión. Se quedó dormido en un banco durante unos minutos, tuvo fantasías de muerte por ahogamiento frente al estanque, sin querer dio una dirección equivocada a una pareja de ancianos catalanes y perdió la noción del tiempo contemplando a los patos, con uno de los cuales pensó por un momento que tenía una conexión telepática.

Templados sus nervios con estos rituales, Víctor entró en el portal y luego en el ascensor. El espejo le devolvió su imagen: ya no parecía caducado, lo que parecía era decrépito. Incapaz de subir cuatro pisos en compañía de su imagen especular, decidió hacerlo andando. Al llegar al segundo piso se quedó sin aliento. Qué tristeza se le vino encima: por su aspecto horrendo, por su estado deplorable, porque había perdido a Virginia y por un sordo presentimiento que aún no acertaba a concretar. En la oscuridad del rellano, apoyó la frente en la pared. Sintió su frialdad. Echó la cabeza hacia atrás y la descargó de nuevo contra el muro. El gesto le proporcionó cierto alivio, su muro de las lamentaciones. Lo repitió otra vez hasta que lo interrumpió una silenciosa pareja de jóvenes monjas que descendían la escalera y lo miraron sorprendidas. Víctor se recompuso, se alisó el abrigo y subió hasta la cuarta planta. Llamó a la puerta. Hacía tres horas que había salido de casa.

Una joven criada con cofia le abrió la puerta. La muchacha parecía entrenada para mostrar una neutralidad absoluta, pero Víctor percibió cierto nerviosismo en la manera en que evitaba mirarlo directamente a los ojos. ¿Sabría ella quién era él? ¿Sabría a qué había venido? Se hizo cargo de su abrigo y lo condujo hasta un gran salón, donde debía esperar.

Víctor se sintió incómodo ante el lujo que lo rodeaba; no era un lujo mensurable en dinero, era un lujo de generaciones. En esa casa no había restos del paso de cuerpos humanos, no había olores peculiares a comida, a tabaco o a cerrado, solo una diáfana neutralidad del aire, una luz museística, augusta. No quiso fijarse en las fotos familiares, no lo hubiera resistido, pero no pudo evitar que un retrato al óleo de Virginia lo observara desde la pared. Víctor intentó no montar una escena y se limitó a pronunciar en voz baja el nombre querido. Al fin y al cabo, la mujer de ese óleo no era ella, no podía serlo; aquellas no eran sus mejillas heladas que él calentaba con sus manos, como ella evocaba en esas cartas que él había leído hasta sabérselas de memoria. Veinticuatro años, seis meses y catorce días.

Ignoraba a qué clase de persona se iba a encontrar. De nuevo un espejo en un aparador lo mostró insignificante y adocenado bajo esa luz patricia, y entonces le entraron deseos de salir corriendo, encerrarse en el zigurat y meterse en vena cincuenta miligramos de Palfium. Pero ya era demasiado tarde, porque una voz que no era la que esperaba, una voz absurdamente timbrada, con algo marcial, pronunció su nombre. Víctor se volvió.

Más alto y con los rasgos más perfilados que la última vez que lo había visto en la clínica del doctor Borau —las cejas le hacían pensar en el muñeco de un ventrílocuo—, más Santiago y más Rivera que nunca. Ahí estaba su antiguo compañero, con una educada sonrisa de bienvenida; franco y varonil, en el umbral de la puerta, mirándolo como si nada hubiera pasado.

III

¿Dónde se esconde Dolores Rivera?

Santiago olía bien, olía maravillosamente bien. Vetiver, romero y lirios, sabe Dios qué. Sus movimientos eran enérgicos, pero de una gran delicadeza. Por un momento a Víctor le pareció como si hubiera muerto mientras subía las escaleras y ahora estuviera en el viejo cielo con el que soñaban los niños. Maldita sea, él hizo la guerra con aquel hombre pulcro. Lo tuvo a su lado, codo con codo, durante meses, con barba de varios días, apestando a sangre, gasolina y arenques ahumados; los dos habrían robado sus provisiones a muchachos rusos más jóvenes que ellos a los que acababan de matar, habrían cagado juntos entre la nieve escuchando los grandes clamores de destrucción más allá de la línea del bosque. ¿Cómo podía no recordar nada de aquello?

Solo recordaba que aquel prócer fragante lo había traicionado. Víctor se debatía entre el deseo de matarlo, sí, de golpear su cabeza contra la esquina de una mesa hasta romperle el cráneo, y una absurda necesidad de abrazarlo, de llorar sobre su hombro mientras aspiraba aquella vaharada de vetiver, romero y lirios. Víctor se felicitó por traducir esa turbulencia de emociones en un ligero parpadeo.

Santiago lo invitó a sentarse. Lo trataba con un vago eco de la camaradería marcial de entonces, pero conservando una especial distancia. Víctor era muy sensible a esos matices. Podía interpretarlo como un asco ante aquello en lo que él se había transformado o simple distancia de clase, aunque no, había algo más, algo que el Víctor de otro tiempo hubiera podido descifrar y que le resultaba impenetrable en medio de la espesa niebla, hecha de aflicción y desconcierto, en que estaba sumergido al ver los hombros desnudos del retrato de Virginia, aquellos hombros que el tipo que tenía al lado habría besado tantas veces.

Le hablaba, lo tocaba, se comportaba como si efectivamente siguieran siendo amigos, como si no lo hubiera dado por muerto, como si no se hubiera acostado con la mujer que él amaba. Sí, no paraba de hablar y su voz resonaba sobre los cristales de las vitrinas y las copas de vidrio tallado, sobre los flecos de las pantallas, hasta apagarse en el denso tejido de las cortinas. Hablaba y hablaba... Su hija, Dolores, su orgullo y su pena, bella e inteligente, niña princesa, adolescencia difícil, malas compañías y la tarde en que no regresa a casa. Ya hacía tres días. Víctor lo escuchaba como si no tuviera mucho que ver con él, porque no paraba de pensar en la vida que les habría esperado a Virginia y a él si ese trozo de metralla no lo hubiera golpeado cerca de Krasni Bor.

—¿Por qué no llamáis a la policía? —le cortó, abrupto, sorprendido del sonido de su propia voz.

Sintió en Santiago una imperceptible molestia, como la del músico interrumpido en su interpretación.

—No queremos escándalos. Es importantísimo que nada inconveniente trascienda. Espero que lo entiendas. —A Víctor casi le pareció que sonreía al decirlo.

Y la explicación. De cara a todo el mundo, Dolores estaba pasando unas semanas en Bath, perfeccionando su inglés. Sabían que estaba viva —tampoco explicaba cómo lo sabían—, que simplemente era una de sus travesuras y se negaba a volver a casa. Víctor se armó de valor.

—¿Y Virginia?

—Virginia está muy afectada por todo esto.

—Entonces no será una de sus travesuras.

Santiago se levantó en ese momento. Dio un par de vueltas por el salón, se volvió a mirarlo, como un estudiante pillado en falta. Se sentó de nuevo, esta vez un poco más lejos de él. Víctor notó que le cambió el tono de voz, se alegró de ser capaz todavía de detectar ciertas cosas. Santiago estaba nervioso mientras le contaba que su hija tenía buen fondo y que podía imaginar la fundamental rectitud que había respirado siempre en ese hogar, pero no se comportaba de la manera que cabría esperar. No lo decía, pero insinuaba la posibilidad de algún desequilibrio mental. Virginia y él estaban convencidos de que se veía con alguien, alguien que no era como ellos.

—Gente despreciable, morralla, Víctor.

Ahí Víctor percibió ira y se sintió súbitamente intrigado. La niña mimada se complacía en codearse con el lumpen. No era la primera vez que escuchaba algo así, los franceses lo llamaban *nostalgie de la boue*. De repente, toda la limpieza de quirófano de la habitación donde esos dos hombres estaban hablando se empañó, como si una mancha de moho empezara a oscurecer la pintura de la pared. Al fin y al cabo, no hay casa que no oculte pecados, y eso no hay desinfectante que pueda limpiarlo.

—¿Por qué yo?

Porque fue su amigo, porque sabía guardar secretos, porque hubo un tiempo en que trabajó como investigador privado y esa habilidad específica no se perdía, porque conocía esos barrios y a esa gente, se movía bien entre ellos, porque si conseguía hacerla regresar le ingresaría en su cuenta cien mil pesetas.

—Convéncela, hazla entrar en razón.

Lo peor era que Víctor, después de todo lo ocurrido, deseaba hacerlo, deseaba que Virginia se lo agradeciera, como un buen perro espera la muestra de afecto de sus dueños. También necesitaba con avidez ese dinero para costearse el hábito una buena temporada. Se sentía tan miserable que pensó que si en ese momento se hubiera meado encima no habría añadido más vergüenza a la situación. Asintió secamente. Santiago se levantó, él sintió la palmadita sobre su hombro, la palmadita.

Santiago desapareció un instante de la habitación. Sus pasos se perdieron por un pasillo y resonaron sugiriendo un piso inmenso. Un piso por cuyas estancias Virginia deambulaba, veía caer la lluvia tras la ventana; un hogar donde se vestía y se perfumaba, donde iba envejeciendo poco a poco, donde Santiago la besaba, donde había concebido a esa desquiciada Dolores en cuyo guardián se iba a convertir. Se preguntaba Víctor si Virginia estaría en ese momento en la casa, si Santiago estaría hablando con ella en aquel instante. ¿Qué clase de mirada intercambiarían? ¿Significaba su ausencia que ella no quería verlo?

Santiago regresó con una lujosa bolsa de viaje donde había guardado algunas pertenencias de Dolores que podrían ayudarlo en su indagación. Le pidió que actuara con la debida discreción; Virginia y él amaban por encima de todas las cosas a su hija, no querían que le pasara nada, no querían que su reputación se viera alterada. Luego le entregó un sobre con una generosa provisión de dinero para gastos y lo llevó casi del brazo a la puerta, donde la misma criada que lo había recibido y que tenía el don de no mirar directamente a los ojos le ayudó a ponerse el abrigo y le abrió la puerta.

Entonces, su antiguo compañero de armas se lanzó sobre él y le dio un brusco, imprevisto abrazo. Notó su cuerpo más blando de lo que esperaba, gelatinoso, como si no fuera Santiago. Notó que su mano deslizaba algo en el bolsillo de su abrigo.

—Es amigo de la familia. Ya he hablado con él. No te avergüences, todos lo comprendemos.

La puerta se cerró a su espalda y Víctor, aturdido, mareado, sintió un frío incómodo en el silencio resonante de aquel rellano, sosteniendo la bolsa de viaje que contenía las piezas de un personaje de cuento de hadas al que tenía que encontrar en las calles de una ciudad que hacía años había renunciado prácticamente a pisar de día porque no se atrevía a enfrentarse con el mundo real. ¿En qué se había metido? Introdujo la mano en el bolsillo, ya sabía lo que iba a encontrar. Era una tarjeta.

DOCTOR VICENTE ALIAGA
Medicina general

Víctor no tuvo más remedio que sonreír. Habría que hacer una visita al doctor. Le habían arreglado el mes.

IV

Una visita al doctor

Víctor Cano esperaba. Oía pasos por el pasillo, susurros, algún sonido de cacharros de cocina a través del ojo de patio tras la ventana, de una severidad carcelaria que contrastaba con la sala de espera del doctor Aliaga, abigarrada como una sacristía. Presentarse un lunes a la hora del almuerzo era como mínimo descortés, pero pasar todo el domingo en la cama, reponiéndose del mal paso y evadiéndose de sus responsabilidades, le supo a poco y no quiso madrugar.

En la pared, algunas láminas de Andrea Vesalio o del atlas anatómico de Gray, un mapa de España de 1867 y un grabado de Piranesi se hacían notar entre el olor a col hervida y a fenol. Llamó su atención una incongruente máscara africana. También había un reloj de pared, detenido a las seis. El péndulo inmóvil. Nadie se había tomado la molestia de ponerlo en hora o arreglarlo. Sobre una mesa, algunos portarretratos con imágenes de la familia: una esposa triste y unos hijos prematuramente envejecidos. Reparó en una foto en la pared, parecía un acto oficial; Santiago y Virginia formaban parte de un grupo que rodeaba sonriente, unánime, al eminente doctor galardonado. Había un hombre de chaqué con ellos, que destacaba a pesar de estar situado en un discreto segundo plano. Muy alto, rotundo, una cara de huesos fuertes, una jeta de tecnócrata. Si uno se fijaba, y Víctor se fijó, su mano se posaba en el hombro de Santiago.

Por fin, el viejo doctor hizo su aparición sosteniendo aún la servilleta. Áspero, desconfiado, vagamente ausente. Todo lo que su apellido le sugería se materializó en ese instante: el andar afelpado de sus pantuflas, la estatura escasa de los hombres de otro tiempo, un encorvamiento ensimismado, unos ojos apagados tras las antiparras y el ligero fastidio de un burgués al que han interrumpido durante el almuerzo familiar. Sin embargo, en cuanto Víctor se presentó, el doctor reaccionó con una cordialidad impostada que debía ser en él una segunda naturaleza. Sin duda, el nombre de Santiago Rivera era capaz de abrir muchas puertas.

Con un simple gesto del brazo lo invitó a pasar a la consulta.

En ella había una robusta pantalla de rayos X, no muy lejos de un macizo escritorio castellano, con una pesada máquina de escribir encima. El doctor cerró la puerta tras ellos. Lo examinó con la mirada de arriba abajo.

—No parece usted consumido.

—Intento llevar cierto método.

—Enséñeme los brazos.

Víctor lo miró, ligeramente ofendido. Aliaga lo miró, impávido.

—Imagino que no estoy en condiciones de ponerme flamenco.

—Así es.

Víctor se quitó el abrigo, la chaqueta y se desabrochó los botones de los puños. Se remangó y le mostró los brazos. *Ecce homo.*

—Podría estar peor, pero no veo mucho método, señor Cano.

—Quiero dejar de administrarme morfina. Es láudano lo que necesito. Me viene mejor para trabajar.

El doctor se sentó ante el escritorio, abrió un cajón, parecía buscar algo. Víctor se puso de nuevo la chaqueta y el abrigo. Sentía frío.

—Es una buena decisión. No hay fármaco como el láudano, créame. El doctor Sydenham tenía razón cuando decía que si echáramos todos los medicamentos al mar, menos el opio, sería una gran desgracia para los peces y un gran beneficio para la humanidad.

A Víctor le llamaban la atención sus ademanes y su tono de viejo actor de carácter. De repente sentía como si el consultorio, la casa de aquel hombre venido del pasado, las fotos de familia y los recuerdos compartidos con los Rivera fueran las piezas de un decorado de teatro. Si al girar hacia un lado la cabeza hubiera visto una hilera de butacas perdiéndose en la penumbra y unas densas cortinas de terciopelo rojo, no le habría extrañado lo más mínimo. El doctor encontró por fin un paquete de cuartillas con membrete y extrajo una. Mientras la introducía en el rodillo de la máquina de escribir y la situaba a la altura exacta, como quien sigue un ritual repetido hasta la extenuación a lo largo de una vida, Víctor reparó en sus manos, nudosas, con manchas en la piel.

—Cualquier estudiante de medicina sabe que, bien administrado, puede ser muy útil para paliar el lado amargo de la vejez.

—¿Lo sabe de primera mano?

Aliaga lo miró con cierto desdén y empezó a teclear a toda velocidad. Arrullado por el martilleo de la máquina, Víctor observó el material de exploración, que brillaba tras una vitrina acristalada. No se le había pasado antes por la cabeza, y entonces comprendió que ese anciano había visto por dentro y por fuera cada centímetro del cuerpo de Virginia y de su hija. Tras la pantalla de rayos X había seguido el lento desarrollo de los pulmones y el corazón de Dolores, la ausente. Con esos instrumentos de acero —y

Víctor reconoció algunos útiles de ginecólogo— había abierto y escudriñado su más profunda intimidad.

El doctor arrancó de un tirón la cuartilla, firmó la prescripción con una estilográfica y la selló con un tampón. Luego la introdujo en un sobre y se la entregó. Un tesoro que le mantendría saciado durante unas semanas con material de primera calidad.

—En todo caso, a usted le queda bastante para la vejez. Respétese a sí mismo.

Víctor esperaba una señal para poder retirarse, pero parecía como si Aliaga no hubiera terminado. Lo veía un poco incómodo, casi como un niño que deseara algo que no se atreviera a pedir.

—¿Qué ocurre?

—Me gustaría que me dejara examinar su cicatriz. Me han dicho que es algo realmente notable.

Ante la perplejidad de Víctor, el médico le dedicó una de las escasas sonrisas que se debía permitir a lo largo del día.

—Santiago me habló de lo que le pasó en Rusia.

Víctor lo meditó un instante. Favor por favor: no podía negarse. El doctor le pidió que se sentara en un taburete metálico. Víctor se despojó de nuevo de su abrigo mientras Aliaga se vestía con una bata blanca que se abotonó. A continuación, bajó las persianas y encendió una lámpara articulada que situó sobre su cabeza.

Se frotó las manos con alcohol y se acercó a él por detrás. Víctor sintió el peso de su cuerpo inclinándose sobre su espalda, la presión de ambos pulgares sobre los mastoides, la respiración sobre su nuca, una respiración premiosa, diluida. Luego sus finos dedos apartaron el cabello y unas nerviosas yemas recorrieron los nudos de la cicatriz que atravesaba su cráneo desde la frente hasta la nuca. Alumbró la vieja herida con una pequeña linterna de diagnóstico.

El doctor Aliaga se situó frente a él y dirigió la linterna hacia sus pupilas. Víctor sintió como si la escasa realidad que aún podía retener se evaporara definitivamente. Intentó decir algo.

—¿Qué le ha parecido?

Esa luz, esa luz…

Recordó, recordó una incandescencia. Segundos antes, solo el silencio de las estrellas y el susurro del viento entre los árboles, y de repente los cielos se abren, una violenta palpitación de púrpuras, rojos y blancos, grietas que vomitan colores que su ojo jamás ha visto, los órganos de Stalin trazando pentagramas de fuego, la tierra tiembla, sus huesos y sus vísceras tiemblan, los oídos a punto de estallar… Como asistir al nacimiento de un universo de nuevas crueldades. Recuerda esa desorientación, ese instante sin arriba ni abajo, sin antes ni después, como si el alma se desprendiera de él junto con el aire que escapa violentamente de sus pulmones, sin saber desde dónde ve a Santiago aterrorizado como un perro manso y el cuerpo de un compañero seccionado por la cintura —su torso girando en el aire, arrastrando una guirnalda de intestinos y mierda— y la gloria de los ángeles derramándose desde las alturas. Sabe entonces que va a morir, que va a morir sin remedio y va a morir arrebatado por una alegría para la cual aún no hay palabras, porque jamás ha visto nada tan bello.

Aliaga le respondió con un tono carente de la menor traza de ironía.

—Algo verdaderamente notable, sin duda. Usted debería estar muerto.

V

Interior a medianoche

Era un lunes y era medianoche y podemos imaginar a Víctor en el salón de su apartamento. Durmiente diurno, era al ponerse el sol cuando se encendían las luces en su cerebro. Envuelto en una manta y agradablemente entumecido por las primeras gotas de láudano de excelente calidad (opio de Esmirna, azafrán, canela de Ceilán, clavos de especia y vino de Málaga) disueltas en un café cargado, se había sentado ante la mesa de roble oscuro. Sobre ella, una lámpara con una pantalla de porcelana translúcida. Una luz amarillenta envolvía un sector de la mesa y a Víctor inclinado sobre su superficie, donde reposaba una confusión de papeles y carpetas. Como en un viejo interior holandés, el resto del salón estaba prácticamente a oscuras; los muebles, las fotos familiares, los objetos que le recordaban el pasado eran apenas una presencia silenciosa.

Detrás, las densas cortinas semiabiertas y, tras el cristal, la extensión inabarcable de la ciudad, el Madrid de 1966 con sus placeres, sus derrotas y sus espantos. Pero Víctor no veía la ciudad, ni oía sus rumores.

Cerró los ojos y se dejó atravesar por los sonidos que surgían de las profundidades del monstruo de tres mil ventanas y cuatro mil puertas en cuyas entrañas vivía. Sus sentidos, aguzados por el hábito de la soledad y el insomnio, conocían cada uno de esos zumbidos. Ecos de voces, vibraciones casi por debajo de las frecuencias audibles, el funcionamiento de un vasto organismo hecho de calderas, generadores y kilómetros de tuberías. Bajo la influencia del opio, se dejó llevar por la sensación de que el edificio tenía vida propia, que de algún modo lo protegía del influjo de las estrellas, pero también podría empujarlo a la locura, aniquilarlo.

No recordaba el camino de vuelta desde la consulta del doctor, como si hubiera pasado sin solución de continuidad de las escaleras de madera gastada de aquel inmueble de la calle Ferraz a su guarida en el zigurat. No era que le asustaran esas lagunas mentales; se había acostumbrado a vivir con ellas, pero había dejado de llevar casos, le había abandonado la confianza en sí mismo. Al fin y al cabo, no lo necesitaba. Entre la pensión que puntualmente recibía del Gobierno alemán y la ayuda de su hermana, podía ir tirando con su vida de eremita. Pero, maldita sea, resolver enigmas lo sacaba de ese desierto que se iba extendiendo en el centro de su misma existencia, que lo llevó a coquetear con los narcóticos —no solo fueron las migrañas— y finalmente a perder el control de su hábito. Porque había un vacío dentro de sí que todo lo devoraba, y no podía engañarse al respecto.

Durante los meses que pasó ingresado en la clínica del doctor Borau, tras su llegada a España en el Semíramis, Víctor recordaba muy pocas cosas anteriores a la herida. Recordaba a Virginia, recordaba el dolor de la pérdida, de la traición, pero no podía recordar su cuerpo, no podía recordar cuando ella lo miraba de esa manera en que las mujeres miran a aquellos a los que aman. Todo lo olvidó, todo lo perdió, menos la afrenta. Luego, la paciente labor del doctor Borau, la abnegación de su hermana para reconstruir una memoria que era un campo de ruinas, ir llenándose de nuevo de él, de Víctor, el héroe, el desdichado. Y, sin embargo, todavía permanecía algo como una fosa abierta en su interior, como si su ser perdiera pie y estuviera a punto de deshacerse. Ese espanto, ese frío que la hermana morfina sabía mantener a raya.

También había en la sala una estantería con libros. Víctor leyó mucho tras su regreso, tuvo que hacerlo porque —a pesar de todo cuanto le enseñó un compañero del campo de prisioneros, un hombre bueno gracias al que literalmente volvió a nacer— debía empezar de cero y porque en los peores momentos, cuando se transformaba en un ermitaño, le servía para no perder el contacto con la humanidad. Durante años, con las necesidades básicas cubiertas y disponiendo de tiempo, se consagró a leer con avidez cuanto caía en sus manos, a amueblar otra vez su cerebro deshabitado. Un nuevo aprendizaje del mundo, más allá de lo que llaman hacerse con una cultura general, porque era construir otra vez la realidad. Su amigo Amancio, que lo guio en aquellos tentativos pasos de recuperar el pasado de la especie humana, lo llamaba «sus altos estudios». Pobre Víctor, encerrado en su celda monacal a varios metros sobre Madrid y sus pasiones, familiarizándose con el pasado y con el presente, intentando llegar a ser una persona viable, alguien capaz de entender esa ciudad populosa, las conversaciones de sus semejantes, todo aquello que les gustaba o les repugnaba, y eso abarcaba desde el funcionamiento de la naturaleza hasta las historias y fabulaciones urdidas a lo largo de los siglos, desde fechas y migraciones hasta las canciones que enamoraban a las muchachas. Jamás se pudo aplicar a una persona con más propiedad lo de ser un «hombre hecho a sí mismo».

Podría volver a ejercer. Podría reducir poco a poco la ingesta diaria, podría volver a visitar los infiernos de la abstinencia. Alguien que había pasado once años en un campo de prisioneros podía enfrentarse a eso, aunque no a la insidiosa sospecha de que recobrar la lucidez lo destruiría. Era agradable vivir así, fosilizándose lentamente, con la seguridad de quien duerme en el regazo materno. A veces pensaba que si morir se parecía a eso, podría ser casi apetecible.

Pero no era el momento de morir. Sentía que había alguna forma de justicia poética en que fuera él quien encontrara a la hija de Virginia. No sabía por dónde empezar. Le faltaba la distancia necesaria para hacer lo único para lo que parecía dotado: rastrear, encontrar, despejar lo ambiguo y sacar a la luz lo oculto. Estaba tan desentrenado… ¿Cómo podría averiguar el paradero de Dolores Rivera en un laberinto de millones de habitantes?

Sabía que no podría resistir presentarse ante ella con las manos vacías. Así que se armó de determinación.

¿Qué tenía? ¿De qué piezas disponía para armar una versión inteligible de la evasiva, misteriosa Dolores?

Revistas. Revistas de hace años sobre asuntos mundanos con las que había arramblado en la peluquería de señoras cerca del zigurat, cuando estaban a punto de cerrar. Doña Teresa, la propietaria, le tenía mucho afecto y a veces —cuando no lo hacía Lucía, su hermana— le cortaba el pelo y le arreglaba las uñas, para regocijo de sus clientas, que encontraban a Víctor un hombre muy distinguido. Dolores aparecía en ellas con singular asiduidad: puestas de largo, bodas de ensueño, algún acto benéfico. «En el Club Náutico de San Sebastián han sido presentadas en sociedad quince bellas muchachas, hijas de socios de la señorial entidad deportiva, que estaban encantadoras con sus primeras galas de mujer… La joven debutante Dolores Rivera supo deslumbrar a todos con su fresca belleza, su porte señorial, su modestia femenil y su encanto personal».

Unas veces se la veía sola; otras, en compañía de su madre. Se parecían asombrosamente, y Dolores era como una versión algo mejorada de una Virginia a la que los años habían robado parte del brillo con el que aparecía en las fotos que Víctor aún conservaba. La visión de ambas se le antojaba extraña, como una simbiosis antinatural. Virginia necesitaba a Dolores como una prolongación en el tiempo de sí misma, pensó. Virginia acabaría sufriendo cuando no resistiera la comparación con ella, imaginó.

Luego le echó un repaso a lo que Santiago (o acaso Virginia) había introducido en la bolsa, con la convicción de que podía ayudar a Víctor en su tarea.

Un álbum de la familia consagrado a mayor gloria de Dolores Rivera. La vida de la joven se desplegaba ante él como una leyenda. La pequeña Lola, orgullo de sus papás, tumbada boca arriba en la cuna, la risueña Lola, que apenas había aprendido a andar, ataviada con un abriguillo ante una calle iluminada por Navidad. Sus amigas de la infancia con uniformes escolares, en fiestas de cumpleaños, en actos celebrados en el patio de un colegio de monjas. Todas esas caras que él desconocía, descaradas, burlonas o ensimismadas. Tan diferentes, tan reveladoras. Algunas de esas caras desaparecían llegado un momento; otras permanecían a lo largo del tiempo. Solo algo era constante: Dolores era irrefutablemente bella, y el paso de los años no hacía sino acentuar ese don.

Cartas, cartas recibidas por Dolores Rivera. Su lectura resultaba decepcionante. Si existía alguna correspondencia reveladora, Dolores la debía tener muy bien escondida. Eran cartas de amigas del internado, de algún intercambio en el extranjero, de primas o amistades hechas durante un veraneo. No había confidencias, nada secreto, nada ni siquiera equívoco. Información inane expresada en un tono convencional. Las cartas evocaban una adolescencia dorada de pinares y piscinas, de deslizarse en esquí ladera abajo, de paseos indolentes en bicicleta junto al mar de los veranos. Toda esa imaginería, tan parecida a sus propios recuerdos tan trabajosamente recuperados, le provocó un instante de perplejidad. A veces le pasaba, como una interferencia dentro de su cerebro, como una voz de muy lejos que se cuela dentro de una llamada telefónica.

En todo caso, la Dolores que podía deducirse de toda esa prosa relamida carecía de interés; no había nada que encajara con la idea de una oveja negra que su propio padre pretendía transmitir. Una serie de cartas de una profesora de francés del Colegio de las Esclavas del Sagrado Corazón —Marion, que así se llamaba, escribía a su exalumna en papel con membrete del centro— no le resultaron de gran utilidad porque Víctor desconocía bastante el idioma, pero el apelativo *ma chérie* y el hecho de mantener una relación epistolar con ella años después de terminar sus estudios en el centro sugerían cierta complicidad. La suficiente como para que Marion le hablara con nostalgia de Polignac, el pequeño pueblo en el que transcurrió su infancia y donde fantaseaba con volver. Una cita de Baudelaire —*la tyrannie de la face humaine a disparu, et je ne souffrirai plus que par moi-même*— sugería que ambas compartían alguna forma de rebeldía contra el mundo.

El sonido de uno de los ascensores del edificio al subir le perturbó. A Víctor siempre le resultaba amenazador. Entre la sirena de un barco perdido en la niebla y el mugido de un animal fabuloso. Acabó deteniéndose en su planta, y un grupo de personas atravesó el pasillo. Risas jóvenes, hombres y mujeres. Una de ellas, su joven vecina. Se cerró una puerta y las risas se extinguieron. Se sintió oscuro y monacal, pero tenía que seguir, y ahora sería incapaz de dormir.

Alargó la mano hacia una libreta con aspecto de diario. Sus páginas aún olían a ella, a su perfume. Cerró los ojos e intentó reconstruir algo con esa aura de Dolores que aún permanecía. Carne de la carne de Virginia.

El diario era un animalito muy diferente. No era un diario convencional; en él la joven no levantaba acta de sus acciones, no dejaba testimonio de sus andanzas. Más bien parecía que ocultaba, borraba sus pasos. Dolores, empezó a sospechar Víctor, se había hecho maestra del fingimiento. Sin embargo, sí que había una dimensión de confesión íntima. Al fin y al cabo, para eso se escribe un diario. Era una bitácora de estados de ánimo, una carta de navegación de las emociones de una joven bastante peculiar.

El diario era extenso y se conformó de momento con un repaso general. Constaba de pequeños apuntes introspectivos y algún poema ocasional. Los poemas le sorprendieron; tenían cierto carácter. Con elegante pudor no exhibían sus sentimientos, sino su mirada sobre las cosas, pero —y a Víctor no se le escapaba— revelaban que no era feliz. Había algo roto, devastado, una pérdida que, precisamente por expresarse en voz baja, resultaba lacerante. Los apuntes eran pequeñas observaciones de costumbres. Dolores se complacía en detectar debilidades y mezquindades en su entorno inmediato, todo aquello invisible al ojo normal y a la ceguera de los afectos. Ese catálogo de seres fallidos aparecía oculto tras iniciales. Nunca daba nombres. No se lo ponía fácil. El contraste entre la prosa edulcorada de las notas de sociedad de las revistas, el tono relamido pero impersonal de las cartas y el cinismo de su mirada sobre ese ambiente resultaba perturbador.

No se hacía ilusiones sobre sus semejantes, el mundo según esa chica que no había cumplido aún los veintitrés años era un lugar poblado de seres ambiciosos y sujetos a pasiones que ni siquiera tenían el valor de reconocer. Arribistas, hipócritas, deleznables, así eran todos aquellos con los que trataba a diario. Su ironía podía a veces ser demoledora. Dolores sabía mirar, aunque parecía carecer de la inocencia necesaria para ser capaz de amar.

Las horas de duermevela lúcida del opio llegaban a su fin, y ahora empezaba el descenso. Víctor decidió que ya estaba bien por aquella noche. Al fin y al cabo, no hacía ni tres días había estado con un pie en el otro barrio.

Cuando se dejó caer sobre la cama y apagó la luz recapituló con un último resto de consciencia. ¿Había descubierto algo revelador? La verdad era que no, seguía tan a ciegas como cuando empezó, lo que no resultaba muy alentador. Sentía que al menos la conocía un poco, y sin embargo sospechaba que había mucho, muchísimo de ella que permanecía en la sombra. Se preguntaba si sería capaz de descubrir certezas en esa sombra.

De repente, cayó en algo en lo que no había reparado. Una ausencia clamorosa en todas esas páginas. No había una sola mención a su madre, Virginia no existía. No se la nombraba ni una sola vez, o no al menos bajo la forma de algo que pudiera recordarle a Víctor la Virginia que él imaginaba. Le desconcertaba esa omisión, no ver escrita la palabra «mamá» en el diario de una muchacha. Las relaciones de una joven con su madre no siempre son fáciles. Hay odios, extrañas rivalidades de una densidad que poco tiene que ver con las luchas dinásticas entre padres e hijos varones. Pero esa ausencia, ese borrado deliberado sugerían algo más turbio de lo imaginable. Algo ante lo que Víctor sintió una insinuación de náusea, como cuando iniciaba su romance con las drogas.

Segundos antes, la pregunta que le acuciaba era ¿quién era Dolores Rivera? Ahora casi había dejado de importarle, porque lo que no podía quitarse de la cabeza era una pregunta en la que estaba en juego en realidad todo cuanto él era o todo cuanto creía conocer sobre sí mismo.

¿Quién era realmente Virginia? ¿Qué sabía en realidad de ella?

VI

No es un trabajo digno, pero alguien tiene que hacerlo

El trabajo de detective tiene poco de excitante. Hay un placer puramente cerebral en la resolución de un enigma, en la confirmación de hipótesis, pero la labor diaria es con frecuencia rutinaria e incluye la travesía de océanos de aburrimiento.

Víctor, tras un somero reconocimiento de la manzana donde residía el matrimonio Rivera, decidió a quién preguntar. No era una decisión menor. El informante debía ser del tipo fisgón, inclinado a la maledicencia. Víctor sabía detectar los rasgos del cotilla con una precisión casi lombrosiana. Más difícil era elegir a alguien que no le fuera con el cuento al investigado. La dependienta de una pastelería situada frente al portal y un quiosquero le parecieron dos alternativas adecuadas. Eligió a la muchacha de la pastelería. A Víctor ya no le interesaban las muchachas, pero sí los pasteles.

Entró en el establecimiento, con algo de antiguo templo de la dulzura: bandejas de colores crema y rosa y chocolate y rojo guinda, protegidas por cristales inmaculados sobre mostradores de madera oscura tallada. Mientras desplegaba una cordialidad de la que todavía era capaz cuando lo precisaba, sus ojos recorrían con avidez las piezas que pensaba adquirir. La muchacha, con un inmaculado uniforme blanco, no le falló y respondió a las cautelosas preguntas que Víctor le dirigía mientras disponía sobre una bandeja de cartón dorado dos tocinos de cielo, un pastel de moka, un milhojas y una trufa. Mientras envolvía con papel la bandeja y la ataba minuciosamente con un cordelito celeste, le contó que la doncella de los Rivera llevaba ya tres años trabajando con ellos y libraba los domingos y los martes por la tarde. Víctor salió de la pastelería sosteniendo con la punta de los dedos el cordel y felicitándose de que fuera martes. Así que se apostó discretamente a una distancia prudencial desde la que el regio portal fuera visible y empezó a dar buena cuenta de la bandeja de pasteles, mientras esperaba la aparición de la criada; por eso le sobresaltó que unos minutos antes saliera envuelta en pieles, más alta de lo que imaginaba, con una expresión entre la tristeza y la arrogancia, con muchos más años en la cara de los que mostraba en aquellas fotos que lo habían alimentado durante años: ella, Virginia, transformada de repente en un enigma. La vio desaparecer en el interior de un taxi que partió sabe Dios a qué destino banal o significativo, daba igual, porque lo que importaba era que el corazón le saltaba en el pecho porque era ella, porque por fin la había podido ver, porque de repente le pareció una extraña, porque tenía miedo de que lo hubiera visto medio escondido, disminuido, irrisorio, atiborrándose de pasteles.

Si hubiera tenido más tiempo para pensar, seguramente habría regresado al zigurat y habría abandonado esa búsqueda improbable para la que no se sentía preparado después de tantos años inactivo, pero en ese mismo instante la criada salió del portal con su abriguito de medio pelo, su bolso y un aire diferente a aquella modestia casi hostil que recordaba del sábado anterior. Sin la cofia, su peinado parecía más de acuerdo con la moda del momento y cierta preocupación se reflejaba en su cara. Empezó a seguirla, tras sacudirse del abrigo y de las manos las migas de los pasteles.

La siguió durante un trecho largo hasta Alcalá y hasta Recoletos y hasta Sagasta y la muchacha no aflojaba el paso. Víctor se dio cuenta de que había perdido mucho fuelle en todos esos años de castigarse el cuerpo. El viaje de ella terminó en Malasaña, en la calle Espíritu Santo, donde entró con disimulo en un portal. A los dos minutos de desaparecer en la oscuridad de la escalera, una luz en una ventana del piso tercero se encendió. Tras los tenues visillos podía distinguirse la silueta de un hombre que abría la puerta y Víctor pudo identificar a la chica lanzándose a sus brazos. Después de un beso inacabable que hizo que Víctor se sintiera incómodo, desaparecieron hacia la habitación de al lado, donde una luz más débil, como de mesita de noche, se encendió. La figura del hombre se acercó a la ventana y bajó la persiana. Romanticismo costumbrista y comedia de enredo, una situación tan vieja como el hilo negro.

Esas largas esperas resultaban a la vez aburridas y vergonzosas. Lo había hecho muchas veces cuando ejercía. Los años pasados en un campo de prisioneros lo habían hecho resistente a cualquier forma de impaciencia. No pasó ni una hora y media, la hora y media de amor que una muchacha como ella se podía permitir entre semana, y la vio salir del portal. En contra de lo que cabría esperar, parecía descontenta.

Víctor apretó el paso y la abordó.

—¿Te acuerdas de mí?

La muchacha se sobresaltó, no se esperaba que nadie la reconociera.

—¿Qué es lo que quiere?

—Me han encargado encontrar a Dolores. ¿Qué sabes de ella?

—¿Por qué iba a saber yo algo de ella?

—¿Cómo te llamas?

Titubeó antes de responder, como si dar su nombre fuera algo muy íntimo.

—Marina.

—Bien, Marina. Vives en su casa, tenéis la misma edad, ese bolso tan moderno te lo ha regalado ella.

Había arriesgado, pero funcionó. Marina ahora se sentía indefensa.

—Sabes mucho de ella, más de lo que crees. Recoges su cuarto, sabes a qué hora sale y a qué hora llega, y seguro que a veces descuelgas el teléfono para espiar sus llamadas.

—Yo jamás.

—Tú sí, Marina. Y has fisgado sus cajones. ¿Que no? Soy detective, sé que las chicas que trabajáis en las casas hacéis todas esas cosas.

—Yo solo sé que la señorita Dolores siempre ha sido muy buena conmigo.

—Por eso querrás que la encuentre lo antes posible, ¿no te parece? —insistió Víctor tomándola de la muñeca.

—Déjeme en paz, por favor.

Marina intentó desprenderse de su brazo y empezó a alejarse de él al mismo paso decidido de antes.

—No querrás que informe a los señores de que los martes por la tarde no vas al cine, ¿verdad?

Ella lo miró, casi asqueada.

—Usted no tiene derecho.

Víctor la vio tan asustada por la mera idea de perder el trabajo que sintió pena de ella y desprecio de sí. Le tendió una tarjeta. Debía ser de las últimas que le quedaban.

—Cualquier cosa que sepas puede ser muy importante. Piénsalo.

Ella cogió la tarjeta, la guardó en el bolso y se alejó.

El trabajo de detective tenía poco de excitante. Con frecuencia era un asco.

VII

Una alumna difícil de olvidar

—Sí, claro que me acuerdo de Dolores Rivera —respondió, calma, una perpleja Marion—. Hay alumnas que no son fáciles de olvidar.

—Imagino que eso es un halago —comentó Víctor mientras miraba a través de la ventana del pasillo el patio donde las muchachas del Colegio de las Esclavas del Sagrado Corazón se distribuían en grupos y facciones para disfrutar de la media hora de recreo y hablar de todos aquellos pequeños sueños y rencores, puros y violentos, de los que estaba hecha una adolescencia sometida.

Marion Radiguet era muy diferente a como Víctor la había imaginado. Imaginó una estricta señorita, vagamente sentimental, del gusto de las religiosas del Sacré Cœur, y se encontró con una mujer en sus cuarenta, vestida con todo el desenfado que podría permitirse en una institución como aquella y una actitud ligeramente insolente, de alguien con mucha calle. Su español era impecable, aunque con un inevitable acento.

—Lo es. Apreciaba a Dolores.

—No parece usted alguien que aprecie con facilidad a la gente. ¿Qué tiene Dolores de especial?

—¿Por qué supone usted tal cosa?

—He leído una carta suya, con una cita muy concreta de un poeta francés que no debe ser del agrado de las mujeres que dirigen esta santa casa.

Marion no iba a ser tan frágil como Marina, el día anterior. No se intimidó lo más mínimo y le lanzó una mirada feroz.

—¿Me está intentando presionar?

—No, en realidad quería que supiera que conozco a Baudelaire. Pensaba que así me ganaría su confianza.

Marion pareció reconsiderar la situación. Lo miró de arriba abajo y se permitió cierta condescendencia con el intruso.

—Me gusta mi trabajo, me gusta esta edad de la vida de las mujeres. Todavía hay algo indiferenciado en ellas, y con los años una tiende a clasificarlas como un entomólogo.

—A nosotros nos pasa lo mismo.

—Dolores tenía la virtud de ser inclasificable, era distinta a todas. Yo también. Eso me la hacía simpática. Nos entendíamos. ¿Por qué está aquí preguntándome sobre ella?

—Sus padres me han rogado especialmente que sea discreto.

La mención hizo sonreír a Marion. Una sonrisa nerviosa, llena de desprecio.

—¿Se llevaba mal con ellos? —insistió Víctor.

La profesora hizo un gesto algo afectado.

—Dolores es una muchacha inteligente, es una… Mire, no voy a decir nada que pueda servirle a un detective contratado por sus padres.

—¿Está segura?

—Por mucho que conozca a Baudelaire.

Víctor miró al suelo. Sobre las baldosas blancas y negras, los zapatos de Marion, de un rojo brillante, habían dado jaque mate a los zapatos manchados de polvo de Víctor. Tuvo que hacer un esfuerzo para mirarla a la cara.

—Es usted una buena amiga y creo que una mujer digna. Es una lástima.

—¿Usted cree?

—Sí, desgraciadamente, porque mi trabajo necesita de la existencia de canallas.

—Lo sé, y eso mancha. Por eso no me fío de los detectives.

VIII

Una cara familiar

Hay cierta grandeza en regresar a casa agotado y con la idea de haber cumplido tu deber. Víctor, por el contrario, regresó ese jueves pensando que no había avanzado apenas nada en la búsqueda, que no sabía cómo iba a seguir adelante, que su oficio era inicuo y que se moría de ganas de consumir de nuevo el veneno que estaba acabando con su salud y con sus facultades mentales.

Había tenido días peores.

Cuando iba a coger el ascensor oyó la voz de Julián a su espalda. Tenía algo a su nombre. Una joven acababa de dejar un paquete para él. Por la descripción que le dio el portero, supo que se trataba de la doncella de los Rivera. Eso lo animó un poco.

Nada más llegar a casa, y aun antes de encender las luces, Víctor abrió el paquete y quedó tan sorprendido que decidió que debía tomar una dosis de láudano razonable pero no excesiva, lo justo para alejar los rigores de la abstinencia. Quería permanecer lúcido.

Al rato, estaba sentado a una vez más a la mesa. Examinaba una cajita metálica de color verde oscuro. Tenía una pequeña cerradura que para él no suponía el menor problema, pero que indicaba que ahí se escondía una parte de ella misma que quería mantener a salvo de miradas indiscretas. Dolores, carne de la carne de Virginia.

Víctor rebuscó en los cajones y dio con su juego de ganzúas, pero de repente sintió una pereza abismal —también fue consciente del ligero temblor de sus manos— y cambió de opinión. Se dirigió al mueble de música, buscó entre su colección de discos y se lo pensó un instante hasta que optó por la *Obertura 1812* de Chaikovski. Situó la aguja cerca del final. Subió el volumen casi al máximo. Abrió el mueble bar, apartó las botellas de coñac, *whisky* y vermut que los espejos multiplicaban. Envuelta en una pieza de espeso terciopelo estaba su vieja Luger. Buscó en el frigorífico una caja con balas. Introdujo una en el cargador. Se dirigió al dormitorio y abrió el armario. Regresó al salón, inundado de oleadas de música, con tres mantas de lana cuidadosamente dobladas. Las colocó sobre la mesa, puso una guía de teléfonos sobre estas y, coronándolo todo, la caja verde. Envolvió la Luger y su brazo con una toalla. Subió aún más el volumen de la música, a todo lo que daba de sí. Colocó la silla a dos metros de la mesa. Se subió a la silla y entornó los ojos, dejándose llevar por la gloriosa astracanada del final de la pieza, cuando el ejército napoleónico huye en desbandada al son de una *Marsellesa* de cancán y se disparan esos cañonazos que tanto gustan al respetable. Calculó con precisión el momento justo para hacerlos coincidir con el disparo, y entonces, solo entonces, cuando la vieja madre Rusia celebraba con campanadas y pólvora la victoria final, apuntó a la cerradura y apretó el gatillo.

Minutos después, todo estaba de nuevo en su sitio y solo un agujero en la mesa con una bala incrustada recordaba lo ocurrido. Víctor tenía ante él la caja abierta en canal. ¿Qué había escondido Dolores allí?

En los rituales de magia primitiva se esperaba de un puñado de minucias heterogéneas, a veces repugnantes, que causaran un efecto. Dentro de la caja había una dalia reseca, una pequeña piedra pulida y jaspeada, un cabo de vela medio consumido, un camafeo atado con una cinta de seda de color zafiro, la llave de una caja de seguridad y un puñado de fotos.

Eran fotos de unas pocas fiestas en casas privadas. Enseguida podía verse que eran muy diferentes a las fiestas en las que hasta ahora había visto a Dolores Rivera. Era una cuestión de tonalidad; todo era nocturno más allá de lo respetable. Actores, flamencos, individuos de aspecto equívoco, de los que solo salían de sus casas pasada la medianoche. Dolores aparecía con los ojos enrojecidos por la embriaguez, en un abandono de sí casi luminoso. Fotos que no le decían demasiado, desconocidos con los rostros estragados, un denso clima de deriva, tabaco y cocaína. En contra de lo que se suele pensar, la depravación puede resultar monótona.

Había una foto algo confusa, en un dormitorio. Dolores reía, ausente de todo, para sus adentros; estaba sentada en una butaquita en una esquina, dejaba caer su brazo con un cigarrillo encendido en la mano. Se había quitado los zapatos. Había una muchacha tumbada boca abajo en la cama, semidesnuda, como si estuviera completamente borracha.

En otra foto, Dolores estaba cogida de la cintura de otra chica que reía con los ojos no menos enrojecidos y apoyaba la cabeza sobre los hombros de Dolores, mirando algo que estaba fuera de cuadro. Tenía una cara normal, no era especialmente hermosa, sí lo era la manera de reír.

Víctor conocía esa cara.

IX

Sobre el azar y la necesidad
(una pequeña digresión)

—No existen las casualidades. Pretender atribuir cualquier fenómeno a ellas es solo un mal hábito intelectual.

Así pontificaba Amancio, tranquilo y doctoral, hacía un par de semanas en la mesa que solían ocupar en La Pagoda de la calle Leganitos. Amancio era una presencia irrefutable amplificada por sus manazas, su voz campanuda y unas gruesas gafas de pasta. Ambos paladeaban unos vasos de excelente *baijiu* a los que Shiao, el propietario, gustaba de invitar a Víctor y a su amigo, al que consideraba un hombre sabio y digno de respeto.

Víctor, que llevaba una mala racha, se limitaba a escucharlo mientras observaba las espirales de humo del cigarrillo de Amancio, enredándose en las cabezas erizadas de los dragones tallados en madera que adornaban la pared. Dragones que tantas veces habían aparecido en sus ensoñaciones opiáceas.

—No creo en el azar, Víctor. Creo que de alguna manera el destino está escrito, y no por nosotros, por supuesto. Nosotros no tenemos nada que ver con eso.

Amancio apagó con fuerza la colilla en un cenicero de aluminio de Cinzano. Víctor, que había escuchado hasta entonces con cierta indiferencia, reaccionó vehemente.

—Es un pensamiento espantoso.

La colilla apretada sobre el cenicero empezó a desdoblarse, recuperando poco a poco algo de su forma inicial. Como una parodia tosca de un brote que germina. La imagen de algo inanimado reproduciendo los movimientos de lo que está vivo le provocó a Víctor una intensa repugnancia.

—En absoluto. A mí esta idea me da una paz acojonante. No soy responsable de mis actos, soy el personaje de una obra ya escrita; por lo tanto, disfruto de un estatuto de irresponsabilidad total. Contemplo mi existencia como una novela; en mi caso, una novela ligeramente aburrida protagonizada por un personaje interesantísimo.

A Amancio le encantaba cambiar sus ideas sobre la realidad cada noche que se reunían a cenar en aquel local desde hacía un año. Alejado de la universidad desde los sucesos de 1956, cuando se puso del lado de los estudiantes, mantenía su mente alejada de la melancolía entregado a sus estudios sobre los presocráticos y a conjeturar diversas maneras de atentar contra la vida del Caudillo. Aquellas fantasías de exterminio le ponían de excelente humor. La de esa semana, expuesta con todo lujo de detalles, consistía en introducir una carga explosiva en el interior de un pez espada que un audaz hombre rana aproximaría al ávido anzuelo del tirano. Víctor le hizo ver que, aparte de un barroquismo absurdo, el plan ofrecía una serie de dificultades insuperables. «No buena idea», fue el juicio de Shiao. Pero Amancio lo consideraba hermoso.

—Y la mía, mi vida, ¿cómo la ves?

—A ti te ha escrito un demiurgo primerizo. Tu biografía carece de la más elemental lógica y está llena de extravagancia y melodrama. Te quedan muchas reencarnaciones para librarte de la rueda del samsara. No como a Shiao, que yo lo veo muy cerca del desasimiento… Estás descontrolado de nuevo, ¿verdad?

A Víctor muchas veces le costaba seguir el fluir errático de las palabras de su amigo.

—¿Perdón?

—Los palillos. Apenas has comido porque te cuesta usarlos. Te estás dando muy mala vida y vas a acabar dañando tu cuerpo. Sal de tu celda, Víctor, muévete, échate una novia, vuelve a tus casos, pisa la calle, cambia de aspecto, no te parezcas tanto a Alfredo Mayo, atenta contra la vida del Generalísimo... Cualquier cosa.

Víctor se encogió de hombros. No podía sostenerle la mirada a su amigo.

—Te lo digo en serio, Víctor. Yo espero más de ti, no que te dejes morir. Eso es de mala novela o de gente joven. Y tú ya no eres joven.

Víctor tardó un rato en encontrar las palabras.

—¿A ti no te pasa a veces que...? —Y decidió no seguir.

—Víctor, dímelo.

—Es como si... ¿No sientes como si tu vida la viviera otro? Yo me miro a mí mismo hacer las cosas que hago y pienso: yo no soy ese. ¿Lo entiendes?

Víctor esperó que Amancio dijera algo.

—Lo cual confirma que mi teoría es cierta.

—No sé por qué te soporto, Amancio.

—Porque así está escrito. ¿Me dejas que me coma esa empanadilla que te has dejado?

—Bueno.

X

Tomorrow Never Knows

Qué poco le gustaba a Víctor detenerse en el pasillo. Los pasillos son un sitio de paso y, en los sueños, lugares de peligro, atravesados por fantasmas. En el zigurat los pasillos enmoquetados eran demasiado largos, de noche la luz les confería una irrealidad insoportable, como si fueran una inmensa cáscara vacía, como si solo viviera él. Él y esa vecina que estaba a punto de abrirle la puerta. Ni siquiera la música eufórica que sonaba amortiguada tras ella contribuía a deshacer la impresión de amenaza. Más bien al contrario.

Cuando por fin abrieron, la música le saltó a la cara. Música que le resultaba estridente e incomprensible. Era su vecina, que lo miró como si intentara improvisar de repente un aire de seriedad.

—¿Pasa algo? ¿Te molesta la música?

—Necesito hablar con usted.

—Qué emocionante.

Lo invitó a pasar con un gesto desenvuelto.

—Yo me llamo Estela. Sírvete lo que quieras.

No había muchos muebles en su apartamento, pero la mesita de centro junto al sofá estaba bien surtida de botellas. Estela se dejó caer sobre el sofá, iba descalza. Sus dos acompañantes, adormilados por el alcohol y por la marihuana cuyo olor impregnaba la estancia, hicieron un breve gesto de saludo a Víctor. Uno de ellos, un hombre de unos cincuenta años, camisa roja y pantalones blancos, muy amanerado y con un rostro reminiscente del de Cruella de Vil; el otro, un joven militar negro, de uniforme. Estela los presentó.

—Es mi vecino, se llama Víctor Cano y es detective.

Víctor la miró, sorprendido de que supiera tanto de él.

—Yo también me llevo bien con Julián. ¿Quieres?

Estela le ofreció un cigarro de marihuana encendido. Víctor declinó con un gesto y se acercó a una vitrina con vasos. Cogió uno. Sobre la vitrina, algunas fotos de familia enmarcadas. Una Estela niña el día de su primera comunión, acompañada por sus padres, hacía una mueca cómica a la cámara. Sus padres parecían campesinos ricos de provincias: huesos robustos, una mezcla de rapacidad e inocencia en sus caras y el aire de que jamás serían capaces de acostumbrarse a la ciudad que su hija intentaba conquistar. Probablemente ellos pagarían ese apartamento.

—¿Te dan miedo las drogas? —le interrogó, burlona.

Víctor se rio para sus adentros y regresó a la mesa. Allí eligió una botella de Canadian Club, que claramente debía haber traído el soldado, y llenó su vaso con ella. Se sentó entre el soldado americano y el alegre cincuentón, notoriamente incómodo.

—¿Es verdad que estuviste en la División Azul? —preguntó el hombre de los pantalones blancos.

Estela miró a Víctor como disculpándose, con una sonrisa traviesa.

—Es que eres fascinante, vecino. Entiéndelo. Y no lo digo por dejarte los grifos abiertos.

—Sí, combatí en Rusia.

El soldado negro lo miró con cierta agresividad. Le habló con la lengua pastosa en un español rudimentario.

—¿Luchaste con los nazis?

—Luché contra los rusos y pasé once años en un campo de prisioneros. No tengo mucho más que decir.

Estela no daba crédito.

—¿Once años?

El soldado dio un silbido admirativo. Su acompañante parecía interesado por la nueva atracción recién llegada a casa de Estela.

—¿Qué clase de casos resuelves? ¿Asuntos de cuernos? ¿Desfalcos?

—¿Misteriosos asesinatos en trenes? ¿Maridos envenenados? —añadió ella, sirviéndose otro vaso.

Víctor los miró con una sonrisa desafiante.

—Da igual. Una vez resueltos, los olvido. Se me da muy bien olvidar.

Estela intentaba suavizar la tensión.

—Qué fastidio, esto parece un interrogatorio. Además, eras tú el que querías preguntarme, ¿no? ¿Es para un caso? Me encanta.

Víctor asintió y señaló a la incómoda pareja de testigos. Ella le indicó con un gesto que la acompañara y se dirigió a sus compañeros.

—Ahora volvemos. Portaos bien.

—Pórtate bien tú, querida —dijo el hombre amanerado.

Llevó a Víctor hacia la cocina. Al pasar al lado del sofá, el soldado negro extendió el brazo y rozó con su mano el de la chica, pero el americano estaba tan bebido que lo dejó caer y cerró los ojos.

Estela accionó el interruptor en la pared y se encendieron los tubos fluorescentes. La cocina no parecía haber sido recogida en días. Los platos y vasos sucios se acumulaban dentro del fregadero en un desorden selvático.

—Mañana vendrá una chica a limpiar.

Víctor sabía que nunca había venido nadie a limpiar a esa casa. Sobre la mesa de la cocina, un libreto de una obra de Chéjov junto a un cenicero lleno de colillas y una manzana mordisqueada. Se fijó en los diálogos subrayados, un pequeño papel de criada. Entre el desorden, una jarra de loza con una vara de nardos.

—¿Tiene hielo?

Estela señaló el frigorífico y apartó las cosas sobre la mesa para que pudieran sentarse. Víctor lo abrió: dentro pudo ver embutidos y quesos, probablemente enviados por correo por sus padres. Sacó una cubitera.

—No cierres.

Mientras Víctor extraía el hielo, Estela se agachó para coger una botella de leche. La luz del interior del frigorífico la embellecía. Al lado colgaba un termómetro de pared con una foto de la catedral de León.

Víctor echó unos cuantos cubitos en su *whisky* y volvió a guardar la cubitera. Uno de los dos tubos fluorescentes parpadeaba continuamente y el cebador emitía un zumbido que cargaba de electricidad el silencio. Estela llenó un vaso de leche y embutió en su interior un taco de galletas maría.

—Es el hambre canutera.

—Me imagino.

—Ya me has visto comer leche con galletas. Puedes tutearme.

—¿Conoces a Dolores Rivera?

Ella dejó de comer y lo miró sorprendida.

—¿Le ha pasado algo?

—Eso es lo que quiero averiguar. ¿La conoces?

Su vecina se quedó en silencio.

—No te voy a meter en ningún problema. Dime lo que sepas de ella.

—Apenas sé nada.

Víctor le mostró la foto en que ambas aparecían. Estela se rio, un poco ruborizada.

—Uf, aquella noche… Madre de Dios. Qué locura.

—¿Locura por qué?

Ella recuperó su aplomo y lo miró con una sonrisa irónica.

—No sé si tenemos confianza suficiente, señor Cano.

—De acuerdo. ¿Qué sabes de ella? ¿Cómo es?

—¡Nadie sabe cómo es Dolores Rivera!

—Hace días que ha desaparecido de su casa.

—No es la primera vez. Lola siempre hace lo que le da la gana.

—Sus padres están asustados. ¿Sabes de qué pueden tener miedo?

—Sus padres no tienen ni idea de lo que hace Lola.

—Me han dicho que tienen miedo de que haya empezado a juntarse con gente poco recomendable.

Estela se rio.

—Señor Cano, le ruego que me defina el concepto «poco recomendable». A ver, ¿le parezco yo poco recomendable?

—Todavía no estoy seguro.

—¿Y usted? ¿Cree que es usted una compañía poco recomendable?

—Definitivamente sí.

—Entonces te vuelvo a tutear.

Y se metió en la boca una cucharada llena de galletas empapadas. Le brillaban los ojos. Se secó los labios con el dorso de la mano.

—Solo la he visto un par de veces. La primera en el Conga, y la segunda en esa fiesta de la foto. Pero no es alguien fácil de olvidar. Tú no la conoces personalmente, ¿no?

Víctor negó.

—Es… Ah, Lola es maravillosa. Todo el mundo ama a Lola.

—¿Dónde era esa fiesta?

—Uf…, de verdad, vecino, no me acuerdo bien. Cuando acabamos allí ya era muy tarde y yo tenía una curda espantosa. Era un edificio en Tirso de Molina, al dueño le llaman el Marquesito. Un pintas… En la fiesta había de todo. No me gustaría que mis padres supieran que he estado en lugares así.

—Eso ya lo sé. Necesito nombres, algo de lo que pueda tirar.

—Mira, no puedo contarte más, soy muy despistada. Se me olvidan los nombres a la mañana siguiente.

—Para una actriz es muy importante recordar los nombres. Más importante que el talento que puedas tener.

Estela podía ser todo espontaneidad, pero tenía un don para disimular sus auténticas emociones; al fin y al cabo, era actriz. Puede que su desenvoltura fuera también impostada. Víctor sintió la turbulencia, la pena detrás de sus ojos. De repente le pareció más flaca, menesterosa.

—No quería ofenderte.

—No, si tienes razón. Soy un desastre, mi abuela me quería mucho, pero me decía que me faltaba fijeza.

—Vamos, inténtalo, cualquier cosa me vale.

Estela pareció reaccionar. Cogió de nuevo la foto y la examinó. A Víctor le enterneció la seriedad con la que parecía aplicarse a la tarea.

—El que nos hizo la foto… Es un chaval, Toni Bustaid lo llaman, porque está todo el día puesto de pastillas. Lola vino con él a la fiesta, están liados. Un macarra, ¿sabes?, parece del palo violento. Impone. Es de Usera, ¡de Usera! —rio—. Dolores Rivera con un tío de Usera. ¿No es bárbaro?

En aquella foto, la manera de reír de Estela le había parecido hermosa. Ahora, el sonido de su risa también.

—Algo especial debe tener, ¿o es que le gustan los chulos?

—Ella me dijo que cantaba en un grupo de música. Yo no he hablado con él, la verdad. No parecía estar a gusto en la fiesta, miraba a todo el mundo con malas pulgas. Como si se la fueran a robar, ¿sabes?

—Un hombre celoso entonces.

—Así, desde fuera, el chico parece loco por Lola. Pero ¿cómo no estarlo?

Víctor se fijaba en Estela. No era muy alta, no tenía un físico espectacular, pero sí esa ternura de ojos asombrados de las chicas humoristas, un cuerpo menudo pero delicado, un cuerpo de buena persona, como diría su amigo Amancio.

—Yo creo que Dolores no es una persona feliz —añadió.

Estela se dio cuenta de que Víctor había terminado su vaso.

—Vaya saque que tienes. ¿Quieres más?

—Sí. También quiero fumar eso que estáis fumando.

Veinte minutos después, Estela se despidió en la puerta del soldado y de Cruella de Vil. Una despedida rápida; ya se había disipado toda la energía del alcohol y las drogas y solo quedaba un abatimiento y un torpor. Esa hora en que incluso las aves nocturnas como ellos sabían que no tenía sentido intentar alargar la situación, en la que casi daba miedo que la luz del amanecer lo pillara a uno en la calle. El soldado tuvo que apoyarse sobre el hombro de su acompañante porque no se aguantaba en pie, y parecía frustrado porque Estela se le hubiera escapado.

Cuando ella regresó al sofá, Víctor estaba sentado con la cabeza hacia atrás, los ojos cerrados y una sonrisa de perplejidad.

—No está nada mal esto que fumas.

—Lo pillo en la Cervecería Alemana. Es muy buena.

—Esto que suena, ¿qué es?

Una nota de pedal, unos gritos como bandadas de pájaros o

indios lanzándose al combate, melodías al revés, espirales de sonido, un ritmo obsesivo y una voz distorsionada.

Turn off your mind, relax and float downstream.
It is not dying, it is not dying.
Lay down all thoughts, surrender to the void.
It is shining.

—Son los Beatles. Acaba de salir.

—¿En serio son ellos?

—Extraña, ¿verdad?

—Qué va, lo entiendo todo.

—Pero ¿tú sabes inglés?

Víctor negó con la cabeza, estaba como arrebatado. Estela se acurrucó en el otro extremo del sofá.

—Tú eres extraño también.

—Una cosa más. Estela no es un nombre frecuente.

—En realidad me llamo Trinidad, pero como nombre de actriz suena antiguo.

—Escucha, ¿crees que Dolores todavía sigue con ese Toni que cuentas?

—Podría ser, es un hombre muy guapo.

—Según me dices, ella hace lo que le viene en gana. Si decide desaparecer de su casa es porque quiere esconderse. ¿Tienes alguna idea?

—A estas horas no tengo ideas, vecino.

El disco seguía girando en el plato.

But listen to the color of your dreams.
It is not living, it is not living.

—Qué genialidad —sonrió Víctor. Y los ojos se le cerraban. Le gustaba tanto deslizarse río abajo, lejos, muy lejos de la realidad, ser arrastrado lentamente hasta la inconsciencia, hasta el olvido.

> *Or play the game existence to the end.*
> *Of the beginning, of the beginning,*
> *of the beginning, of the beginning.*

XI

Estampas de la vida militar

No es en realidad un sueño, o al menos no lo parece. No ocurre dentro de su cabeza, por así decirlo, tiene la textura de lo vivido. Más excepcional es que, después de tantos años, ese momento perdido haya regresado con tal claridad. Primero ha sido el olor a gasolina, a metal fundido y a pólvora, al aire de los abetos, a cadáveres sin enterrar, medio congelados. A muerte.

Hay dos soldados. Llevan dos días sin poder moverse de aquella posición. El cielo se ha abierto esa noche y el frío es atroz, como si cayera desde el vacío entre las estrellas. Ambos tiemblan, se han sentado el uno junto al otro para darse calor. En el sueño casi siente la aspereza de sus capotes.

Acurrucados en el interior del cráter dejado por un obús, solo la oscuridad más allá, desde la que en cualquier momento, sin anunciarse, puede saltar la muerte o la mutilación. Llevan horas escuchando cómo agoniza un compañero a causa de las quemaduras, gimiendo, suplicando que pongan fin a su sufrimiento. Deciden arrastrarse hasta donde está, bajo el fuego de los francotiradores. Lo rodean y entonces el olor a carne quemada y una cara en carne viva, que había sido la cara de un muchacho de veinte años. Hacía unas semanas, antes de entrar en combate, cuando el tedio y más tarde el espanto no habían atenuado el ardor guerrero, se había estrenado con una joven campesina en una granja de la zona. Los sorprendieron dormidos y abrazados. Durante días hubo bromas a su costa.

Uno le coge las manos rezando una oración recordada de la infancia. El otro le dispara en la cabeza. No parecen encontrarse ni mejor ni peor después de eso. No sienten nada, una vaga sensación de haber hecho lo que debían.

Uno de ellos empieza a notar que le cuesta mover los dedos. La verdad, en ese momento no sabe si los ha perdido o no. Muy a lo lejos vuelven los sonidos de la maquinaria del exterminio, un ronco, familiar rumor de fondo con ocasionales golpes de bajas frecuencias que hacen que le tiemblen a uno las vísceras. Los dos miran su aliento que el viento arrastra.

—A veces pienso que nunca saldremos de aquí —dice uno de los dos.

Su compañero no lo mira a los ojos. No quiere oír esas palabras.

—Santiago, si algo me pasara, prométeme que cuidarás de ella, de Virginia —insiste el otro.

La cara de Santiago está amoratada, hinchada, como un retrato a acuarela mojado que empieza a deshacerse. Quiere llenar de esperanza a su amigo y le dice, aunque sus palabras son torpes, que volverán a casa, volverán los dos y los recibirán como a héroes, las chicas los besarán, se hartarán del vino de su tierra, volverán a comer los alimentos con los que se criaron, lo tendrán todo de nuevo, envejecerán junto a las mujeres que aman, se encontrarán alguna vez y recordarán las hazañas de su juventud, todo el horror lo olvidarán, como un mal sueño.

El horizonte relampaguea con una luz verdosa y de nuevo el aullido de las manadas de lobos. Se distinguen entonces con claridad los rasgos de Santiago, ya sin expresión.

Víctor lo ve todo como si contemplara la escena desde fuera y siente una congoja atroz porque, como una carcoma oscura que devorara poco a poco sus entrañas, sospecha que nada de eso es posible, que si regresan nada será igual, que ese chaval no podría mirarla a ella a la cara, que algo que no tiene remedio, algo para lo que no puede haber perdón, los separa del resto de los hombres.

Y Víctor no sabe lo que es, pero necesita gritar.

XII

Un hombre ordenado

Una mano sacudió sus hombros y Víctor abrió los ojos.

La luz de la mañana entraba sin barreras por la ventana e inundaba el salón del apartamento de Estela. Estaba vestido y sentado en el sofá, en la misma posición en que quedó dormido la noche anterior.

—Dormías como un angelito, me daba pena despertarte.

—¿No he gritado?

—No —rio Estela—. Hasta en sueños eres formal.

Víctor intentó levantarse, pero se dio cuenta de que necesitaba unos minutos más para volver a la realidad y enfrentarse a un dolor de cabeza horroroso y un cansancio infinito. Estela, duchada y perfumada, estaba vestida para salir a la calle.

—Me voy, a hacer una prueba. Puedes quedarte el tiempo que quieras.

Víctor asintió mientras intentaba reconstruir qué hacía ahí y qué había ocurrido la noche anterior. Estela tomó su bolso, cogió unas llaves y las guardó dentro. Se arregló el pelo y se humedeció los labios ante un espejito colgado a la entrada.

—¿Te ha servido de algo lo que te conté?

—Yo creo que sí.

—Me encanta. ¿Me contarás si averiguas algo?

—No.

—Espero que no le haya pasado nada a Lola. Me caía bien.

Estela le echó una última mirada de arriba abajo, como si su presencia le resultara divertida, de puro anacrónica. Luego salió y cerró la puerta con cuidado.

—Que tengas suerte —dijo Víctor con una voz ronca y demasiado tarde.

Escuchó sus pasos y el sonido del ascensor abriéndose, cerrándose y lanzándola edificio abajo, hacia la luz de la calle y el mundo de los vivos. Víctor se preguntó cuántos años llevaría Estela intentando abrirse camino allí, cuándo llegaría el momento de la rendición, del retorno a la seguridad de la provincia. Si de algo sabía Víctor era de las leyes y los mecanismos de la derrota. Era toda una autoridad en la materia.

Se levantó haciendo un esfuerzo. Había pensado registrar la casa de Estela en cuanto ella saliera por la puerta. Miró a su alrededor y el desorden era más patente de día, pero en ese desbarajuste había cierta forma de dulzura, como en el del cuarto de una niña. Se sintió mal traicionando su confianza, se sintió mal porque Marion le había dicho que su trabajo manchaba y tenía razón. Para sacar a la luz la verdad había que cometer actos innobles.

Procedió a un registro sumario. Penetró en el perfumado caos de sus cajones. Años de malas decisiones y fracaso, un melancólico museo de descalabros y fugaces alegrías. Vio el paisaje de su dormitorio, bullicioso de prendas de colores, vio su ropa íntima, fotos de fiestas, fotos de primas y parientes, fotos de una niñez feliz, vio su vasito de agua junto a la pantalla de la mesa de noche, vio sus calcetines, vio el peluche de un conejo descolorido.

Estela tenía un teléfono Heraldo de color verde, con una etiqueta donde había apuntado el número con una letra redondilla y algo torpe.

Entró en la cocina y se encontró con el mismo desorden de la noche anterior, agravado por la luz que a esas horas entraba con generosidad y resaltaba cada mancha en los azulejos. Como novedad, un bote de café soluble estaba abierto junto a una taza a medio terminar. Y más galletas al lado. Se sorprendió a sí mismo preguntándose si Estela se alimentaría bien. Los nardos habían perdido mucho entusiasmo, así que le cambió el agua a la jarrita que los contenía.

Luego, maquinalmente, sin entender por qué lo hacía, recogió los vasos sucios de la mesa del salón para, al menos, dejarlos en el fregadero. No cabía un vaso más. Decidió fregar algunos platos, los suficientes para que al menos la pila no recordara a las ruinas de una ciudad castigada por Dios.

Cuando media hora después salió del apartamento, le había recogido la cocina entera.

El hecho de que fuera de día no mejoraba demasiado la inquietud que había sentido la noche anterior en el pasillo. Abrió la puerta de su domicilio y se dirigió al dormitorio. Corrió las cortinas y bajó la persiana. Se quitó los zapatos, los pantalones y la camisa y se metió en la cama, bien tapado.

Se estaba en la gloria allí dentro, aferrado a las mantas, libre aún de la necesidad de renovar su pacto con la adormidera. Tenía sueño, tenía todo el cansancio del mundo, pero en especial quería olvidar, olvidarse de Dolores, de Virginia, de la congoja que le había invadido en el sueño que tuvo en el sofá de Estela, esa sospecha de algo terrible que había olvidado. Al fin y al cabo, no estaba tan mal morirse. A él le habían dado por muerto varias veces.

Estar boca arriba le oprimía el pecho, podía escuchar sus propios latidos y le zumbaban los oídos. Abrió los ojos; ese gris neutro del techo que tantas veces le había servido para aplacar la ansiedad se le mostraba ahora como una extensión de doloroso tedio. Intentó dejar la mente en blanco, pero ese era el problema, la mente en blanco hacía que el sordo rumor de fondo que se agitaba dentro desde que recibió aquel telegrama de Virginia se hiciera notar. Le incomodaba el roce de su nuca contra la almohada, así que colocó la mano izquierda debajo. Tras un alivio momentáneo se le empezó a dormir el brazo. Se dio la vuelta y se puso boca abajo, pero la presión sobre el estómago le causaba desasosiego. Flexionó una rodilla, luego la otra, luego se quedó de costado, en posición fetal.

Víctor hubiera vendido su alma al diablo por un poco más de sueño. Quizá era el momento de acabar de golpe con el alijo de láudano. La posibilidad, aunque redundante, no le pareció disparatada.

—Mierda.

Víctor se levantó de un golpe. Se desnudó y se metió bajo la ducha.

XIII

Los primeros recuerdos de Víctor Cano o cómo se llega a ser detective

Esa sensación no le resultaba nueva. No solo la conocía de años de insomnio, lo había acompañado todo el tiempo que pasó en Makarino, el primero de los muchos campos de prisioneros por los que transcurrió su década perdida. Sus compañeros lo llamaban «el alma en pena». No sabían cómo había llegado hasta ellos. Estaba vivo de milagro, con aquella herida imposible que surcaba su cráneo. No recordaba nada previo al momento en que despertó en la precaria enfermería.

El pasado era como una extensión ilimitada de claridad sin ninguna impresión registrada. Pero en ese vacío era perceptible un sordo presentimiento de desdicha, la sospecha de algo monstruoso. Nunca fue un cobarde, no estaba huyendo, quería enfrentarse a aquello, fuera lo que fuera, pero su voluntad se estrellaba una y otra vez contra aquel desierto en que había quedado convertida su memoria.

Un recién nacido inaugura su vida partiendo de la nada, pero para construir la realidad dispone de la mirada, la voz y las manos de la madre, del sol y la hierba, el fuego y los sonidos familiares del hogar, los olores deliciosos de la cocina, el perro y el pájaro. Víctor empezaba a vivir de nuevo y tenía los barracones, las literas hediondas, el cielo plomizo y la noche inacabable, la nieve sucia y el frío. Miedo, hollín y mierda. Y, a diferencia del niño, carecía del espíritu de descubrimiento y aventura, tan solo sentía un cansancio y un remordimiento abrumadores. Pero el lenguaje y la inteligencia estaban intactos, y disponía de un puñado de cartas y fotos que guardaba en una bolsa de tela impermeable junto a su pecho.

Las fotos mostraban a una mujer muy hermosa. Era espigada, rubia y aparentaba tener una ligereza de gamo. En una de ellas sonreía ante un río y un árbol. En otra estaba sentada sobre una fuente de piedra en la plaza de un pueblo castellano. Al fondo, la torre de una iglesia y un nido de cigüeñas. Él había conocido la felicidad. La tercera foto era de estudio. Ella aparecía bajo una luz difusa, entre estrella de cine y virgen de Murillo, la cabeza en escorzo inclinada sobre los hombros y una mirada ensimismada y soñadora. Detrás venía una fecha posterior a su partida hacia el frente. Virginia —ese era el nombre que firmaba las cartas— seguía su vida ya sin él. Y estaba tan lejos… Ni siquiera podía saber si lo había olvidado como él lo había olvidado todo, si alguna vez cuando despertaba por la noche, quizá en otros brazos, le vendrían a los labios su nombre y los afectuosos diminutivos con que en esas cartas, la tinta casi borrada, se dirigía a él en un presente incesante que ya era un pasado muerto.

Cuántas veces leyó esas cartas. Cuántas veces imaginó esa voz que le susurraba felices ternuras, que evocaba los besos que se dieron, que incluso en las insípidas convenciones de una conversación epistolar le permitía crear a su antojo una mujer mitológica con todos los atributos soñados, sin las flaquezas de la mujer real, libre del cansancio, el tedio y el envilecimiento de lo acostumbrado.

Él veía su nombre escrito con aquella letra cuidadosa de buena alumna. Víctor sabía que se llamaba Víctor porque ella lo llamaba Víctor. Virginia le había dado el nombre.

Y así, el alma en pena paseaba su desconsuelo, su figura depauperada, con una mirada de fantasma que se perdía más allá del horizonte nevado, las torretas y las alambradas. A veces rompía a llorar. Por olvidar, había olvidado que los hombres no lloran, y menos ante sus camaradas. Los suyos lo cuidaban como a un niño incapaz de valerse por sí mismo, le habían cogido cariño porque su desconsuelo les recordaba el suyo. Sin ellos, Víctor no hubiera pasado del primer invierno. Otros lo evitaban, les parecía un personaje de mal agüero, pero no osaban hacerle daño. Les inspiraba una especie de horror sagrado.

Víctor necesitaba llenar el vasto espacio de su mente virgen. Sus camaradas descubrieron el placer que le causaba escuchar las historias que a veces intercambiaban, los recuerdos que otros podían permitirse el lujo de tener. Historias sobre sus pueblos y sus viejos amigos y sus novias y sus padres. Travesuras, jactancias, lances de amor, memorables réplicas que pasaron de boca en boca, el repertorio de historias de hombres jóvenes que apenas habían vivido. Todo aquello alimentaba su espíritu ávido de pasado.

Había un prisionero sevillano que tomó a Víctor bajo su protección. Todos lo conocían por Germán. Antes, en España, había sido maestro. Germán supo encontrar un tiempo precioso entre las brutalidades y los arduos trabajos de aquellos días carentes de futuro o esperanza, acuciados por el hambre y el frío y la miseria, bajo cielos sin sol y sin estrellas. En aquellas horas heladas del alba o en la luz sucia de los barracones, Víctor reaprendió las matemáticas, recuperó las leyes que rigen el funcionamiento del mundo, el ciclo de los nacimientos y las muertes, el curso de los ríos y la formación de las montañas, el movimiento de las mareas y la ruta de estrellas y planetas. El cerebro de Víctor recogía todo aquello con ansia y deleite. Germán había leído mucho en ese inimaginable pasado antes de la desgracia. En el campo solo podían

71

disponer de libros de adoctrinamiento, y Germán se aferraba a todo cuanto su cabeza había retenido. Como si se negara a que todo desapareciera con su más que probable muerte en aquella tierra dejada de la mano de Dios, hizo memorizar poemas a su alumno, le contó la historia del buen Quijote y los viajes de Ulises, la desdicha de los amantes de Verona, los horrores del pozo y el péndulo, las historias de reyes y navegantes. De sus labios Víctor volvió a conocer imperios y batallas, los nombres de las grandes ciudades donde los hombres se agitan en sus negocios y sus asuntos.

Nunca le pidió nada a cambio. Germán se lo dio todo y Víctor no supo casi nada de su vida. A veces hablaba con gran reserva de un pueblo sevillano, de una madre que aún le esperaría y de cómo echaba de menos el bullicio de los niños y el olor de la tiza en sus manos. Una alianza modesta ceñía su dedo anular.

Una noche, Víctor esperó en vano que apareciera en el barracón para compartir esos escasos minutos robados al sueño a los que tanto debía. En el recuento de la mañana no estaba presente. Víctor quiso saber, los oficiales del *lager* decidieron que el prisionero Germán Elvira se había fugado. No había sido el primero ni sería el último. Normalmente los guardias de las torretas daban buena cuenta de ellos, y si no el frío, el hambre o las manadas de lobos se encargaban del trabajo.

Víctor, que tan poco sabía del maestro, sabía desde luego que no era la clase de hombre que haría algo así. Germán, desde una serena mansedumbre, había aceptado su destino. Sospechaba que jamás volvería al patio de su infancia, pero no consintió en entregarse a la desesperación. Hizo lo que debía hacer, lo que había hecho toda su vida: enseñó a un hombre niño. Y lo salvó.

Víctor no se podía conformar con aquella verdad oficial. Sospechaba que algo se había ocultado y se impuso el deber de averiguarlo. No era el deseo de venganza por la muerte de su amigo, tampoco el ánimo de hacer justicia. Había algo más. Víctor, que no podía conocer la verdad central de su ser, que no podía saber ni siquiera quién era él, necesitaba al menos desvelar ese misterio.

Se dio cuenta de que aquella condición suya le proporcionaba una ventaja inesperada. Libre de las galerías mentales abarrotadas de recuerdos, libre del peso de la experiencia, su inteligencia casi virgen podía afrontar los problemas desembarazada de prejuicios y de ideas preconcebidas, sin automatismos, sin fáciles categorizaciones. Sus ideas podían moverse en direcciones imprevistas y desusadas. Eso le sirvió. Se tomó su tiempo, no había prisa.

Habló con muchos de sus compañeros de diferentes nacionalidades, españoles, italianos, húngaros y algún alemán. El cerebro ávido de Víctor había tardado poco en aprender las palabras básicas de la lengua franca en que aquellos hombres jóvenes se expresaban. Hablaban sobre Germán, sobre sus movimientos, sus idas y venidas en los días previos a su desaparición. Los que conocían a Víctor se asombraron de la súbita animación en su melancólico compañero. Víctor se sentía imbuido de un propósito y desplegaba una energía nueva. No era tan importante la información que recibía —las rutinas de un campo de prisioneros son tan estrictas que hay pocas variaciones y sorpresas— como el adiestramiento del hombre niño en los cambiantes paisajes del rostro humano, los acuerdos y desacuerdos entre las expresiones, los gestos y lo que se contaba. Empezó a entender los matices y ambigüedades encerrados en una inflexión o una omisión. Los silencios se le aparecían como elocuentes declaraciones. Hasta ahora, su relación con Germán había sido tan íntima que le faltaba la distancia para ver con claridad cómo era realmente aquel hombre que le había abierto de nuevo el mundo. Ahora, visto desde fuera, visto desde los ojos de otras personas, se le aparecía como un personaje algo más misterioso de lo que imaginaba, alguien abierto a todas las posibilidades. Cuantos más testimonios recogía, más se daba cuenta de lo poco que lo conocía. Ese sentimiento, lejos de abrumarlo, le proporcionaba una agradable sensación de libertad. También era consciente de que aquella actividad podría llegar a oídos de su asesino.

Cuando Gálvez se le acercó una mañana en la cola en la que aguardaban su ruin ración de *kass,* supo que quizá su plan había funcionado. Gálvez era uno de los prisioneros que dormían en su barracón. Cordial y desinhibido, conocía los entresijos del campo y era un excelente conseguidor, sabía encontrar aquellos humildes objetos (una aguja, unas cerillas, un trozo de bramante o de alambre) que hacían la vida en el inframundo mucho más fácil. Gálvez se dirigió a él en voz baja, mirando hacia todos los lados, como temeroso de que algún guardia pudiera escucharlos. Víctor ya había hablado con Gálvez hacía unos días y este le contó entonces que nada sabía. Ahora su historia era muy diferente. Él se habría encontrado con Germán semanas antes de que desapareciera y el sevillano le habría confesado que no soportaba más aquel encierro y que tenía muy bien planeado cómo y cuándo escapar. No le preocupaba morir en el intento, prefería morir como un hombre libre antes que resistir un año más en aquel arrabal del infierno. Víctor detectó en esas palabras una vanidad declamatoria ajena a la modestia circunspecta de Germán. Supo fingir que le creía.

Se encargó de correr la voz. Vigilad a Gálvez. Sin que este lo supiera, los ojos de todos estuvieron pendientes de cada uno de sus movimientos, y así el rompecabezas de sus desplazamientos a lo largo del día se fue armando. Gálvez era muy hábil, pero había pequeñas desapariciones, contactos fugaces con los guardianes. Todos empezaron a interpretar su curiosidad por los asuntos de los demás de un modo más inquietante.

Muchas veces, bajo una luz nueva, sucesiones aparentemente aleatorias de hechos revelan de repente su condición causal. Gálvez había llegado al campo hacía unos meses. Podía decirse que coincidiendo con su llegada empezaron a aumentar los registros en los barracones y las detenciones, así como los planes de fuga frustrados. La imagen de un Gálvez delator empezó a dibujarse con nitidez. Es como si hasta entonces se hubiera mimetizado con la árida sordidez de su entorno y ahora empezara a despegarse del fondo de nieve sucia y grisácea. Una vez que dejó de ser borroso, Gálvez empezó a darse cuenta de que estaba siendo vigilado por decenas de ojos. No podía hacerse invisible, ya no podía pasar desapercibido en un mundo tan pequeño y reglamentado. Multiplicó con denuedo pequeños gestos de buena voluntad con la esperanza de ganarse con ellos la simpatía de sus compañeros de infortunio. Pero aquel comportamiento no suscitó gratitud, sino más recelo.

Una mañana, mientras desbastaban troncos en las lindes del bosque, un par de guardas apareció y solicitó voluntarios para enterrar un cadáver. Víctor se ofreció porque imaginaba lo que se iban a encontrar. Recogieron picos y palas y siguieron a los hombres armados por la espesura durante un buen trecho. Casi como en una antigua leyenda, lo encontraron en un claro del bosque. Un ciervo husmeaba sus restos y escapó corriendo en cuanto escuchó sus voces. No estaba lejos de uno de los sectores que habían sido explotados hasta hacía poco por otras cuadrillas. El frío había limitado los estragos de la corrupción, pero el cadáver estaba a medio devorar por los lobos. Solo por sus ropas y un pañuelo en torno al cuello Víctor pudo reconocer a Germán. Su alianza había desaparecido. Todo cuanto sabía y recordaba, versos y caras, voces e historias, fechas y fórmulas, los nombres queridos, todo se había borrado del mundo y ahora Víctor era el depositario de una pequeñísima parte de aquello.

Había pensado en aquel momento y lo había temido. Hubiera querido soñar que Germán realmente podría haber huido, haber dormido bajo las estrellas o en los graneros de campesinos de buena voluntad y que seguía su camino hasta un río que intentaría descender en una balsa, amigo de los pájaros y los peces. Pero no podía dejar de saber que tarde o temprano encontrarían su cadáver y que no podría resistirlo. Sin embargo, no sintió nada, tan solo la constatación de una hipótesis. Su corazón se había echado a un lado, y su mente tan solo quería registrar todo lo que fuera necesario en ese momento forzosamente breve, bajo la atenta vigilancia de dos toscos rusos armados que insistían en que Germán habría sido devorado por los lobos cuando intentaba huir.

Él y los otros voluntarios empezaron a cavar el suelo helado. No disponía de mucho tiempo. Víctor observó bajo la delgada capa de nieve vuelta a congelar dos rastros de huellas diferentes, prácticamente borrados. Uno llegaba hasta el tronco de un árbol, donde había una oquedad, y luego retrocedía hasta el lugar donde estaba el cuerpo y volvía de nuevo al árbol, para difuminarse al salir del claro. El otro se interrumpía exactamente a los pies de Germán. Víctor, cuando llegó el instante de coger el cuerpo por la cabeza y los pies, pudo examinar el cráneo fracturado de su amigo. La posición de los miembros y la ausencia de regueros de sangre alrededor en nada sugerían la lucha y el terror de quien ha sido devorado vivo. Germán había muerto de un golpe en la nuca con un objeto contundente. Les indicó a sus compañeros que entretuvieran un instante a los guardas. Uno de ellos declaró que necesitaba urgentemente aliviar sus intestinos y los rusos, entre bromas toscas, le vieron cagar sobre la nieve mientras lo apuntaban con sus armas. Víctor apenas tuvo tiempo para acercarse al árbol e introducir una mano en el hueco del tronco. Allí descubrió una pequeña bolsa de lona donde la urraca Gálvez guardaba algunos objetos robados: las pequeñas, tristes propiedades de los muertos. Entre ellas, la alianza de Germán.

Las autoridades del campo elevaron a oficial la hipótesis de los soldados. Germán había sido atacado por una manada de lobos en su intento de fuga. Los oficiales se tomaron bastante interés en proteger a su asesino.

Pero, a pesar de ese esfuerzo, Gálvez estaba asustado y todos podían verlo. Una tarde, al pasar lista tras el día de trabajo, se anunció que una serie de presos serían trasladados a otro campo. Gálvez estaba entre ellos. Ya estaba quemado en este.

Todo se haría al caer la noche. Gálvez tuvo un sueño agitado. Cuando abrió los ojos se encontró con lo que más temía, como una pesadilla dentro de otra pesadilla. La cama estaba rodeada de hombres que le miraban en una oscuridad solo aliviada por la pálida luz lunar que entraba por la ventana sucia de polvo y grasa. Una mordaza amortiguaba sus protestas. Con ojos desencajados escuchó cómo en un susurro se pronunciaba la acusación. Germán había descubierto la condición de delator de Gálvez y una mañana de trabajo en el bosque lo siguió hasta el lugar donde guardaba sus rapiñas. Gálvez corrió hacia él, lo golpeó en la nuca y dejó su cadáver expuesto para que fuera devorado por los lobos. Contaba con que las autoridades a las que con tanta eficiencia servía cubrirían, llegado el caso, su crimen. Gálvez pedía compasión con los ojos, pero fue incapaz de negarlo.

También entre susurros la vergüenza, el terror y la sentencia. Le sujetaron la cabeza y le hicieron ingerir matarratas. Matarratas que precisamente Gálvez, el conseguidor, les había facilitado hacía unas semanas. Gálvez reventó por dentro, murió como un perro. Esa noche, Víctor pudo consentirse el llanto. Ya no era la tristeza del amigo perdido, era la emoción de saber que él, el más triste y desvalido de los hombres, había hecho justicia.

A la mañana siguiente, el cadáver del conseguidor apareció rígido en su litera. El médico del campo dictaminó un paro cardiaco. No se molestaron en investigar más. Empezaba a ser un engorro, y los hombres como Gálvez son siempre reemplazables.

XIV

Volverás a Usera

¿Por qué ejerció de detective tras su regreso a España? Lucía le permitía alojarse en uno de los costosos apartamentos propiedad de la familia, donde ella lo visitaba de vez en cuando. Allí se sentía cómodo. La pensión del Gobierno alemán y la ocasional ayuda de su hermana hacían posible la vida frugal que le bastaba. No era el dinero, no, pero el ejercicio de su oficio le servía para no caer en la desesperación. Sacar a la luz secretos, exponer la verdad de los hechos... era como repetir aquel momento de plenitud en Makarino, como si sus días fueran algo más que un dejarse vivir. Había en ello una sensación de propósito, quizá descubrir algún día todo lo que esa herida en la cabeza le había robado.

Tenía que recuperar aquel propósito, ahora Virginia le ofrecía una segunda oportunidad antes de destruirse a sí mismo.

Se plantó ante el espejo. Cogió brocha y jabón y batió bien el cuenco hasta obtener una abundante y cremosa espuma. Se embadurnó las mejillas y el labio superior. Se afeitó la cara y, sin encomendarse a Dios ni al diablo, hizo después desaparecer su bigote. Se enjuagó y se secó con una toalla. Su aspecto le pareció incongruente, pero ya era demasiado tarde. Se palmeó el rostro con una buena cantidad de Aqua Velva, que le hizo arder la piel.

Fue a la cocina con el labio superior en llamas e hizo medio litro de café bien cargado.

Sentado en la mesa del salón, se lo bebió taza tras taza. Ingirió con ellas una decena de magdalenas para que le subieran los niveles de glucosa. Tenía que volver a salir, perder el miedo a las calles, al contacto con la multitud. Salir también de sí mismo, observar, sumergirse en la corriente de los hombres y sus negocios. Había que hacerlo sin pensar, como al zambullirse en agua fría.

Como se sentía pletórico, llamó a Amancio. Esperaba no despertarle.

—Soy yo, Amancio. Soy Víctor.

—¿Qué haces despierto a esta hora? —se extrañó Amancio.

Sí, lo había despertado.

—He vuelto al trabajo. Voy a resolver un caso.

—Me parece una idea excelente. ¿De qué se trata?

—Tengo que encontrar a alguien.

—¿Un marido desaparecido? ¿Un hijo pródigo? Espero que no vuelvas al costumbrismo.

—No, se trata de una muchacha perdida sin dejar rastro.

—Perdida en el bosque, como en una leyenda. Me parece un caso hermoso, Víctor.

—Nunca lo son. Me he afeitado el bigote.

—Eso me parece mejor aún. ¿Cómo te ves?

—Pues ahora mismo me veo cara de lavabo.

—Te irás acostumbrando. Que haya suerte, Víctor.

—Gracias, Amancio.

—Cuídate.

Se puso una gabardina, se miró por última vez al espejo. Se preparó una petaquita con una reserva de láudano por si acaso. Cogió el monedero y comprobó que llevaba varios billetes de cien pesetas y una buena cantidad de monedas. Las llaves, una bufanda y tabaco para ofrecer. Tenía a gala no fumar. Podía beber como un energúmeno y durante algunas épocas de su vida había introducido en su torrente sanguíneo cantidades de morfina suficientes para matar varias veces a un levantador de pesas, pero su abstinencia respecto al tabaco le hacía creerse sobrio.

Mientras bajaba en el ascensor junto al silencioso ascensorista, Víctor se sorprendió a sí mismo silbando. Salió al ampuloso vestíbulo. Un hervidero de gente salía de los hoteles, se dirigía a las oficinas, a los comercios de lujo, con tanta agitación como en una estación de tren. Por algo prefería salir de allí ocasionalmente, y solo por la noche.

Pero la mañana tras las puertas que daban a la plaza de España era espléndida, fría, seca y radiante, un medio en el que se podía sentir bien.

—Buenos días, señor Cano. Va usted hecho un pincel —le saludó Julián, tras el mostrador.

Julián y su aire de espabilado contrastaban escandalosamente con la marcialidad austrohúngara del uniforme de recepcionista y con toda la mitología grecofascista del bajorrelieve que tenía a su espalda. Aquellas formas severas, arcaizantes, acudían con frecuencia a visitarle en las ensoñaciones del opio, donde el zigurat se transformaba en un laberinto de moquetas y linóleo, atravesado de cables, cañerías y voces, al que a veces eran invitados los dragones fabulosos del restaurante de Shiao. Ahora escapaba por unas horas de todo eso con destino al mundo real. Quizá Amancio tenía razón y le convenía hacerlo.

Y nada más real que coger el autobús un viernes por la mañana. Víctor se había situado en un asiento junto a la ventanilla y entornaba los ojos cuando el sol los asaltaba en alguna curva, mientras aquel mamotreto traqueteaba y zumbaba como mil demonios e iba llenándose de gente conforme bajaba por la cuesta de San Vicente y pasaba por el paseo de la Virgen del Puerto, continuaba por la ronda de Segovia y cruzaba, de un modo que a Víctor le pareció triunfal, el puente de Toledo hasta llegar a Usera.

Víctor se fijaba, quizá con más atención de la aconsejable, en los rostros de hombres y mujeres en el autobús. Intentaba recuperar la embriaguez de mezclarse en las calles con sus semejantes que experimentó tras su regreso a España y los meses pasados en la clínica del doctor Borau, recuperando sus recuerdos. Acostumbrado a un mundo prácticamente monocromo, a un número restringido de caras y experiencias, el contacto con la actividad de la gran ciudad le entusiasmaba. Todo era ilimitado, todo era posible. Se acordaba de esos primeros días ahora, sentado en aquella línea, dejándose acariciar por la tibieza de un sol de invierno, intentando imaginar las vidas y los pensamientos de los viajeros que eran engullidos y después vomitados por el autobús. Durante un par de años había huido del rostro humano, reduciendo su presencia al mínimo; ahora empezaba a sugestionarle de nuevo. Víctor leía las caras como quien lee un texto.

El luminoso de Frío Philips al principio de Marcelo Usera le saludó como un viejo conocido. Cuando descendió del autobús, le pareció que al cruzar el Manzanares había superado no solo una frontera física, sino también mental. Usera no era otro barrio más de Madrid, era otro estado de ánimo.

Usera tenía varias capas. Había esa animación de barrio obrero que a Víctor le complacía en otros tiempos. Los sonidos, las voces, la bulla, las radios encendidas tras las ventanas, los golpes de las persianas al levantarse… Había algo así como una salud esencial, una vitalidad desenfadada, pero también por debajo una oscura rabia. Porque Usera era también el barrio de los que habían perdido. En los descampados, que antes fueron huertos y más tarde campos de chabolas, no era raro que los niños encontraran casquillos de bala y hasta obuses semienterrados. Las cicatrices de una tragedia sobre la que se levantaron bloques de pisos baratos.

Un lugar proveniente de un pasado oscuro y donde el sol no brillaría en el futuro, donde solo se tenía un presente de sofás de escay, laca Nelly, bloques de edificios medio construidos, calles aún sin asfaltar y muebles de contrachapado. Nadie se quedaba allí por gusto; los que lograran marcharse jamás sentirían nostalgia por un mundo ya decrépito al nacer. Tullidos y chicas guapas, cardados y dermatosis, viejos homosexuales buscando jóvenes robustos y violencia agazapada. Por las noches, discotecas, billares y cines, versiones manoseadas de los esplendores noctámbulos del centro. Y a Dolores Rivera, por algún motivo, le excitaba coquetear con todo aquello.

Una ciudad, un barrio pueden cambiar mucho en seis años. Víctor temía tener que aprender de nuevo a orientarse en unas calles que había llegado a conocer todo lo que un extraño puede llegar a conocer un distrito exuberantemente secreto como este era, hecho de vericuetos y sótanos y trastiendas.

Así que se encaminó al café Delfín. Si el café Delfín había desaparecido era que ya no había un lugar en el mundo para el viejo Víctor. Por fortuna seguía allí, como si el tiempo no lo hubiera rozado. Un nuevo *pinball*, canciones diferentes en el *jukebox* y una mano de pintura de un verde mortecino que ya ostentaba la misma pátina oleosa y ahumada de cuando él se movía por allí. Los camareros lo reconocieron y, como eran gente educada, no le hicieron muchas preguntas sobre su ausencia. Víctor se sentó a esperar la aparición de Braulio. Con Braulio uno no se citaba; él simplemente aparecía en el local con aire de pura casualidad, con una expresión de despiste del todo engañosa, ya que nada, y no hay exageración alguna en la frase, nada se escapaba a los ojos, algo opacos por principio de cataratas, de Braulio: casi manco, vivaz, truculento. Perdió varios dedos en el frente de Teruel y vivía de una modesta pensión —algo los unía a ambos, al fin y al cabo—, de hacer pequeños recados y de vigilar aparcamientos en salas de fiestas.

Braulio lo sabía todo del barrio. Tenía el don de la ubicuidad y la discreción; sabía observar, sabía escuchar y sabía callar, es decir, jamás se hablaba con la policía. Pero Víctor, aunque detective, era otra cosa. Era, como él, un veterano, y Braulio era el cronista perfecto de la malandanza desde Marcelo Usera hasta Orcasitas.

Y así, cuando el sol rayaba el mediodía y le pegaba a Víctor en los ojos, que pensó que maldita sea, por qué no habría traído las gafas ahumadas, entró Braulio como quien acaba de caer del cielo en paracaídas, con un aire que casi podría pasar por inocencia. Braulio había visto a Víctor nada más entrar, diríamos que lo había visto ya cuando cruzaba la calle, pero Braulio hizo un saludo general, se detuvo en un par de mesas a intercambiar frases rápidas y algún chascarrillo y finalmente se situó en la barra, al lado de Víctor, sin mirarle.

—¿Qué se te ha perdido, fascistilla? —Era su forma de ser cariñoso.

—Te echaba de menos, marica. —Víctor no iba a ser menos.

—Estás más viejo.

—Y tú más manco.

Braulio sonrió y le dio un puñetazo en el hombro con el brazo bueno. Ya estaba roto el hielo, así que había que conseguir que se sintiera bien; de lo contrario, tendía a ponerse nervioso y evasivo. Braulio podía ser desesperante, susceptible y esquivo como un niño de ocho años al que uno pretendiera sonsacar información comprometedora.

Así que Víctor le pidió un café, unas porras y una ensaimada, que todo le entraba al hombre. Luego, viendo cómo se le iba la vista al *pinball* nuevo, lo invitó a unas partidas. Con la mirada dividida entre la bola metálica tropezando entre las luces parpadeantes, el marcador y el dibujo de unas señoritas estupendas de Capri lanzándose a una piscina en el cabezal, su fuente empezó a sentirse a sus anchas. Una copilla de coñac era lo único que le apartaba de abrir las compuertas de su archivo personal, y Víctor, que sabía que quien desea información no debe ser cicatero, le convidó a una copa de Magno. Braulio, sin dejar de golpear espasmódicamente los mandos del petaco con su mano izquierda, que evocaba la pinza de un crustáceo, sintió que era el momento de largar.

Así habló Braulio.

—¿Toni? ¿Toni Bustaid? Un tarambana. Su padre era un buen hombre, lo conocí yo, pero el niño se echó a perder.

Luego guardó silencio mientras lanzaba furiosamente la bola contra las dianas encendidas. Braulio se enfrentaba a cada partida no con el temple frío del chuleta joven, sino de una manera agónica. Algo generacional, sin duda. A veces perdía el hilo.

—Que Toni es un pájaro ya lo sabía, Braulio.

—Me cago en Dios.

La bola desapareció en las profundidades de la máquina, entre los dos *flippers,* incapaces de detenerla. Miró suplicante a Víctor, que introdujo una moneda de un duro y le proporcionó algunas partidas más. Braulio tiró del impulsor y la bola salió con brío a su batalla de *flashes,* pasadizos y resortes.

—A ver. El chaval era trabajador, ¿sabes? Ayudaba a su padre en lo que podía. Le pasó como a sus amigos, que vieron la película aquella, la de los gamberros esos que bailan mientras se canean, ¿cómo se llama?

—*West Side Story.*

—Esa, que ya podían poner el nombre en cristiano.

—Les gustaría menos, Braulio.

—Pues eso, fue verla y se volvieron locos, de repente les dio por hacer bandas y llevar esos botines de marica y vestir como matachines.

Braulio a veces usaba palabras que había oído por ahí.

—¿De qué banda es?

—De los de aquí del barrio, los Ojos Negros.

—Esos son los mejores, ¿verdad?

—A esos no les tose nadie, Víctor. En Usera tenemos más huevos que en Carabanchel, por ponerte un ejemplo.

—Hombre, hombre...

—¿Que no? Mira, ni los de Orcasitas se atreven. Se cagan vivos.

—¿Trabaja en algo?

—Trabaja en un almacén de fertilizantes e insecticidas en Cristo de la Victoria. ¿Por qué te has afeitado el bigote? ¿Para parecer más joven?

Braulio era dado a dispersarse. Había que mantenerlo a raya para que no se fuera por las ramas.

—Porque me ha salido de los cojones. ¿Toma muchas pastillas?

—Está todo el día hasta las cejas, como un azogado. Bueno, él y todos los suyos, hasta las chicas, que habría que ver las chicas.

—De armas tomar, ¿no?

—Muy guerreras, Víctor, que las he visto dar puñetazos en las tetas a otra tía. Yo me lo pensaría antes de meterme con ellas.

—Me han dicho que tiene un grupo de música.

—Sí, es el que canta, el guaperas.

—¿Cómo se llaman?

—Los Impalas. Tocan todos los viernes en Los Boys. Son unos mataos, pero a los chavales del barrio les gustan.

—Hoy es viernes, ¿verdad?

—Coño, Víctor. ¿En qué mundo vives?

—Eso me pregunto muchas veces. ¿Sabes si tiene una novia rica?

—Se pasea con su Bultaco con una chica muy guapa detrás. No sé si rica, pero no es del barrio, ni de lejos. ¿Se ha metido el Toni en algún follón?

—No lo sé, eso es lo que quiero averiguar. ¿Tiene mal vino? ¿Es un tío violento?

—Es un tío bragado, si no de qué iba a estar con los Ojos Negros. Se pone muy loco con las pastillas, eso lo sabe todo el mundo.

—¿A ti cómo te cae?

Un sonido como el de un disparo resonó desde el *pinball* en todo el bar. Braulio se volvió sonriente hacia Víctor.

—Bola extra. ¿Qué te parece?

—Que eres el más grande, pero no me has respondido.

Braulio disparó de nuevo la bola que la máquina le había regalado y se concentró en el juego.

—A mí me cae bien.

Y ese dato era importante. Si a Braulio alguien le caía bien, era buena señal.

XV

Donde Víctor se muestra filantrópico y tiene un mal encuentro

«Bola extra». Amancio le solía decir que desde que sobrevivió a la metralla en Krasni Bor estaba tirando de su bola extra, metáfora no muy propia de un estudioso de los presocráticos, pero es que Amancio era un hombre que iba a bares. Y lo tenía muy a gala. «Todo lo que tienes es tiempo regalado»: esa frase la había rumiado Víctor durante años.

Entró en la primera cabina telefónica que encontró, echó unas monedas y marcó el teléfono de su vecina, que no tardó en responder al otro lado. La voz de Estela era una voz imposible para una actriz que no fuera una característica, pero tenía un encanto difícil de definir. Siempre parecía estar a punto de echar a reír.

—¿Estela?

—¡Hola, vecino!

—¿Cómo fue la prueba?

—Un asco. Cogieron a otra más guapa que yo.

—No pasa nada, ya saldrá otra.

—Bueno, siempre digo eso, pero… Uf.

—¿Te apetece ver un concierto de los Impalas?

—¿Quiénes son?

—El grupo de Toni, el novio de tu amiga Lola.

—Lola no es mi amiga. Ya me gustaría.

—Pero él sí es su novio, eso sí lo he comprobado.

—Serán muy malos, ¿no?

—Mi amigo Braulio dice que son unos mataos, pero tampoco tiene un oído muy fino. De todos modos, a mí toda esa música me parece un horror.

—Anoche te gustó.

—Estaba drogado.

—¿Y por qué me invitas? ¿Te apetece verme?

—Bueno, fundamentalmente para que no piensen que soy un secreta.

Ahora Estela se rio de verdad.

—¿Dónde tocan?

—En una sala que se llama Los Boys.

—Anda, me han hablado de ella, creo que es un antro. Me encanta. ¿A qué hora nos vemos?

—A las ocho y media. Está en la calle Dolores Barranco, número 51. ¿Sabrás llegar?

—Tengo muchos tiros dados, vecino. ¿No me vas a invitar a cenar?

—Yo no suelo cenar. A las ocho y media.

—Eres un golfo. —Se rio y colgó.

Detrás de la desvencijada persiana levantada, Casa Bolívar tenía el aspecto de una cueva. En su penumbra caótica y feraz se respiraba un penetrante olor a DDT, sulfato de cobre, turba y nitrato de Chile. Sacos de abono, latas con zotal, esquejes, tiestos y fumigadoras. Que un tipo como Toni trabajara en ese microcosmos huertano, entre sobrecitos con semillas de buganvillas, tomates y melocotones, no dejaba de tener su gracia. Había un hombre encorvado, de pelo ralo, con un guardapolvo azul y un bolígrafo en el bolsillo. Víctor se disponía a consultarle, pero una voz lo interrumpió.

—¿Desea algo?

Víctor se volvió y se topó con una mujer de unos cuarenta y cinco años, de huesos fuertes y pelo cardado, a la que rodeaba un aura de autoridad, Myrurgia y desengaño. En el acto, Víctor intuyó que era viuda y era la que mandaba en el negocio.

—¿Trabaja aquí Toni?

La mujer lo miró de arriba abajo.

—¿Se ha metido en algún lío?

—Todo el mundo me pregunta lo mismo.

Como el dependiente encorvado parecía pegar la oreja en dirección a ambos, la mujer le pidió a Víctor que la acompañara al interior de un despacho situado en la trastienda.

Era una estancia angosta, sin ventanas, un par de almanaques en la pared, un archivador Roneo, una mesa camilla con un sofocante brasero eléctrico y algunos libros de cuentas abiertos.

La mujer, que se llamaba Aurora, lo invitó a servirse de una caja de galletas surtidas Cuétara y le puso una copita de anís que Víctor aceptó.

—Ya no trabaja aquí. Desde hace una semana. Se despidió.

Aurora sacó un paquete de Chester y encendió un cigarrillo.

—¿Riñeron?

—Fue muy embarazoso. Él quería un aumento, yo no me lo puedo permitir. Verá, Toni está muy nervioso, desde hace unos meses gasta demasiado.

—¿Tiene que ver con la novia que se ha echado?

—¿Qué es lo que sabe?

—Se ve con una chica de clase alta, ¿no?

—¿Qué es lo que busca usted?

—A ella, a Dolores Rivera. Ha desaparecido de su domicilio. Están juntos, ¿verdad?

—En mala hora, porque a Toni nunca le han faltado muchachas que quieran estar con él. Usted me entiende.

Aurora le dio una buena calada a su cigarrillo y sonrió al decirlo. Toni supuso que tendría sus motivos para hacer esa afirmación.

—Esa chica lo tiene soliviantado. Lo va a echar a perder.

—Tampoco es que él sea un santo.

Aurora apagó el cigarrillo en el cenicero. Parecía haberse ofendido.

—Antonio es un buen muchacho. Aquí tenía un buen trabajo, cuidábamos de él. Ahora estará con esos macarras con los que se junta.

—¿Por qué cree que Dolores es una mala influencia para él?

Víctor notó la incomodidad de Aurora.

—Mire… No es una chica que puedas retener. Es de ventoleras, puede desaparecer de tu lado durante días y solo volverá cuando a ella le venga en gana. No puede uno hacerla suya, ¿me entiende?

—¿Cómo sabe tanto de esa relación?

—Me lo contaba Toni.

—Se tenían mucha confianza entonces, ¿no?

—¿Hay algo más en lo que le pueda ayudar?

—¿Sabe dónde puedo encontrar a alguno de sus amigos?

Aurora miró a Víctor.

—Su hermano, el Dudi, trabaja en el andamio.

—¿Es también de los Ojos Negros?

Aurora negó con la cabeza, claramente ya no tenía intención de hablar mucho más. Víctor se levantó, echó mano a la caja y se metió un par de galletas en los bolsillos de la gabardina.

—Me llevo un par de estas.

—Las que quiera.

Pero antes de que se marchara, Aurora le hizo un ruego.

—No le vaya a arruinar la vida a Toni.

—Ojalá no se la haya arruinado él mismo.

Víctor atravesó el almacén hacia el exterior, sintiendo que la mirada del hombre del guardapolvo le taladraba la nuca. Fuera había empezado a llover, escuchó por última vez la voz de Aurora desde la puerta del despacho.

—¿Quién es usted?

Víctor se volvió y no supo qué responder. Luego se subió las solapas y echó a caminar bajo la lluvia.

El día se había estropeado, y no solo por el chaparrón. A Víctor le volvió a rondar una inconcreta sensación de infortunio, y para colmo su cuerpo empezaba a demandar la cantidad necesaria de apaciguador. La mera idea de volver a su torre se le antojaba como un viaje interplanetario, así que tomó una determinación.

Era un lugar infame, pero estaba cerca. Un edificio de mala calidad orientado al norte y en un callejón estrecho. Nadie esperaba otra cosa de un sitio así. Subió las escaleras y no tuvo que llamar a la puerta. Un pequeño mostrador en el vestíbulo con un flexo necesario ante la escasez de luz natural. Un enano con rasgos femeninos, gafas de culo de vaso y ginecomastia le dijo que no podía alquilar la habitación él solo. O con chica o nada que hablar. Víctor suspiró y se acercó a un saloncito donde las muchachas estaban jugando a las cartas, arrimadas a la mesa camilla porque hacía frío. Eligió a la más guapa de todos modos. Dos horas.

Le dieron la llave y entró en una habitación con una luz que parecía un sudario. Fue a bajar la persiana. Desde la ventana se veía un taller mecánico. Bajo la lluvia que arreciaba, un perro corría a guarecerse al interior. Encendió una lamparita ruin sobre la mesita de noche. Cuando se volvió, la chica se estaba quitando la falda.

—No hace falta.

Se sentó sobre la cama. Ella se acercó a bajarle la cremallera del pantalón.

—No, tranquila. No quiero nada, solo necesito echarme un rato. ¿Cómo te llamas?

—Nieves.

—¿De dónde eres?

—No se lo quiero decir. —La joven tenía un acento muy marcado.

—Granadina, ¿verdad?

—De Vélez.

—Escucha, Nieves, yo solo quiero tomarme una medicina y echarme un rato. Tú puedes hacer lo que quieras.

—¿Quiere que le deje solo?

—Mejor quédate aquí; si sales tendrás que meterte en la cama con algún tipo asqueroso.

—Gracias. ¿Puedo encender la estufa?

—Sí, me va a dar mucho frío.

Nieves se volvió a vestir y encendió una estufa de resistencia en una esquina que inundó la habitación con un calor árido, sin alma. Víctor se despojó de su gabardina mojada y la colocó sobre una silla para que se secara. Luego le ofreció una manta que había sobre la cama.

—Si quieres, échatela por encima.

Nieves la aceptó, desconfiada.

—¿Le importa si hago crucigramas?

—Claro que no. Puedes hablarme si te apetece, pero poco.

—Bien.

Víctor cogió un vaso que había en la mesita de noche. Lo llenó en el grifo ruidoso del pequeño lavabo de la habitación, con una palangana de peltre dentro. Disolvió en su interior un chorro de láudano de su petaca.

Se echó en la cama y dejó que la química obrara su magia.

La tarde se fue deshaciendo mientras la mente de Víctor erraba a su antojo. Le gustaba aquella paz, pero sobre todo le gustaba ese libre vagabundeo en el que siempre esperaba encontrar alguno de sus recuerdos perdidos. En la clínica podían haber restaurado una parte de su memoria de la infancia y la adolescencia, pero no era suficiente, se trataba al fin y al cabo de impresiones de segunda mano. Le habían dispensado durante semanas relatos, fotografías de álbumes familiares y metacualona, y había podido reconstruir solo una parte de aquellas ruinas. Pero ¿y la voz de su madre?, ¿y los perfumes de las noches y los jardines y los cuerpos?

—Puñal malayo, cuatro letras.

—Kris.

Víctor no podía quitarse de encima la imagen de aquel perro que corría bajo la lluvia. Él había conocido uno así, medio podenco, medio mastín. Se le aparecía, vívido, su olor a perro mojado cuando lo abrazaba, el recuerdo de haberle sacado una astilla de una pata.

Qué rara felicidad aquel recuerdo nuevo y que era suyo, que nadie le había contado. Quiso detener el tiempo, olvidarlo todo y atesorar ese instante de intimidad con aquel buen animal del que ni siquiera sabía el nombre. Imaginó que seguía a su perro en su loca carrera huyendo de la lluvia; él mismo podía correr como él, ligero, sin la carga pesada de su cuerpo y de sus años. Lo siguió por calles desconocidas, por carreteras, por caminos polvorientos, por bosques. Atravesó con él umbrales de casas abandonadas, palaciegas, suntuosas, que alguna vez albergaron fiestas y banquetes y en las que ahora el viento hacía golpear las hojas de las ventanas desvencijadas. A veces se detenían y rodaban por el suelo, el perro le lamía la cara y Víctor reconoció el sabor de una felicidad que creía perdida.

Se quedó dormido un instante. Nieves se volvió y, mientras la noche caía definitivamente sobre las calles de la ciudad, se quedó mirando las facciones de aquel hombre extraño al que no entendía.

Víctor abrió los ojos y vio a Nieves sentada en el borde del colchón, inclinada sobre él, observándolo.

—¿Me estabas mirando?

—Es que me recuerda al cura de mi pueblo.

Víctor sonrió.

—No sé cómo debería tomármelo.

—Era un buen hombre. Se volvió loco y se tiró por un balate.

—¿Sabes por qué?

—Qué va, estaba dando misa y se quedó mudo, ¿sabe? Como si no encontrara las palabras para seguir. Luego salió de la iglesia y ya nadie lo vio hasta que encontraron el cuerpo.

—Nadie sabe lo que corre por la cabeza de las personas, Nieves. ¿Qué hora es?

—Son las siete, ya es de noche.

—Sí, tengo que irme.

Víctor se incorporó un poco. Esa era la parte que más le costaba. Se quedó mirándola con más atención. Se preguntaba qué hacía allí, qué pudo salir mal, y solo se le ocurrió la frase hecha que acababa de soltar: nadie sabe lo que corre por la cabeza de las personas.

—¿Te acuerdas de muchas cosas de tu pueblo?

—Sí, pero me da mucha pena.

—No sientas pena, ahí los tienes para cuando los necesites. Los recuerdos nadie te los puede quitar.

Víctor ya había pagado al bufón velazqueño de la entrada, pero cogió algunos billetes más y se los puso en la mano a Nieves.

—Cómprate un vestido si quieres.

Ella cogió el dinero con la misma desconfianza con que había tomado antes la manta y se lo metió bajo la falda. Estaba muy confundida y salió de la habitación con la cabeza baja. Víctor la oyó tropezar en el pasillo.

Tenía una hora hasta encontrarse con Estela en la puerta de Los Boys. Deambuló por las calles, donde seguía lloviendo. La noche y la lluvia habían borrado lo poco que de vitalidad obrera le quedaba al barrio. Ahora parecía sombrío y vagamente irreal. Había escaparates y luces de bares aquí y allá, sí, pero nada que ver con lo que se veía en el centro. La noche en el centro era una promesa de felicidad, aunque solo al alcance de unos pocos; aquí adolecía de una palidez menoscabada de fantasma.

Estaba esperando a que cambiara la luz de un semáforo cuando reparó en alguien que lo estaba mirando al otro lado de la calzada. Era un hombre de su edad, mal vestido, con la cicatriz de una quemadura en la cara. Lo miraba con asombro y terror. De repente se dio media vuelta y se alejó de allí.

—¡Eh, para! ¿Adónde vas?

Víctor se lanzó detrás y casi lo atropella un coche. Lo vio perderse por un callejón lateral. Se introdujo en él, decidido. El hombre intentaba correr como podía, pero una mala cojera hacía su paso demasiado lento. Víctor le dio alcance, lo agarró de las solapas y lo estampó contra la pared.

—¿Por qué corres? ¿Por qué me mirabas?

El hombre lo seguía mirando, asustado. ¿Había visto él aquellos ojos antes?

—¿Me conoces de algo? —le gritó, furioso.

Aquel tipo apestaba a semanas sin lavarse. Negaba con la

cabeza mientras hablaba con una voz que era un graznido. Una voz que también apestaba. ¿De verdad él pudo conocer a alguien así? ¿Podría acabar él también pareciéndose a ese sujeto?

—Me he equivocado, lo tomé por otro.

—¿Cómo te llamas?

—Yo no le he hecho nada, déjeme en paz.

Víctor se calmó un poco y lo soltó. Lo volvió a mirar: había algo en esa cara, algo que reconocía.

—Yo te he visto en alguna parte.

Víctor sintió entonces un dolor agudo en la palma de la mano. El tipo había sacado una navaja y le había rajado. Víctor contuvo un grito y, mientras se inclinaba para tapar la herida, el individuo desapareció.

XVI

Un grupo que causa sensación

—¡Te has afeitado el bigote! —Y acercaba sus ojos curiosos a la cara de Víctor, como si quisiera verificar que el cambio era real.

—¿Sí? No me había dado cuenta.

—Estás más mono. ¿Qué te ha pasado en esa mano? —preguntó divertida Estela, que acababa de aparecer arreglada de una manera exquisitamente informal en la fachada de Los Boys. Ya no llovía, pero su mera presencia hubiera detenido la lluvia.

—Me atacó un tigre.

—No me lo vas a contar, ¿verdad?

—No.

Víctor no podía compartir con nadie, ni siquiera con alguien como Estela, la profunda sensación de asco que sentía. No era el hedor de aquel tullido que no se le iba de la cabeza, era que de nuevo se removía el lecho fangoso al fondo mismo de su conciencia, en esa náusea que corroía cada instante de sus días y sus noches.

La voz de su vecina lo sacó de sus cavilaciones.

—Enhebra.

Víctor vio que Estela le invitaba con un gesto a que se agarrara a su brazo para entrar en el local, donde colas de jóvenes se agolpaban. Víctor se sentía por completo fuera de lugar en aquel ambiente, pero ir del brazo de Estela, que se adentraba decidida, entusiasmada, del todo en su elemento, lo hacía sentir invisible, como si se le hubiera concedido un pasaporte provisional a un mundo al que hacía tiempo que había dejado de pertenecer.

Durante doce años, Víctor se había mantenido alejado de las aglomeraciones. Once años en un campo de prisioneros, las semanas de hacinamiento en el Semíramis y tener que abrirse paso entre el fervor de la multitud que los esperaba en el puerto de Barcelona —y ella no estaba allí— había sido más que suficiente para cultivar en él el horror al contacto con los cuerpos de desconocidos. No era ya el temor a ser aplastado, era como si fuera consciente de que un yo tan precario como el suyo, sostenido con alfileres, pudiera disolverse entre la turba como un terrón de azúcar en una taza de café.

Todos esos recuerdos se le vinieron encima al atravesar, uncido a Estela, las pesadas cortinas de terciopelo, de un rojo mugriento, que daban acceso al local. Le entraban deseos de huir de allí, pero se sentía seguro, arrastrado por su guía, que se abría paso por el río de cuerpos que llenaba el espacio comprendido entre la barra y la tarima que hacía las veces de escenario.

Estela parecía transfigurada de pura excitación. Se volvía hacia él, tiraba de su mano, para ella era algo así como una experiencia bautismal.

—¡Qué bárbaro, vecino!

Víctor intentó hacerse una composición de lugar. Calculó que en ese momento en el local se agolpaban unas doscientas personas para un aforo de cien. Chicos y chicas, solos o en parejas o en grupos, currelas todos, vestidos con atildamiento callejero. Pantalones de pata ancha, cazadoras de cuero, calcados de las películas. Las mismas chicas que se arruinaban las manos en talleres y puestos del mercado, que se dejaban los ojos como mecanógrafas, vestidas llamativamente y con un aire de desafío, porque era viernes y era su noche. Víctor miró hacia arriba, donde una bola de espejos giraba lentamente arrojando sus destellos sobre los pelos cardados, teñidos y engominados. Un denso incienso de sudor, laca y perfume barato. El equipo de sonido tenía la rudeza violenta de los altavoces de las atracciones de feria y Víctor sentía que le golpeaba el estómago, muy sensible a las náuseas tras la ingesta del láudano.

—¿Qué bebes tú? —Víctor intentó ser cortés.

—Yo bebo *whisky,* como un caballo.

—Bien, estoy de acuerdo. Vamos a la barra.

Se abrieron paso entre el gentío. La mirada ávida de Estela no dejaba ángulo sin revisar.

—Aquí vienen muchos enteraos, ¿sabes? —le gritaba al oído, muy animada—. Les parece muy auténtico. También lo encuentran peligroso, y les encanta contar que han estado en Usera.

—No me impresiona.

Una vez en la barra, Víctor pidió dos *whiskies* bien servidos. Brindaron y se dedicaron a observar al público, que era un espectáculo en sí mismo. Estela, muy acelerada, no paraba de hacer comentarios, pero Víctor estaba demasiado concentrado para seguirla.

—Piensan que es fácil ligar con las chicas del barrio, pero más de uno se ha llevado una tunda. Mira ese de ahí, es escritor. No me acuerdo cómo se llama, pero intentó entrarme una vez.

Víctor vio a un tipo delgado, con unas gafas que le daban un aire de seminarista. Lo acompañaba una chica joven, muy guapa, vestida con una ropa que manifiestamente no había comprado en España.

—Esa es su novia. Es actriz, malísima. Y un putón.

—¿Os lleváis siempre así de bien las actrices?

—Qué va: mucho peor.

—¿Ves a algún famoso más?

—No.

—¿Crees que vendrá Dolores?

—Puede ser, si no está muerta. Tú no bailas, ¿no?

Víctor no respondió, se limitaba a negar con la cabeza, seguía pendiente de cada movimiento en la pista.

Antes de que pudiera darse cuenta, Estela ya no estaba con él. Solo quedaba su vaso vacío sobre la barra. Al rato pudo divisarla abriéndose paso hasta la pista de baile, donde se agolpaban los cuerpos de los jóvenes, y comenzó a bailar. Parecía claro que se estaba aproximando a un chaval al que ya había echado el ojo desde la barra. Todos sus movimientos eran premeditados. Víctor procuró que aquello no le distrajera, pero tampoco quería perderla de vista. Se sentía responsable de aquella chica a la que no hacía ni dos días que conocía.

Su hermana Lucía le contó muchas veces que él era un excelente bailarín antes de alistarse en la División Azul. Le resultaba difícil creerlo. No era ya que la música que atronaba a través de los altavoces no le dijera nada —Víctor vivía de espaldas a cualquier tipo de moda—, era que su cuerpo no reaccionaba, como si la música lo atravesara sin afectar a su sistema límbico. Únicamente escuchaba con el cerebro; ni su cuerpo ni sus emociones se veían afectados por las notas. Alguien que había resistido la violencia extrema de los sonidos de la guerra, aunque no los recordara, había aprendido a aislarse del estruendo.

Víctor sintió algo parecido a la alegría del pescador que ve que tras una larga espera se sumerge la boya. Un grupo de jóvenes con cazadoras acababa de hacer su aparición por la entrada y rápidamente se desperdigó por toda la sala. Era fácil saber que pertenecían a una banda, porque los movimientos de todos los que estaban bajo ese techo eran azarosos e imprevisibles y ellos se movían entre la masa humana con un propósito, aunque Víctor no pudiera conjeturar cuál. No eran los Ojos Negros, porque nadie los saludaba y no parecían conocer bien el terreno.

Se volvió al camarero. A voces.

—Lléname.

El camarero procedió a abrir la misma botella de *whisky* y a llenarle.

—¿Has visto? Acaba de entrar una banda de chavales de otro barrio. ¿Quiénes son?

—Yo no he visto nada.

El desdén con que hasta ahora había tratado a Víctor se transformó en silenciosa hostilidad. Casi le arrojó la vuelta sobre el mostrador. Un hombre de unos treinta años también bebía solo, acodado junto a Víctor.

—Los Vikingos, de San Blas. Que también hay que tener cojones para meterse aquí. —Le dijo sin mirarlo.

Víctor se volvió hacia su imprevisto informante.

—¿Va a haber trifulca?

—Lo raro sería que no la hubiera.

—¿Nadie piensa llamar a la policía?

—Va a haber más destrozo con policía que sin ella.

Víctor asintió y se bebió de dos tragos el vaso de mal *whisky* que le acababan de poner. Le calentaba el corazón y le aplacaba un poco el hambre de las venas.

Hubo entonces un burbujeo, un asomo de oleaje. Apenas visibles en la oscuridad, los Impalas hacían su aparición sobre el escenario. Pero los gritos de bienvenida apenas tuvieron ocasión de arrancar porque sin ni siquiera mirar a su público, sin presentaciones, sin que se interrumpiera la música que sonaba antes, cogieron sus instrumentos y una tormenta de ruido desplazó cualquier otra consideración.

Los Impalas se limitaban a tocar versiones de *rock'n'roll* clásico y a tocarlas lo más alto posible. La novedad era esa: tocarlas sin ninguna pretensión de hacer música, con una fuerza elemental, una agresividad arrolladora, una chulería que a Víctor, incapaz de reconocer los temas originales, le hizo gracia. Ese sonido —no las letras, que le parecían triviales clichés malamente traducidos al español o cantadas en un inglés paupérrimo— era agresión, era odio, como si tomara forma la desesperación de los que vivían en esas calles malformadas, en esa parodia fallida de ciudad, la rabia de esos chavales que se divertían en antros como ese en el que ahora él estaba vigilando las salidas de emergencia y a Estela bailando en un abandono total.

Y, sobre todo, al cantante. Así que ese era Toni. No hacía falta que se lo dijeran. Pantalones apretados, camisa roja, un pañuelo negro al cuello y unos botines que le debían haber costado el sueldo de medio mes. Facciones angulosas, los ojos ligeramente próximos y una cara que evocaba simultáneamente amenaza y un fondo de nobleza difícil de ocultar. Cantaba a gritos, cantaba como quien reparte hostias, no importaba si era capaz de afinar, su voz era un asalto en toda regla. Se agarraba al micrófono como quien aferra un arma. Se movía de un lado al otro del escenario, espasmódico, tenso, hasta el culo de anfetaminas —si hay algo que Víctor sabía reconocer es un compañero de vicio—. Sí, ese hombre podía haber seducido a Dolores.

Víctor no perdía detalle. Vio cómo un grupo nutrido de muchachos de los Ojos Negros se había desplegado en las proximidades del escenario, como una guardia pretoriana.

Estela seguía en la pista de baile, agitando los brazos junto al chaval al que había elegido. Por la actitud debía ser un pandillero, solo que en ese momento no sabría decir si era uno de los Ojos Negros o bien pertenecía a los Vikingos, que seguían a la espera, situados estratégicamente alrededor de la apretadísima pista. Estela reía y se dejaba tomar por la cintura por el joven. Víctor sabía cómo iba a acabar todo entre los dos, pero no le afectaba demasiado. Su desinterés por todo lo relacionado con los rituales de apareamiento era el propio de un morfinómano y de alguien que hacía veintitrés años había abdicado de vivir.

Víctor percibió cómo empezó a generarse una extraña electricidad en el interior del gentío. Advirtió rápidas miradas de entendimiento entre los chicos de la banda rival. Sabía que iba a pasar algo, y entonces todo pareció ocurrir con extrema lentitud.

Estela seguía bailando, ajena a todo, y el muchacho la tomó por la cintura y le dio un beso.

En ese preciso momento, una mujer se abría paso entre los cuerpos apretados en la pista de baile, intentando llegar hasta el escenario. Destacaba entre la muchedumbre, y destacaría entre las turbas asaltando el Palacio de Invierno. Tenía el pelo rubio, vestía como nadie vestía en ese local y nadie ni lejanamente imaginaría vestir. Hacía falta no solo dinero, sino una información específica, haber viajado y haber olfateado en los lugares del mundo donde se creaban las formas de seducción. No le costaba trabajo avanzar porque la guardia de corps de los Ojos Negros, con discretos pero efectivos movimientos, fue abriendo un pasillo invisible de modo que pudiera acercarse lo suficiente para ver a Toni, que se había percatado de su presencia y cantaba sin dejar de mirarla a los ojos. Cantaba ahora con más rabia, con una especie de violenta ternura. Hacía gestos exagerados, como quien fuera a rasgarse la camisa, un mechón de pelo cayendo sobre su frente bañada en sudor por los focos y la densa atmósfera de establo y cosmética barata que inundaba el local.

Ella se balanceaba en una especie de éxtasis, el cuello echado hacia atrás y los ojos entrecerrados, derramando una gracia que no parecía de este mundo, no tocada por el humo de los cigarri-llos, los humores corporales, los salivazos y el olor a meados y ozo-nopino del lugar. Dolores Rivera había hecho su irrefutable aparición.

Víctor comprobó dos cosas: una, que estaba viva, a pesar de su aspecto de aparición mariana; otra, que —de una manera abrumadora que las fotos no podían expresar— le recordaba a su madre, a Virginia. Víctor intentó que la emoción no lo domina-ra, porque varios movimientos estaban empezando a ponerle en alerta.

Volvió a fijarse en las miradas que se dirigían los de San Blas. Uno de ellos, el que parecía el jefe, hizo un movimiento afirma-tivo con la cabeza.

Víctor se lanzó entonces a la pista de baile para sacar a Estela de allí. Mientras lo hacía, veía con toda claridad cómo los cinco chavales de los Vikingos se iban acercando al centro. Precisamen-te al lugar donde Estela y el chaval estaban bailando y besándose, ajenos a todo. Se olvidó de Dolores mientras se abría paso a co-dazos y empujones, ensordecido por la música, preguntándose por qué ese deseo de proteger a esa muchacha un poco loca que no co-nocía hasta ayer. Cegado por los resplandores de la bola de espe-jos, Víctor pensaba en los padres de Estela tal y como los vio en aquella foto de familia, durmiendo ahora en un caserón manche-go, y se le vino a la cabeza la imagen de un patio encalado con un pozo donde se reflejaría en ese instante la luna. Esa luna reflejada se le apareció con una sensación de realidad que le hizo cerrar los ojos.

Al abrirlos de nuevo, la bola de espejos seguía ahí, y la músi-ca, y el peligro. Estela se volvió al verlo cerca. Sonrió y se le ilu-minó la cara.

—¡Vecino! Te he dejado solo…

No pudo seguir, porque la arrancó de allí tirando de su brazo.

Estela protestaba, arrastrada por Víctor, pero ambos, al volverse atrás, pudieron ver cómo el muchacho que bailaba con Estela era rodeado por cinco Vikingos que habían aparecido de todas partes. Leyeron en los ojos de los atacantes esa expresión opaca, ensimismada, desalmada en el sentido estricto, del que está determinado a quitarle la vida a un hombre. Vieron en la víctima los ojos dilatados por la rabia y el miedo y los navajazos.

El muchacho cayó al suelo de rodillas mientras todos a su alrededor se dispersaban como un hormiguero atacado. Estela gritó y Víctor siguió tirando de ella sin dejar de mirar atrás. El muchacho gateaba, vomitando sangre, definitivamente abandonado por todos. Solo un espacio vacío alrededor de él, con chafarrinones de sangre pisoteada.

En el campo de prisioneros donde empezaban sus recuerdos, Víctor se familiarizó con el sucio acto de morir. Pero nunca se acostumbró del todo; la visión de la sangre derramada lo seguía perturbando, igual que en esas fulguraciones, esos fogonazos de recuerdos que se producían cada vez con más frecuencia, como si un muro empezara a agrietarse.

Ahora Estela corría el riesgo de ser engullida por la muchedumbre. Víctor la atrajo hacia sí y rodeó su cuerpo menudo por la cintura y los hombros, sintió su aliento entrecortado en el cuello y el perfume tan chic que se había puesto para quedar con él, aunque hasta hace unos minutos ella imaginara que acabaría desnuda y acariciada por un extraño de cara bonita que en ese momento daba sus últimas boqueadas en un suelo lleno de colillas, mirando la lenta, solemne bola de espejos que giraba lentamente sobre sus ojos.

Alguien decidió desconectar el sonido y encender las luces del techo. El pánico se hizo visible. Víctor pudo localizar, no muy lejos de donde ellos se debatían, a Dolores, zarandeada por el río de cuerpos. No había miedo en su expresión, más bien una especie de fascinación. Dolores miró a Toni, Toni dirigió su mirada a uno de los Ojos Negros y le hizo una señal, este se dirigió rápidamente hacia Dolores, dando patadas y codazos, y la tomó del brazo. Ambos se abrieron paso a toda velocidad hacia la salida, antes de que llegara la policía, antes de que pudiera haber nuevos ataques.

Víctor intentaba salir cuanto antes, pero las mareas del terror son difícilmente navegables. Los gritos eran más atronadores que la música de antes, tanto como el estruendo de un ataque enemigo en sus sueños. Oyó gritos de mujer a sus pies: había una chica en el suelo y todos estaban pasando sobre ella. Le pisaron los dedos y un zapatazo inadvertido le reventó la nariz. Víctor no podía retroceder para ayudarla porque literalmente fueron llevados en volandas hacia la salida, donde se había formado un tapón humano. Pronto dejaron de oír los gritos de la pobre chica mientras intentaban no caer, agarrados a las cortinas que les dieron paso.

Salieron por fin a la calle, donde todos se dispersaron corriendo en distintas direcciones. Respiraron hondo, llenando sus pulmones del aire frío que caía sobre ellos desde la luna. Víctor miraba a su alrededor. En una esquina pudo ver a uno de los Ojos Negros arrancando una moto; Dolores se había subido tras él y le rodeaba la cintura. La moto se puso en marcha y ambos se alejaron.

La había perdido.

Se volvió hacia Estela. Estaba temblando, los ojos enrojecidos. Perdida, incapaz de sonreír, como si le hubieran quitado algo.

En la sala casi vacía, el cadáver seguiría mirando asombrado las luces de feria barata. En unas horas alguien echaría serrín sobre la sangre.

XVII

Una noche amable más que la alborada

El regreso en taxi fue silencioso. Había una distancia entre ellos, y no solo física. Víctor se lamentaba por cómo se le había escapado Dolores, aunque, al fin y al cabo, ¿no era uno de sus atributos el escurrirse constantemente entre los dedos? Estela miraba por la ventanilla, de vez en cuando se secaba una lágrima con el dorso de la mano. ¿En qué podía estar pensando? ¿Sentía lástima de aquel hombre que no llegaría a los veinticinco y que esa noche la hubiera tomado entre sus brazos? ¿Sentía lástima de sí misma, de su carrera de actriz fracasada desde el mismo principio?, ¿de aquellos padres que cada mes le mandaban dinero y embutidos desde el pueblo?

—¿Lo conocías? ¿Sabes por qué querrían matarlo?

Estela no respondió. Se limitó a negar con la cabeza y a seguir mirando por la ventanilla el desfile de las calles vacías y hostiles a esas horas. Tras unos minutos, rompió su silencio.

—No me juzgues, vecino.

—No estoy en condiciones de juzgar a nadie.

—No soporto que me juzguen.

El taxi se detuvo bajo la mole del zigurat. Las farolas de la plaza de España conferían una extraña cualidad a la densa neblina que se había formado. En sus sueños siempre se le aparecía a esa hora, con la luna entre las nubes por encima y todas las ventanas apagadas, porque en sus sueños el Edificio España solo tenía un habitante. Y era él.

No hablaron mucho más en el ascensor. Ambos contemplaban en el espejo sus respectivos rostros estragados. Sentían como si un tercer pasajero, la muerte, los acompañara en su subida.

El ascensor los dejó en la planta quince. La hilera obsesiva de puertas y la fuga de los apliques en la pared. El infierno podría ser algo así, pensaba Víctor.

Se detuvieron ante el apartamento de Estela. Le costaba meter las llaves en la cerradura. El temporizador de la luz del pasillo hizo clic y las luces se apagaron. Estaban a oscuras. Por un momento Víctor modificó mentalmente su fantasía habitual y los imaginó a los dos entrando cada uno en su apartamento, metiéndose en sus respectivos dormitorios y durmiendo, como si fueran los únicos habitantes del Edificio España, como si fueran los únicos habitantes de la ciudad.

—No podría dormir sola, vecino.

—Preferiría no hacerlo.

—¿No te parezco bonita?

Claro que se lo parecía, pero no se trataba de eso y no era algo fácil de decir. Pero sintió que entre ellos, a partir de ahora los dos únicos habitantes del Edificio España, de Madrid y del planeta Tierra, no podía haber secretos.

—Llevo demasiados años de matrimonio con la morfina, Estela. Entre mis muchos pecados ya no se cuenta la lujuria.

Quedaron ambos en silencio. Él escuchaba la respiración entrecortada de ella.

El instante se alargaba y no quería interrumpirlo. Estaban a oscuras en el pasillo que siempre le inquietaba, pero la presencia de Estela, su aliento breve tan suave, lo calmaba.

—¿Tienes hambre? Puedo cocinar algo —acabó diciendo.

Incluso en la oscuridad pudo adivinar que a Estela se le iluminaba la cara.

—¿Sabes cocinar? —susurró ella.

—He aprendido.

Víctor extendió un mantel de cuadros sobre la mesa del salón y plantó encima una botella de vino común, sin lujos. Se sentaron frente a frente. Con lo que tenía en el frigorífico había improvisado unos macarrones con chorizo. Estela los devoró con un hambre de niña. Víctor apenas probó su plato, su metabolismo era caprichoso, pero sintió un gran placer en verla comer con ganas lo que él había hecho con sus manos.

—Está riquísimo. ¿Quién te enseñó a cocinar?

—No lo sé, hay muchas cosas de mi vida que no recuerdo.

—¿Fue por la cicatriz esa que tienes?

—¿Cómo lo sabes?

—Te la vi cuando te quedaste dormido anoche. Dime una cosa, ¿lo olvidaste todo todo?

—No me gusta hablar de eso.

Estela se disculpó y se sirvió de nuevo un buen vaso de vino.

—No deberías beber tanto —dijo Víctor, y en el acto se arrepintió de haberlo dicho.

—Te dije que no me gusta que me juzguen.

—No te estoy juzgando. Me preocupas.

Ella lo miró, sorprendida.

—¿Te preocupo? ¿Por qué?

—No lo sé, y no me gusta no saberlo.

Estela sonrió para sus adentros y siguió comiendo.

—Me pareces una buena chica, mereces otra vida.

—¿Te puedo hacer otra pregunta yo?

Víctor se encogió de hombros.

—Me recogiste la cocina. ¿Por qué?

—Soy un drogadicto, pero no soporto el desorden. Debe ser otra de las cosas de mi pasado.

Luego recogió los platos y los llevó a la cocina. Estela se acercó al equipo de música en una esquina y repasó sus discos. Música clásica, *jazz,* nada de lo que ella escuchaba. Víctor volvió con un vaso de agua y el frasco de láudano Sydenham.

—¿Te importa si me medico?

—Me gustaría probarlo.

—Ni lo sueñes.

—¿Qué te crees? Yo he probado muchas cosas.

—Pero no esto, y no en mi casa.

Víctor terminó de echar las gotas en el vaso de agua. Removió la solución con una cucharilla y se la bebió de golpe.

—¿Por qué empezaste?

—Unos años después de regresar a España empecé a tener migrañas. Supongo que mi cabeza nunca quedó bien del todo. La morfina me libraba del dolor.

Ella guardó silencio.

—También me libra de la tristeza. Es como escaparme de la vida.

Estela se sirvió una copa más.

—No entiendo por qué quieres escaparte de la vida. A mí me gusta mucho estar viva.

Víctor la contemplaba, joven, ávida de experiencias. Pensó con alguna tristeza en su piel tibia y suave, pero se calló lo que pensaba, que ella también huía constantemente de la realidad y de sí misma, que ella también estaba perdida.

—Últimamente me ayuda a recobrar parte de mi pasado. Son como fragmentos sueltos que vienen de no sé dónde, como las piezas de un rompecabezas.

La pócima empezaba a hacer su efecto.

—En realidad no sé si son auténticos recuerdos, no lo sé…

—¿Y qué clase de recuerdos son?

Víctor se llevó un dedo a los labios.

Estela señaló sus discos, una colección escasa pero selecta.

—Pareces un tipo de morro fino.

—Todo lo he tenido que descubrir desde cero. Me ayuda mi amigo Amancio, que me tiene al tanto de todo. Creo que te caería bien.

A Víctor le empezaba a costar trabajo seguir el hilo.

—No tengo ni idea de qué música me gustaba antes de ir a la guerra, y en un campo de prisioneros no se escucha mucha música. A un amigo de allí, Germán, le gustaba cantar *La violetera*.

—Esa es preciosa, la cantaba mi madre. Bueno, imagino que la sigue cantando.

—Ahora no me gusta especialmente, pero allí me hacía llorar. Aunque entonces casi todo me hacía llorar.

Víctor cerró los ojos y se echó hacia atrás en la silla.

Estela dejó vagar de nuevo su mirada por el salón. Había un reloj de pared detenido a las once de la noche. El péndulo inmóvil.

—Se te ha parado el reloj ese de ahí.

Víctor no abrió los ojos.

—Siempre ha estado así, desde que empecé a vivir en esta casa. No sé cuánto tiempo lleva parado.

—¿No te incomoda? Yo no podría resistirlo.

—Al revés, me agrada. Me agrada mucho…

Dejó de hablar. Estela no se atrevía a romper el silencio. Víctor, que sabía lo que podía llegar a hablar aquella chica, agradeció esa delicadeza.

—Es mejor que me tumbe en la cama. Si quieres puedes

dormir en el otro cuarto o echarte en el sofá. Hay mantas en el armario empotrado.

Víctor se encaminó hacia el dormitorio. No encendió las luces, le bastaba con el resplandor lunar y el reverbero del alumbrado urbano allá abajo. Se desvistió y se metió en la cama solo con una camiseta interior y los calzoncillos. Se quedó boca arriba, escuchando los escasos sonidos de una ciudad que pronto empezaría a despertar.

Del salón le vino el suave sonido de los ligeros pies de Estela mientras iba apagando las luces. Su perfume entró en el dormitorio antes que ella. El roce suavísimo de los tejidos deslizándose sobre la piel lo apaciguó. Estela, la muchacha de un pueblo de la Mancha que intentaba conquistar una ciudad que siempre le sería esquiva, se quedó en ropa interior, levantó una punta de la manta y se deslizó debajo de las sábanas.

Estela buscó el calor de Víctor, se acurrucó a su lado y apoyó la cabeza, que olía a un perfume amable, a tabaco y a algo que solo era de ella, sobre su hombro. Ambos quedaron en silencio.

—¿Qué se siente?

—Es como si no tuvieras edad. Como olvidarte de todo lo de aquí abajo.

Nunca se había parado a explicarlo.

—Como volver a un hogar que alguna vez tuviste… Es como morir. Y es maravilloso.

—Eres extraño, vecino.

Víctor extendió su brazo, buscando la mano de ella en la oscuridad. La encontró, sintió su tibieza y la apretó. Se quedaron dormidos al rato, en silencio y en paz. Y allí, en las alturas del Edificio España, por un momento, Víctor y Estela olvidaron la muerte y olvidaron la desdicha y la mala suerte. Como si fueran eternos.

XVIII

Donde Víctor es llamado al orden
por Santiago Rivera

En su sueño, Víctor subía las escaleras del Edificio España. Un teléfono sonaba insistentemente a lo lejos, perdido en alguna habitación de algún apartamento. Sabía que tenía que cogerlo pronto, que si no respondía a aquella llamada habría perdido la oportunidad de resolver el misterio. Pero ¿cómo encontrar la habitación escondida y cerrada donde ese teléfono sonaba en la oscuridad?

El edificio estaba muy deteriorado. Alguien le había dicho que iban a vaciarlo por dentro y que estaba encantado. Aún recordaba unas palabras que resonaban en sus oídos: «la lepra de las paredes». Entró en un apartamento cuya puerta estaba abierta. Algunos muebles de un frágil, incongruente rococó, carcomidos por xilófagos de un tamaño inaceptable. Cortinas manchadas con fluidos corporales. Un olor triste a moho y a telaraña. Habían robado casi todos los enseres, y de la pared solo pendían retratos de gente muerta hacía tiempo. Víctor no se atrevía a fijarse en aquellos rostros que lo miraban, sabía que habían fallecido invariablemente en circunstancias espantosas. También sabía que en cada habitación podía haber aparadores con cajones donde se escondían cartas, cartas de una melancolía capaz de aniquilarlo o reveladoras de historias atroces.

Subía escaleras, atravesaba pasillos inacabables, bibliotecas con los anaqueles vacíos y saqueados. Como un cerebro devastado, pensó.

Cuando despertó, la luz de Madrid inundaba su dormitorio y el teléfono seguía sonando con insistencia.

Estela ya no estaba. Su ropa tampoco.

Se sentía como todas las mañanas, más cerca de la condición de cadáver que de la de detective fracasado. Un resto de sensatez en él le decía que debía coger esa llamada. Era verdaderamente raro que alguien llamara a su casa a esas horas, así que, armándose de valor, intentó arrastrarse fuera de la cama y acudir renqueante al salón.

—Dígame.

—¿Víctor?

La voz de Santiago sonaba vibrante al otro lado.

—¿Te he despertado?

—No, no, qué va. Estaba pensando en llamarte.

—¿Qué me puedes decir?

—Está viva y está bien.

Víctor sintió que Santiago tapaba el auricular y hablaba con alguien.

—Es una buena noticia.

Tampoco parecía entusiasmado.

—En efecto, parece tener una especie de novio o algo así. Un cantante de un grupo de música moderna. Se llama Toni.

Un silencio de perplejidad.

—¿Un cantante?

—Sí. También pertenece a una banda de pandilleros, los Ojos Negros. Su territorio es Usera.

—¿Son gente peligrosa?

—Pueden llegar a serlo, pero a Dolores le dan el trato reservado a la realeza.

—¿Has hablado con ella?

—Pude verla en una sala de baile, pero se escabulló.

En el silencio al otro lado de la línea, Víctor sintió un mudo reproche que le avergonzó.

—Víctor.

—Dime.

—¿Qué quieres decir exactamente con «una especie de novio»?

—Quiero decir que todavía no tengo claro el alcance de esa relación.

—¿Crees que se ha acostado con él?

Víctor notaba que la mera idea le inspiraba horror. Francamente, no sabía qué responder.

—¿Acaso importa?

—Claro que importa. Sería terrible que pudiera quedarse embarazada.

—Creo que Dolores no es tan ingenua como para quedarse embarazada —dijo, y pensó que no debería haberlo dicho.

—Quiero que la encuentres. Quiero que la encuentres y la traigas a casa.

—Para eso me has contratado.

—Así es, Víctor. No me llames, ya me pondré yo en contacto contigo.

Víctor colgó con una tremenda sensación de fastidio. Iba a tener que volver a Usera.

XIX

Noticiario Cinematográfico Español

Las grandes conmociones ocurren sin anuncio y casi en silencio. Aquella noche, una noche como otra cualquiera, Santiago y Virginia habían ido a ver *Raíces profundas* porque a Santiago le gustaban los wésterns y a Virginia le gustaba Alan Ladd. El NO-DO daba cuenta de la noticia de la semana: el viernes, 2 de abril de 1954, llegaba al puerto de Barcelona el crucero Semíramis con los últimos repatriados de la División Azul. En la oscuridad de la sala, Virginia y Santiago sintieron una punzada, pero no se miraron. Ninguno de los dos deseaba que el otro notara su intranquilidad.

El locutor enfatizaba la emoción del momento mientras cientos de personas se arracimaban a la espera de que el barco atracara. Santiago estaba pendiente de la reacción de Virginia, temeroso de que las imágenes removieran viejos recuerdos del pasado.

Lo que no podía imaginar era que cuando por fin terminó el amarre, un plano de cubierta mostró a un grupo que se asomaba entre lágrimas por la borda. Y allí lo vio, invisible para todos excepto para él. No lloraba de emoción, como hacían otros, tenía un extraño aire de ausencia y desamparo. Por eso reparó en su figura.

Fue apenas un instante, pero no había lugar a engaño: delgado, demacrado, ni la sombra de lo que fue, pero era él. Solo

Santiago lo vio y no sintió alegría, no podía sentirla, solo un sobrecogimiento y un gran temor, como el que debieron de sentir los familiares de Lázaro, porque aquel hombre estaba muerto y ahora regresaba del pasado tras recorrer miles de kilómetros. Miró a Virginia. Le hubiera gustado no haberse dado cuenta de su presencia, haber visto como ella solo una imagen para la historia. Todo habría sido distinto, pero no pudo evitar reconocerlo entre la masa de repatriados y su corazón se disparó.

No se levantó, vio la película hasta el final, pero sus pensamientos estaban muy lejos de allí. También los de Virginia, recordando que hacía tiempo un hombre joven la amó y que ese hombre estaba muerto.

Cuando se encendieron las luces de la sala, ambos habían decidido no decirse nada, pero mientras regresaban a casa el silencio entre los dos era clamoroso. Esa noche, Santiago no pudo dormir. Sabía que aquel hombre flaco y desgarbado y aquellos ojos oscurísimos que miraban desde sus profundas cuencas contaminaban de vileza la blanca legitimidad de su estado.

Pasaron los días, y era como si la imagen entrevista de su compañero hubiera arrojado una maldición sobre la casa. Santiago y Virginia no se atrevían a hablar del asunto, querían creer que aquella conmoción cesaría, que pronto olvidarían el caso y todo volvería a ser igual que antes.

Una noche Santiago despertó y ella no estaba a su lado. Se levantó y la encontró en el salón, debajo de su retrato. Estaba revisando las fotos de su marido en la campaña de Rusia, cuando atravesaban Europa rumbo a la gran hazaña. Cuando se vio sorprendida no se azoró. Santiago se sentó a su lado y le mostró una foto en la que salían ambos: él y el aparecido.

—No está muerto. Lo vi en la cubierta del Semíramis.

Virginia tardó en responder.

—¿Qué piensas hacer?

—No lo sé.

No hablaron más. A la mañana siguiente, Santiago tiró de influencias. Era un hombre de influencias, su vida no había sido otra cosa que el sabio manejo de amistades y contactos. No solo se aprovechó de su riqueza de cuna, sino que, cordial y saludador, supo tejer en torno a él una indestructible red de alianzas y favores mutuos.

No fue fácil. Su amigo, su compañero de armas no aparecía en ninguna de las listas de repatriados, como si verdaderamente su cadáver siguiera abandonado frente a aquel bosque. Tuvo que recurrir a una de esas viejas fotos, y esta vez sí pudo averiguar que un hombre con esos rasgos, llamado Víctor, permanecía aún en Barcelona, ingresado en la clínica psiquiátrica del prestigioso doctor Borau, deseoso de examinar aquel caso de amnesia retrógrada, pues ese Víctor, al parecer, carecía de recuerdos previos a su herida de guerra.

Una noche estaban cenando en torno a la gran mesa del salón comedor, demasiado grande para cualquier forma de ternura conyugal, donde el servicio cambiaba los platos en un silencio monacal y solo se escuchaba el tintineo de los cubiertos sobre la vajilla, vigilados de reojo por una Dolores niña que había detectado que en aquella casa había ocurrido algo, algo que ella ignoraba, pero que iba a tener consecuencias. Apenas hablaron, y después de que la doncella hubiera depositado delante de cada uno de los miembros de la familia Rivera un cuenco de arroz con leche, Santiago, demacrado por la falta de sueño, rompió el silencio y le habló a Virginia, pálida también por los insomnios. Su amigo había sobrevivido, pero había olvidado todo su pasado.

—Está ingresado en una clínica psiquiátrica de Barcelona. ¿Crees que debería ir a visitarlo?

—Me parece una caridad innecesaria. Si él no te recuerda, olvídalo tú.

Dolores gustaría de repetir esas dos palabras años después, mientras se encanallaba en los garitos de mala frecuentación: «caridad innecesaria».

—Quiero ir a verlo —concluyó Santiago.

—Dios, no. No vayas. ¿Es que quieres apaciguar tu mala conciencia, Santiago?

—¡Fue mi compañero de armas! —Y levantó un poco la voz.

A Dolores le resultaba extraña la imagen de su padre como guerrero. Del mismo modo, y aunque no tenía la menor idea de sobre qué estaban hablando, la frialdad con la que su madre pretendía zanjar el asunto la dejó sorprendida.

Esa noche, su padre entró en su habitación antes de que ella se quedara dormida. La luz del pasillo —y la esquina de un cuadro que la aterrorizaba— era visible desde su cama. Santiago la besó con ternura y la tapó, le dijo que tenía que marcharse un par de días por un asunto de negocios.

—No es verdad: vas a ver a ese amigo tuyo.

Santiago no tuvo valor para seguir con la mentira.

—¿Es verdad que luchasteis juntos?

—Sí, fuimos a la guerra juntos. Eso crea un vínculo que no puede romperse jamás.

—Nunca me has contado nada de la guerra.

—No son cosas que una niña deba saber.

—¿Por qué?

—Ahora duerme. Mañana vuelo hacia Barcelona, a la vuelta te traeré un regalo.

La besó en la frente y, mientras la pequeña Lola le daba la espalda a la luz que entraba por la puerta, Santiago se levantó y se retiró. Ya en el pasillo, justo antes de cerrar, escuchó la voz de su hija. Le sorprendió percibir en ella algo como una veladura sombría que hasta entonces no había escuchado en su voz infantil.

—¿Conocía a mamá?

Santiago, desconcertado por la pregunta, tardó un par de segundos en responder con una negativa. Los suficientes para que la niña creyera que mentía. Su padre cerró la puerta del todo y ella murmuró una palabra en la oscuridad, una palabra que había aprendido de una amiga del colegio una noche que durmieron juntas. «Puta».

Santiago pasó todo el vuelo pensando a qué hombre se iba a encontrar y cuáles serían las palabras adecuadas. Cuando bajó la escalerilla del avión, Santiago, que siempre había sido una persona elocuente, sabía que no había palabras.

En la clínica lo recibió Lucía Cano, una joven psiquiatra madrileña con un aire de melancolía y una austeridad un poco monjil que parecía buscada a propósito, como si quisiera atenuar una rara sensualidad soterrada. Un escudo, pensó Santiago.

La doctora Cano estaba haciendo una estancia en Barcelona con el doctor Borau, ya que a ambos les interesaban sobremanera los mecanismos de la memoria, el fascinante proceso de creación de los recuerdos, y este paciente era un caso único. Le habló sin entrar en detalles de los experimentos que estaban haciendo con él y de los que tanto esperaban aprender. El entusiasmo todavía juvenil de la doctora contrastaba con las siniestras implicaciones de la palabra «experimentos», que no se le escaparon a su visitante.

Una vez roto el hielo, la doctora abandonó una especie de cordialidad candorosa que hasta entonces había exhibido y cambió a una seca frialdad. Quería exponerle con toda claridad la situación. Ella ya sabía tras su conversación telefónica que habían sido compañeros de armas, pero desconocía que fuera el marido de

Virginia, cosa de la que se había enterado hacía un par de días, cuando el paciente reaccionó negativamente tras ver una fotografía del matrimonio Rivera en una vieja revista del corazón que encontró en la biblioteca.

—¿Dijo algo? —inquirió Santiago, intranquilo.

—No, pero no hace falta que diga nada. Le explicaré.

Víctor no recordaba a Virginia, pero todo ese tiempo conservó cartas y fotos de ella con las que erigió una mitología sentimental que lo ayudó a salvaguardar cierto equilibrio psíquico en las difíciles circunstancias de ser un hombre sin recuerdos arrojado al infierno. Esas cartas, por así decirlo, lo habían mantenido entero.

Santiago se quedó un largo instante pensativo. El suficiente para que la doctora Cano intentara sacarlo de sus reflexiones.

—¿Entiende lo que le quiero decir?

—Oh, sí, perfectamente —se apresuró a responder Santiago, volviendo a la realidad.

En opinión de la doctora, debía olvidar el propósito de encontrarse con su viejo compañero. El paciente no lo reconocería, ya que el olvido sobre todo lo vivido antes de la herida en la cabeza era absoluto. El hombre con el que se encontraría no era el hombre que había conocido. Nuestros vínculos con los demás están basados en recuerdos compartidos y ese vínculo estaba definitivamente roto con su amigo.

—Saber que la mujer con la que construyó una fantasía está con otro ya le ha afectado bastante. Saber además que está con un compañero de armas no creo que le haga ningún bien.

Santiago sabía que tenía razón, que su deseo de hablar con él, de abrazarlo, era insensato.

—En todo caso, la decisión le corresponde a usted —zanjó la doctora.

Se hizo un silencio incómodo. Santiago era un hombre que

había hecho del ocultamiento de sus emociones una de sus herramientas de éxito social, pero ni siquiera su férreo autocontrol podía maquillar la tormenta que se estaba desatando en su interior. Envidió a su compañero, sintió que a pesar de todo había sido bendecido con el olvido, porque ahora, delante de una desconocida, todo aquello que Santiago había creído enterrar, toda la culpa silenciosa de tantos años afloraba con la brusquedad de un vómito. No sabía por qué, pero ante esa mujer, ante su aspecto entre severo y maternal a pesar de su juventud, sintió el deseo de romperse, de desnudar su vergüenza y su arrepentimiento, de contarlo todo.

Frenar ese impulso fue lo más difícil. No iba a revelar nada que pudiera perjudicarlo, ni a él ni a su camarada. Lo razonable sería guardar silencio y seguir el consejo de ella, abandonar ese despacho y olvidar que aquella conversación había tenido lugar. Sin embargo, Santiago tomó la única decisión decente que probablemente tomaría en su vida.

El patio del viejo palacete tenía la frescura y el silencio de un claustro. El sol de una mañana de abril arrancaba destellos del agua mansa contenida en el mármol de una fuente, entre el olor de los naranjos en flor. Su compañero estaba sentado en un banco.

Tras los ventanales de la galería, la doctora y Santiago lo observaron en silencio. Parecía que la crisis de los días anteriores había remitido. Ahora miraba lo que le rodeaba —los pájaros, la fuente, los naranjos— en un estado de arrobamiento. Ella invitó a Santiago con un gesto a salir al patio y lo observó todo tras la ventana: la primera curiosidad ante el recién llegado, la expresión desconcertada cuando reconoció al hombre sonriente que había visto en la revista junto a Virginia.

Santiago se sentó a su lado y le puso una mano sobre el hombro. La doctora anotaba cómo el paciente se resistía a escuchar y que a Santiago le costaba retenerlo a su lado. Finalmente se levantó del banco y se alejó unos metros.

Permaneció de espaldas a Santiago, en un silencio agravado por el canto de los pájaros, ajenos por completo a lo que allí estaba ocurriendo. Cuando Santiago se acercó de nuevo a él, se volvió y lo abrazó, llorando sobre su hombro. Se aferró a él como lo que era: como un niño indefenso. Luego le dio un empujón, se alejó de él y salió del patio.

Santiago regresó ese mismo día a Madrid. Previamente tuvo una larga conversación con la doctora, con el tono de alguien acostumbrado a ejercer el poder. En ella decidió cómo se efectuaría el traslado del paciente a Madrid una vez terminado el tratamiento y dio una serie de minuciosas instrucciones.

Llegó a la calle Alfonso XII ya entrada la noche. No quiso entrar en detalles. Le dijo a Virginia que —aunque nunca sabría que él estaba detrás— su compañero se iba a instalar en uno de los pisos que poseían en el Edificio España, que no le faltaría de nada mientras él viviera, que sería la última vez que hablaban sobre él y que no quería volver a verlo nunca más.

XX

Donde Víctor saca un buen partido
a sus heridas de guerra

Gamboa-Ackerman, rezaba el cartel con el nombre del constructor de aquel precario mamotreto que acogería a decenas de familias obreras. El logotipo sugería la punta de una lanza. En los límites de Usera, entre los descampados a medio urbanizar, justo donde aún sobrevivían huertos dispersos y hasta algún ventorrillo. La extensión de bloques de pisos en construcción junto a otros terminados no daba la sensación de un futuro de prosperidad, sino que incluso antes de ser habitados anticipaba la melancolía de las ruinas. Hacía un frío que pelaba y a esas alturas, con las paredes de ladrillo a medio alzar, Víctor pudo comprobar su calamitoso estado físico mientras ascendía penosamente hacia la planta sexta. El viento inclemente se le metía a uno hasta los huesos.

Tuvo que detenerse a tomar aire en la planta quinta, mientras veía a los jóvenes albañiles moverse con soltura con viguetas y sacos de cemento en los brazos, entre brotes de humor cuartelero. Alguien le había comentado que si los albañiles se movían de un sitio a otro de la obra cantando o silbando estridentemente no era por una fundamental alegría, sino como estrategia para avisar de que pasaban en ese momento por debajo, que no era el primero que había muerto aplastado por un palé de sanitarios.

Retomó las fuerzas, intentó recuperar algo de empaque y entró en la planta sexta, donde aún no habían empezado a levantar las paredes, abierta así a los cuatro puntos cardinales. Tal y como le había avisado un capataz, el Dudi estaba en un extremo, removiendo vigorosamente un capazo con mezcla mientras se disponía a tirar una hilada de ladrillos.

—¿Eres tú el Dudi?

—Sí, señor. ¿Qué se le ofrece?

—¿Eres hermano de Toni?

El Dudi lo miró de arriba abajo. Era un chaval fibroso, quemado por el sol. No tenía el porte esbelto de su hermano, era más bien de caderas y hombros anchos, un físico de obrero, de hombre paciente. La clase de hombre en quien podía uno confiar, solo que era él quien no se fiaba de Víctor.

—¿Qué es lo que quiere?

—No estoy interesado en él, estoy interesado en su novia.

—No la conozco.

—Entonces tiene una novia.

—Mi hermano tiene más novias que un moro. Pregúntele a él.

—Me parece bien. ¿Dónde puedo encontrarlo?

El constante ruido de fondo, hecho de martillazos, de golpes de pala en la arena, de risas y conversaciones en voz alta, se había ido extinguiendo mientras hablaban hasta que se hizo el silencio. Se aflojó la tensión entre ambos, y solo entonces se dieron cuenta de lo que tranquilamente ocurría fuera, en el mundo, sin contar con ellos, sin contar con nadie.

Había empezado a nevar.

Todos dejaron de trabajar y se acercaron al borde de la obra con lentitud, en parte por precaución ante un accidente y en parte porque el tiempo parecía haberse suspendido en aquella fea estructura de hormigón y ferralla. La nieve caía en ese silencio abrumador que a cualquiera transporta a los primeros asombros de la niñez. El Dudi y Víctor olvidaron por un momento lo que hasta aquel momento parecía importante y se quedaron contemplando sin hablar el antiguo prodigio.

Víctor veía el asombro pintado en la cara de aquel muchacho, momentáneamente devuelto a una inocencia que en Usera se perdía muy pronto. No era eso lo que él sentía: Víctor experimentaba un malestar que no era miedo a resbalar y caer al vacío desde aquella altura sin paredes. No era eso, aquel sentimiento no era nuevo; esa nieve que caía sobre las calles sin asfaltar, sobre las miserias y las esperanzas del barrio, era algo que continuaba ocurriendo en algún lugar del cerebro de Víctor. Un lugar inaccesible, pero no menos real.

Antes de que llegara a cuajar, una ráfaga de viento dispersó los últimos copos que todavía caían y la nieve se fue de la misma manera en que había venido. La magia del instante se rompió y los primeros gritos y golpes anunciaron que el trabajo se reiniciaba. La maquinaria se ponía de nuevo en marcha.

El Dudi pareció regresar también de algún sitio lejano. Lo miró con una expresión completamente diferente a aquella con la que lo había desafiado hasta entonces. Parecía tranquilo, confiado.

—A las cinco doy de mano. Te espero detrás de aquí a las cinco y media, en el camino de los Ingenieros.

Fue puntual. Como ya se barruntaba, en la Citroën que se detuvo a su lado no estaba ni el Dudi ni mucho menos su hermano. Tan solo un Ojos Negros, al que Víctor pudo reconocer de la noche anterior. Sabía lo que iba a ocurrir, sabía que abrirían la puerta trasera de la furgoneta y que tendría que hacer el trayecto a ciegas, acompañado por otros dos de la banda, y que darían varias vueltas para confundirlo y que no iban a decir una sola palabra.

Una chapa con una ventanilla separaba el área de carga del asiento del conductor. Había en el suelo de la furgoneta polvo de harina y un olor a aceite de motor y pan pobre, probablemente la habrían robado. Los dos chavales fumaban en silencio y de vez en cuando le lanzaban una mirada hosca para que se sintiera amenazado. Víctor se encogía de hombros; había muchas cosas que podían paralizar a alguien como él, pero el miedo a otros hombres no era una de ellas.

¿Qué pensarían de él? Lo miraban como algo un poco exótico, como una rara antigüedad. Víctor se sabía un vestigio del pasado, de un pasado con el que aquellos muchachos habían decidido romper violentamente. Pero no percibió agresividad en su mirada, solo una indiferencia absoluta que casi le molestó. Al fin y al cabo, estaban satisfechos con lo que eran, eran los Ojos Negros, eran jóvenes, no tenían dinero, pero tenían cojones; si necesitaban un coche lo robaban, tenían a las chicas que querían, se sentían temidos, no estaban dispuestos a aceptar la derrota y la humillación que habían respirado desde niños en el hogar de los padres.

Después de que la Citroën diera unas cuantas vueltas al azar, finalmente frenó. Descendieron en un callejón sin asfaltar, todavía encharcado tras las últimas lluvias. Le echaron la mano a la nuca para obligarlo a mirar al suelo, pero no era difícil saber que aquella calle ruin estaba situada en los límites del barrio, en esa tierra de nadie entre Usera y Orcasitas. Entraron en un portal de un edificio de construcción reciente. Materiales modestos y acabados de mala calidad. La vivienda no tenía ascensor y de nuevo Víctor tuvo oportunidad de comprobar de primera mano lo que años de mala vida habían hecho con él. Tuvieron que subir hasta un quinto. Detrás de las puertas le llegaban olores a lejía, a jabón Lagarto y a puchero mezclados con el sonido de las radios, donde se alternaba Juanito Valderrama con algún éxito yeyé del momento. Finalmente llegaron a la letra C del quinto. Víctor detectó que tenían trampeado el contador de la luz. Llamaron con tres golpes débiles y uno fuerte. Una mujer les abrió con desdén de archiduquesa, una archiduquesa multípara en pantuflas y bata de guata que Víctor clasificó en el acto como la hermana mayor del Dudi y de Toni.

Dejaron a Víctor en un sofá de escay de color verde botella. Ante él una mesa camilla con mantel de hule y en la pared un cuadro indiferenciado con un caminillo rural. Una lámpara en el techo daba una luz cruda e insuficiente a la vez. A través de la ventana, además de filtrarse el frío del atardecer, se veía la fachada del edificio de enfrente. Las ventanas eran recuadros encendidos que permitían asomarse a decenas de vidas humildes y desesperanzadas. Si desde su apartamento Madrid se veía a vista de pájaro en toda su grandeza y monstruosidad, pero también como una promesa de anonimato, de posibilidades infinitas de vida y aventura, aquí, en una especie de diorama de la tristeza, solo se percibía una abrumadora sensación de repetición y cansancio, una espesa niebla de repollo y Avecrem. De eso querían escapar los Ojos Negros.

En una esquina, una ruin estufa de resistencia incandescente, como el ojo de un perro tuerto en la oscuridad, resecaba el aire viciado de la estancia. Víctor repasó cada detalle de lo que le rodeaba, por si encontraba alguna señal que confirmara que Dolores había estado allí. En el acto la mera idea le pareció absurda; no había afán de escandalizar, deseo de libertad, sed de experiencias que pudiera empujar a alguien como aquella hija mimada del barrio de los Jerónimos a pasar ni siquiera un par de horas en aquella casa, que para ella debía de ser algo parecido al infierno. Pero Víctor había aprendido a no dar ninguna conjetura por imposible.

Una vaharada de champú de huevo y gomina desplazó el hedor a tabaco que atufaba el salón, anunciando la aparición de Toni. Entró abotonándose una blusa de color rojo —como la que se ponía en escena— con los brazos arremangados, la cabeza aún mojada y un mechón de pelo cayendo sobre la frente.

—¿Qué quieres?

—Me han hablado de ti.

Toni sonrió con cierta jactancia y encendió un cigarrillo que sacó de un paquete de Lucky que llevaba en el bolsillo trasero del pantalón. Víctor intentó leer la expresión de aquel muchacho. Lejos de las luces del escenario y del humo del local, a la luz prosaica de aquella lámpara, estaba más cerca de la infancia de lo que le gustaría reconocer. No debía pasar de los veinte años, era menor que su hermano y sin embargo había una distancia enorme entre ambos. El Dudi era uno de tantos buenos chavales de un barrio obrero; Toni era otra cosa: esa mirada ardía, esa mirada le situaba a distancia y por encima de sus compañeros. El nervioso Toni, con ojos de no haber dormido durante demasiadas horas y con gestos bruscos que hablaban de abuso de sustancias, no había nacido para la rendición. No era algo que hubiera elegido, no podía evitar ser de aquella manera y eso lo hacía diferente. Toni sí podría salir del barrio, pero también acabar muerto con la cara hundida en un charco. O en medio de una sala de fiestas, con montoncitos de serrín absorbiendo su sangre joven.

—¿Por qué os escondéis? ¿Estáis en guerra?

—¿Cómo te has hecho eso?

Toni señaló la mano derecha de Víctor. Se había quitado el vendaje improvisado de la otra noche, pero todavía era visible la línea roja del navajazo en la palma.

—¿Y eso? ¿Cómo te lo hiciste tú?

Víctor le señaló una cicatriz en el antebrazo. Toni lo miró, socarrón.

—¿Esto? Esto no es nada.

Y se sacó los faldones de la camisa mostrándole el costado: allí le habían metido un buen viaje. Sí, señor, una cicatriz de categoría, había que reconocérsela.

—Para haberte matao... —fue lo más halagador que se le ocurrió a Víctor en ese momento.

Mientras Toni, ufano, volvía a remeterse en los pantalones los faldones de la camisa, Víctor paladeó su victoria anticipadamente. No pudo evitarlo y sonrió. Se inclinó, de manera que su cabeza quedó justo debajo de la lámpara de techo que solemnizaba y entristecía aquella habitación. Le indicó por señas que mirara. Toni se acercó y pudo ver la cicatriz que le atravesaba el cráneo, aquella cicatriz que había dejado perplejos hasta a médicos acostumbrados a ver lo impensable. Toni no iba a ser menos.

—Hostias.

Sosteniendo el cigarrillo entre los dientes, sus dedos nerviosos separaban el pelo del cuero cabelludo, como para hacerse una idea cabal de semejante barbaridad.

—Madre de Dios, ¿dónde te hiciste eso?

—En Rusia.

Hay emociones, como el enamoramiento a primera vista, que son difíciles de explicar. Aquella cicatriz bárbara, irrefutable, le hablaba a Toni en un idioma que podía entender. El corazón le palpitaba y no porque se hubiera pasado con las pastillas, que se había pasado, sino porque ante un tío que se hubiera hecho eso a veinte grados bajo cero y hubiera vivido para contarlo Toni solo podía sentir respeto. Alguien así era uno de los suyos. Toni era, en el fondo, un sentimental.

—Eh, Carlos, Somi, venid a ver esto. No te importa, ¿no?

A Víctor no le importaba, así que dos de los chavales que lo habían traído en la furgoneta y que estaban tomando café en la cocina entraron en el saloncito y contemplaron a placer aquella herida inconcebible.

Cuando Víctor quiso darse cuenta, al grupo se habían sumado la hermana de Toni y tres niños. ¿De dónde habría salido tanta gente?

—Pero se te tuvieron que escapar los sesos, hombre —dijo la hermana.

Cuando Víctor vio que la buena mujer levantaba a pulso a uno de sus churumbeles para que pudiera apreciar de cerca la cicatriz, decidió que ya se había exhibido lo suficiente. Se irguió de nuevo, y al verse rodeado de aquella tropa no sintió la habitual ansiedad, sino algo que casi parecía reconfortante. También se le hizo ya evidente que Dolores Rivera no estaba, ni probablemente había estado jamás en esa casa.

Toni le dio una palmada en la espalda.

—¿Te apetece dar una vuelta?

XXI

En el que descubrimos que Toni no sabe nada

Mientras Víctor tomaba buena nota de los nombres de las calles, cuando lo tenían, caminaron hasta un bar a unas dos manzanas. Allí se juntaba de noche lo mejorcito del barrio. En un garaje en un bajo adosado había timbas, peleas de gallos y hostias de madrugada. El bar había abrazado los encantos de la formica y los cromados. El alicatado de las paredes parecía haber recogido una década de nicotina y resentimiento. A su manera era un hogar, pero el hogar de una familia triste y disfuncional.

Durante el camino, Toni había saludado a otros jóvenes con los que se cruzaba. Saludos discretos, apenas un entendimiento de miradas, un asentimiento tácito de cabeza. Estaba claro que Toni había salido a la calle para disipar la sensación de que estaba escondido en su casa, para que Víctor no pensara que él tenía miedo. Su hermana puso mala cara al verle coger la puerta con aquel desconocido y Víctor pudo ver cómo el Somi y Carlos los seguían a una distancia vigilante. El mismo Toni echaba miradas furtivas a todos los lados de la calle, miradas que no le pasaron desapercibidas. Sí, en ese momento Toni se la jugaba, pero era capaz de arriesgarse para no quedar como un cobarde ante alguien al que por algún motivo respetaba.

Todo el rato Toni evitó hablar de Dolores, aunque era como

si su fantasma caminara al lado de ellos dos hasta el bar. Le preguntaba a Víctor sobre armas, munición y calibres, sobre congelaciones y amputaciones, todo lo que había atrapado su imaginación adolescente en las películas bélicas de programa doble. Víctor le suministraba sin énfasis la información que su joven nuevo amigo requería. Qué niño lo vio. Para Toni, la vida y la muerte eran todavía un juego, como para los críos que gritan bang bang y tatatá en plazas y descampados, como pájaros locos, que se mueren de mentira y luego se levantan sin asombro y vuelven a correr, chillando de excitación, los ojos brillantes de deseo, amos del tiempo… Víctor sabía que la guerra no era así, que todo era sórdido e innoble, pero que ese muchacho que gesticulaba a su lado, con la boca seca, las pupilas dilatadas y el corazón desbocado por las anfetaminas, no podría entenderlo nunca. O no todavía.

Después de la segunda copa de coñac 103, el ambiente se había relajado. Toni ya no miraba tanto hacia la puerta, había aflojado la arrogancia con la que se protegía, y Víctor decidió entrar a saco.

—¿Dónde está escondida Dolores?

Toni lo miró, incrédulo.

—Eso es lo que me vas a decir tú a mí, ¿no? ¿Adónde la han enviado sus padres?

Ahora fue Víctor quien lo miró incrédulo.

—Dolores ha desaparecido, sus padres me han encargado encontrarla. Yo solo la vi la otra noche, como tú.

—No sé de dónde salió, llevaba días sin verla.

—Y uno de los tuyos la sacó de Los Boys en una moto.

—Joder, sí. Y ella quiso que la dejara en Gran Vía. Ya no sé más.

La tarde dejaba caer una luz parda y rojiza a través de unos visillos color humo, y a esa luz Víctor pudo ver con asombro que la compostura de tipo duro de Toni se venía definitivamente abajo y un aire de sorpresa, decepción y tristeza —una emoción que jamás hubiera esperado de ese chaval— aparecía en su cara. Un silencio cargado de electricidad se hizo en el bar entero, roto solo por el tintineo de los platos que el camarero secaba con una indiferencia absoluta hacia el mundo alrededor, hacia el tiempo, que un reloj parado en la pared había dejado de medir sabía Dios cuándo, y hacia la lluvia, que de nuevo volvía a embarrar aquellas tristísimas calles de mierda que aún no tenían ni nombre.

Víctor conocía muy bien esa clase de silencios, antesala de explosiones de rabia desesperada. Respiró hondo, sabía cómo reaccionaban esos muchachos impetuosos, pero no si además iban hasta las cejas de pastillas. Toni miró a su alrededor, desasosegado. Jadeaba como si le faltara el aire. Blasfemó en voz baja.

—Todo el mundo cree que está contigo —concluyó Víctor, terminando de un golpe con su copa de 103.

A Toni se le enrojecieron los ojos, lo que a alguien con las pupilas dilatadas le suele dar un desagradable aspecto de muñeco. Miraba a Víctor como quien necesitaba en ese momento aferrarse a algo, lo que fuera, para no caer. Este no sabía qué decir para calmarlo.

Toni dio un manotazo sobre la mesa y se levantó. Salió a la calle, llamó a voces a sus compañeros. Víctor pagó la cuenta y corrió tras él. La lluvia lo hacía todo embarazoso y melodramático.

—¿Adónde vas, Toni?

—A ti no te importa. Piérdete.

Le hizo una señal al Somi, que desapareció como el rayo. Toni caminaba en círculos, poseído. De vez en cuando le daba una patada a una persiana metálica de un taller de chapa ya cerrado. Nadie se atrevía a decirle nada. Ni siquiera Víctor.

Al rato, servicial, la Citroën que ya conocía hizo su aparición.

El Somi, con el motor en marcha, se bajó y cedió el volante a Toni, que de un salto se subió. Luego bajó la ventanilla y se dirigió a él.

—¿Tienes huevos de subir?

¿Y qué otra cosa iba a hacer Víctor? Pues subirse.

XXII

Cómo suena un corazón roto

Toni Bustaid cedió gentilmente a Víctor el asiento libre junto al conductor. Era su invitado especial a lo que iba a ser una jornada memorable. El Somi y Carlos se agolparon en la parte trasera de la Citroën y se pusieron en marcha, con el motor haciendo un ruido de mil demonios. Toni se aferraba al volante, con la mirada fija en un punto indefinido entre la carretera y la línea del cielo, la mandíbula tensa.

—Ya te he dicho que estuve en Los Boys la otra noche —dijo Víctor.

Toni no hizo el menor comentario.

—El chaval que mataron ¿era uno de los vuestros?

Nada. Como quien oye llover.

—¿Por qué lo mataron? —insistió a bocajarro.

—Los tiburones huelen la sangre.

Toni miró hacia atrás, donde la plancha separaba la cabina del conductor de la zona de carga.

—Con el ruido que hace este trasto no van a oír nada, Toni.

Lo que costaba sacarle algo a ese chaval. Hasta echó de menos a Braulio.

—Ángel Luis y el Pacheco están en la trena. Como estamos descabezados, van a por nosotros. Pero somos los Ojos Negros todavía, me cago en la leche.

Y cayó de nuevo en un silencio obstinado. Víctor se barruntaba que iban a buscarles la boca a los Vikingos, aunque no supiera dónde. Al rato Toni se detuvo en una esquina y se subieron dos o tres muchachos más. Mientras Víctor intentaba imaginar cómo habrían acudido a la llamada de Toni, otros chavales en sus motos se sumaron a lo que ya empezaba a tener las trazas de una columna en marcha.

Víctor dejó pasar un rato; sabía que su compañero solo estaba dándole vueltas en la cabeza a un único asunto, y no era la batalla campal que se avecinaba.

—¿Qué sabes de Lola? ¿Con quién anda? —prorrumpió Toni sin previo aviso.

—Hasta ahora pensaba que contigo —respondió Víctor.

Uno casi podía oír el corazón de Toni dando saltos por el efecto combinado de las anfetas y los celos.

—Nunca sé nada de ella. Nada.

—¿Cuánto tiempo lleváis juntos?

Era asombroso el contraste entre la locuaz, carismática estrella del barrio que una hora antes le hablaba de camino al bar y la reticente parquedad del Toni doliente y enamorado. Víctor podía entenderlo; cuando uno tiene que coserse su propia herida sin anestesia, debe pararse a respirar. Cada pregunta era para Toni como arrancarse la piel a tiras.

—Tres, cuatro meses.

—Pero ¿os veis mucho?

—Nos vemos cuando ella puede.

—A ver, Toni, ¿sois novios, sois amantes? ¿Qué sois?

—Pero qué coño novios… Su familia está forrada, viven junto al Retiro. Si su padre se enterara de que está con alguien como yo, me mataría. Te hacía más listo.

Víctor asintió. No lo había pensado y había puesto a Toni en el disparadero. Este, sin dejar de mirar el asfalto, buscó el paquete de Lucky y se encendió uno.

—Ella dice que no le gusta poner nombre a lo nuestro.

—¿Eso dice?

—Es una chica muy inteligente.

—Lo es. No parece de las que se dejan dominar.

—¿Cómo lo sabes?

—Su padre me dio sus diarios.

—¿Has leído sus diarios?

Toni lo miró y fue como si sintiera celos de Víctor, porque él había accedido a partes de Dolores que a él le estaban vedadas. Conocía sus secretos mejor que él.

—Eso no está bien, huelebraguetas. Son privados.

—Cualquier cosa me sirve para intentar encontrarla.

Víctor vio casi un aire de súplica en Toni. Sabía que había una pregunta que se moría por hacer, pero jamás sería capaz. Por respeto a ella, por respeto a sí mismo.

—No, no habla de otro hombre —le tranquilizó Víctor.

Toni pareció indeciblemente aliviado. La lluvia cesó, pero ya no había manera de parar aquello.

—¿Habla de mí?

Víctor no podía decirle la verdad, no podía decirle que Dolores Rivera no amaba a nadie, ni siquiera a sí misma.

—Sí.

—¿Y qué dice, joder?

Víctor tampoco podía decirle que no lo mencionaba ni con su nombre ni bajo ninguna forma reconocible.

—Ella no da nombres en lo que escribe. Es muy reservada.

—Pero ¿nada? ¿No dice nada?

A Víctor, siempre que mentía, le parecía que su voz se ponía ligeramente aflautada, pero quizá solo lo notaba él. De todos modos, Toni necesitaba una mentira. Víctor había hecho cosas peores en su vida.

—Habla de la primera vez que te oyó cantar.

Toni se volvió hacia él, resplandeciente.

—¿En serio?

—Dice que hay algo en tu voz que le removió las entrañas. Fíjate en la carretera, que nos vamos a toñar.

Toni volvió en sí y corrigió de un volantazo antes de subirse en el bordillo de la acera.

—Le canté una de Elvis, *Heartbreak Hotel*. La vi entre el público, era imposible no verla. Y se la dediqué.

—Pues se acuerda de eso.

—¿No dice más?

Víctor se vino arriba.

—Dice que cuando te vio allá en el escenario... le parecías un dios griego.

Toni pareció desconcertado.

—No sé si eso es bueno.

—Que te vio guapo, hombre.

Toni sonrió y siguió conduciendo. Una moto con dos de los suyos le adelantó haciendo señas de entusiasmo. Toni hizo sonar el claxon, feliz.

XXIII

La batalla del solar de la Remonta

Que no serían ni las ocho de la tarde cuando llegaron Toni Bustaid y un puñado de bravos muchachos al descampado cerca de las cocheras de Tetuán, bien armados de cadenas, navajas y puños americanos, vestidos como correspondía a los miembros de una banda de leyenda —que en caso de acabar en el hospital o en el anatómico forense no parecieran unos muertos de hambre—, llenos de coraje y ganas de repartir estopa.

Que la luna estaba en cuarto menguante, apenas una hendidura rojiza en el cielo cargado de nubes, para que la oscuridad fuera propicia a nuestros héroes.

Que la alta humedad a causa de las lluvias y una capa superficial de aire cálido, por encima de otra de aire frío sobre el terreno, favoreció la formación de una neblina que se revelaba óptima para la batalla campal que iba a tener lugar.

Que los faros de la Citroën 2CV AZU conducida por Toni Bustaid rasgaron esa neblina y la furgoneta entró a todo meter en el descampado, dejando al frenar unas huellas arrastradas en el barro, como un navajazo en la barriga.

Que Toni hizo sonar el claxon largo rato, para molestar y para que quedara a todos claro que los Ojos Negros habían llegado y tenían ganas de bronca.

Que se bajaron todos de la furgoneta, que parecía mentira la de muchachos que podían caber en la trasera de una Citroën. Que algunos cogieron un bidón de gasoil comido de óxido y comenzaron a golpearlo con las cadenas, haciendo un estruendo de mucho cuidado.

Que si alguien quedaba rondando por el descampado, gatos y perros incluidos, se apresuró a borrarse del mapa. Que más de uno se quedó viendo el espectáculo desde los balcones. Y buen espectáculo que fue.

Que muy pronto empezaron a oírse del otro lado silbidos, pasándose el aviso, y que había que esperar y aplacar los nervios fumando y haciendo que una botella de coñac pasara de mano en mano para beber a morro y calentar el ánimo. Que Toni se tapó una fosa nasal y lanzó un mocajo al suelo mientras explicaba que para partirse la cara había que ir bien sonado y bien cagado, que tal consejo le pareció excelente a Víctor.

Que pronto descendieron por Bravo Murillo y por Capitán Blanco Argibay, y por Ceuta y por Magdalena Díez, por todas esas calles descendían las hordas de los Vikingos, armados también como correspondía, menos flamboyantes, eso sí, que los Ojos Negros, porque los Ojos Negros fueron siempre los amos del corral, con diferencia, y los Vikingos parecían nuevos.

Que en cuanto vieron desembocar a aquel rebaño violento en el descampado encharcado, los Ojos Negros se lanzaron contra ellos sin orden ni concierto, dando grandes voces que espantaron a los espectadores de la balconada.

Que Víctor rompió contra el capó de la furgoneta la botella de coñac, pues otra arma no tenía y algo había que hacer, que recordó de súbito ese sonido de voces aullantes, que le brotaron en la cabeza imágenes de pasadas emboscadas de antes de la herida, que de repente sintió en su garganta el miedo y en el corazón la urgencia del ataque y, como entonces, se lanzó al combate y vociferaba y cogió una piedra del suelo del tamaño de una manzana, y con ella arremetió contra un Vikingo que salió de la niebla. Que mientras se lanzaba sobre él vio el miedo en su mirada, porque en ese momento —y Víctor no era consciente— su expresión era la de un demente, y sin pensárselo dos veces, porque si te lo piensas ya estás muerto, le arreó a rodeabrazo en la cabeza al susodicho Vikingo, cuyos ojos se quedaron en blanco antes de caer cuan largo era en el barro. Que Víctor le robó las armas, una cadena y una navaja, que robar las armas no es cosa vergonzante, y que aun sin ver nada fue vadeando la tormenta de hostias y puñalás, pasó de largo junto al Somi, que se empleaba a fondo con un pelirrojo feo, dándole lo suyo, y entonces se detuvo un instante a darles un cadenazo en los hombros a dos Vikingos que acababan de rajarle un brazo a Carlos, que había caído de rodillas, y ya estaban a punto de tirarlo al suelo y patearlo, que no la hubiera contado de no ser por él. Y que Carlos se había meado encima y esa vergüenza no le abandonaría nunca.

Que no se veía nada entre la niebla y la confusión de cuerpos y maldiciones, que a veces la lucha no es digna y que vio a uno perseguido por tres que se escondió bajo la Citroën y lo sacaron arrastrando de los pies y lo molieron a palos y le rompieron los dientes de una patada y que el infeliz gritaba porque cuando el barro entra en una herida abierta duele como todos sus muertos.

Que volvimos a ver a Víctor tras pegarle una patada en los huevos a uno de los Ojos Negros al que había confundido con un Vikingo y que se calló porque al fin y al cabo de noche todos los gatos son pardos y porque Víctor estaba intentando encontrar a Toni, que era a quien verdaderamente quería sacar con bien de aquella refriega, en parte porque le podía ayudar a encontrar a Dolores y en parte porque le había cogido cariño, porque Víctor, aunque fuera un yonqui y un desequilibrado, aunque se sintiera tremendamente desdichado, aunque acabara de clavarle un casco de botella en el culo a un desconocido que lo atacó, era un hombre noble y sentimental.

Que lo vio, al mismo Toni, luchando gallardamente contra cuatro Vikingos y que otros tantos se acercaban porque sabían que si a Toni lo jodían vivo ya había terminado la batalla, y que a Víctor no le importó jugarse el tipo y que sobre ellos se lanzó gritando hijos de puta y me cago en Dios y que codo con codo se las tuvieron que ventilar contra todos ellos.

Que, sin que Víctor pudiera evitarlo, uno sacó un baldeo que es que daba espanto verlo y lanzó a ciegas un tajo que hirió en el hombro a Toni, que Víctor vio la sangre escandalosa y ya no pudo parar de dar cadenazos como si el mismo Satanás se hubiera apoderado de su cuerpo y en tal modo y en tales términos que, si bien no hirió a todos, sí los puso en fuga, y que igual no fue cosa de su denuedo, sino que alguien gritó «agua, agua…», y es que la pasma estaba en camino y que, en dándose cuenta Víctor, con la ayuda oportuna del Somi y otros dos, que Carlos aún estaba con la cara en el barro y maldiciendo, cogieron a Toni, que perdía sangre que era cosa digna de verse, y lo llevaron casi en volandas a la Citroën, que en la parte trasera se subió el que pudo, además del Toni, y que arrancó, como arrancaron motos y piernas y en menos de tres minutos la plaza quedó como si nada hubiera pasado salvo algunos desafortunados con algún hueso quebrado, la ceja partida, los dientes en un charco o alguna tripa fuera. No hubo muertos, pero la policía les daría lo suyo.

Y que la jornada fue heroica, y aquellos que participaron y aquellos niños que asistieron desde los balcones la recordarían años después, y de ella todavía se hablaría hasta que la muerte o el alzhéimer acabaran con el último recuerdo.

XXIV

Una promesa

En la casa de Toni, la hermana montó una escandalera, pero enseguida Víctor se puso a dar órdenes, que para eso él había estado años en un campo de prisioneros y sabía valerse con poco. Los niños se fueron a la cama, al Toni le dio un buen trago de coñac que encontró en la cocina y le echó directamente de la botella en la herida y Toni blasfemó como un chaval de Usera debía hacer.

Víctor calentó al fuego una aguja, se arremangó y le cosió la herida como buenamente pudo, que para esa noche podía valer y ya mañana que llamaran a un médico de confianza, de los que no hacen muchas preguntas, aunque en el barrio esa clase de médicos eran medio alcohólicos o morfinómanos y la discreción se compensaba con mano temblorosa e incompetencia específica. Lo que tiene ser pobres y meterse en peleas.

Víctor todavía se quedó un rato más antes de que el Somi lo llevara a su casa. Al fin y al cabo, se había ganado el respeto de los Ojos Negros y era lo menos que podían hacer por él. Respeto que halagó a Víctor.

Por fin se enteró del nombre de la hermana de Toni: Visitación. Visi mostró ahora hacia el recién llegado una actitud diferente a la hosquedad de por la tarde. Víctor compartió con ella y con los Ojos Negros presentes unos platos de sopa que ella había preparado. No era gran cosa, pero le hizo bien a Víctor, cuyo cuerpo ya empezaba a exigir su ración diaria de narcótico. Le dijeron que pasara al dormitorio, que Toni quería hablar con él.

Víctor no encendió la luz; con la que entraba desde el salón había más que de sobra. Toni estaba medio sonado por el coñac y muy dolorido.

—¿Te metes morfa?

Víctor lo miró en silencio, no se lo esperaba.

—Te he visto antes los brazos. Eres un puto drogadicto.

—Pues como tú, más o menos. Te está sangrando esa ceja.

Víctor le apretó la herida y Toni dio un pequeño grito. Sus dedos se quedaron manchados de sangre.

—¿Por qué has hecho esto? —le preguntó Víctor—. Para qué liar la que habéis liado.

—Para poder dormir esta noche.

Víctor sabía que intentaba no volverse loco de celos y de tristeza, pero que de poco le iba a servir; pasado el derramamiento de sangre, con la noche, la fiebre y el insomnio, el pobre Toni lo iba a pasar mal. El muchacho intentó incorporarse un poco, con gran esfuerzo. La luz que entraba desde el salón iluminó algo su cara crispada por el dolor.

—Yo no puedo pagarte, pero encuéntrala, Víctor, encuéntrala. Por tus muertos.

Víctor le dio una palmada en el hombro y salió del dormitorio.

XXV

De regreso al zigurat

Al pie del zigurat, Víctor vio alejarse la moto del Somi, en la que había viajado hasta allí como si fuera una novia. Antes de entrar en el vasto vestíbulo, le gustaba levantar la mirada y ver la masiva fachada sobre él, con algo irreal de templo de una religión inhumana, preguntándose cómo era posible que él, una ruina humana, deseosa de olvido y silencio, viviera en las entrañas de ese monstruo bullicioso.

Reparó en sus zapatos y perneras del pantalón embarrados, en las manchas de sangre de su ropa y en alguna erosión en la cara. Entró en el vestíbulo con toda la naturalidad de la que era capaz. Esa noche le tocaba el turno a Julián, que lo miró de arriba abajo sin hacer comentarios. Era como si nada en el mundo le extrañara; si Víctor hubiera entrado arrastrando una oveja muerta, su actitud habría sido la misma.

—Buenas noches, Julián.

—Buenas noches.

Víctor llamó a uno de los ascensores, que descendió desde todo lo alto, desde las estrellas, y abrió sus fauces delante de él. Sintió a su espalda la voz del portero.

—Y a ver si descansamos.

Víctor asintió con una sonrisa. Uno de los motivos por los

que antes prefería salir únicamente de noche era por no tener que soportar la presencia del ascensorista. Le gustaba ese tiempo de soledad frente a su imagen en el espejo. Tenía la cara marcada por los golpes y le dolía, pero se sentía bien, se sentía vivo.

Las puertas se volvieron a abrir y de nuevo ante él, como una presencia conocida y vagamente siniestra, el pasillo de su planta, con la misma moqueta, los mismos apliques, la misma perspectiva obsesionante de las puertas a uno y otro lado.

En el silencio los zumbidos, crujidos y voces, el idioma que hablaba de noche el edificio. Se engañó diciéndose que debía contarle a Estela sus nuevos descubrimientos, pero en realidad sentía necesidad de hablar con ella, de que su voz lo apaciguara.

Había luz debajo de la puerta, pese a que pasaban ya de las doce, así que decidió llamar al timbre. Hubo como un revuelo en el interior y Estela, tras un instante que se le hizo más largo que la otra vez, abrió finalmente, vestida con un salto de cama.

—¿Ha pasado algo?

—Nada grave.

Se le quedó mirando de arriba abajo sin hacer ningún gesto de sorpresa.

—¿No has pensado en cambiar de trabajo? Te han dejado hecho un eccehomo.

—¿Puedo pasar?

Y ya se disponía a entrar, pero notó que Estela empujaba la puerta para impedirle el paso.

—Ahora no puedo, vecino.

Una voz de hombre sonó desde el fondo de la casa. No desde el salón: desde el dormitorio.

—¿Quién es?

Estela se volvió.

—No es nadie. —Luego rectificó—: Es mi vecino.

Y lo miró, como disculpándose.

—¿Podemos hablar en otro momento y me lo cuentas todo?

Víctor asintió. Pudo ver un abrigo doblado sobre el sofá, un abrigo de hombre, caro, de un corte propio de personas con la edad de él. La misma voz desde el fondo de la casa era la de alguien con años; no la voz anhelante de deseo de un joven, sino la voz cansada de quien dispone de la vida y los esfuerzos de los demás. ¿Por qué, Estela, por qué? ¿Porque te paga el apartamento? ¿Porque puede ayudarte en una carrera que nunca despegará? ¿No ves que te estás haciendo daño, que te envileces? Todo eso le hubiera dicho Víctor en ese momento, pero se limitó a asentir intentando que no se sintiera demasiado culpable. Ella le cogió la mano y la apretó. Cerró la puerta en silencio.

De nuevo en la soledad del pasillo, donde una corriente de aire frío le atravesó el cuerpo. No sabía por qué sentía esa tristeza, y se le ofrecía la alternativa de recurrir al refugio del láudano o trabajar intensamente en el enigma de Dolores Rivera.

Decidió hacer ambas cosas.

XXVI

Una sombra en el espejo

Y de nuevo Víctor se sentó pasada la medianoche ante la sólida mesa de roble del salón. De nuevo entumecido por unas gotas de láudano, esta vez más generosas, para aliviar el dolor de las heridas que empezaban a enfriarse y que previamente se había curado bajo la luz clínica del baño.

La dosis extra, lejos de adormecerlo y por un efecto paradójico, le había afinado la concentración a la vez que los pensamientos fluían encadenados con la libertad del sueño. Tenía ante sí los diarios de Dolores, que volvía a revisar.

La primera vez le había desanimado que no hubiera nombres, tan solo iniciales que nada le decían. Dolores parecía complacerse en escribir en enigmas (se acordó de aquel versículo de la Epístola a los Corintios de san Pablo: «Ahora vemos por espejo, oscuramente; mas entonces veremos cara a cara. Ahora conozco en parte; pero entonces conoceré como fui conocido»), y esa voluntaria oscuridad lo agotaba.

Pero se propuso leerlos más a fondo, en busca de algo que despertara su atención. Le llevó horas bucear otra vez en aquel diario, páginas y páginas de letra cuidada pero nerviosa, llenas de mordaces observaciones de costumbres. Un catálogo abrumador de fealdades morales, un mundo imperfecto y zafio por debajo de los rituales de clase, de las bellas maneras, de aquella apariencia de orden y limpieza que solo podía detectar el ojo y la inteligencia de una moralista brillante, una inteligencia penetrante y desencantada. Alguien que ya tan joven era incapaz de amar y de toda forma de inocencia. Solo en un momento dado descubrió que había una persona que, por algún motivo, se había ganado un apelativo: Nemo.

Aparecía en contadas ocasiones. Lo que se decía de él era ambiguo, y se respiraba una mezcla de miedo y fascinación. Dolores se sentía atraída por una especie de virilidad sombría, nocturna, y por un aura de amenaza que emanaba de él y la intimidaba. Víctor no podía imaginar por qué había elegido el nombre del melancólico anarca que huyó del mundo a bordo del Nautilus, pero había algo más que podía adivinarse a pesar del estilo elusivo de aquel cuaderno. Nemo era malvado, y Dolores lo sabía. Había una turbulencia insoportable oculta entre líneas cuando se refería a él. No era ya la discreción de alguien que había quebrantado las reglas de su clase; no era la seducción del mal sobre una mente adolescente y fantasiosa. Había un estremecimiento, había algo en él, un poder oscuro que la anonadaba.

Volvió a leer una de las frases en las que hablaba sobre aquel Nemo. «No dejaba de mirarme. A mí, que soy polvo y ceniza», escribía la «encantadora debutante que a todos supo deslumbrar con su modestia y su saber estar».

Rebuscó de nuevo entre las fotos depravadas de aquella cajita verde. Se fijó mejor en una de ellas y la intentó leer a fondo. Dolores estaba al lado de una mujer que llevaba un antifaz veneciano. La habitación parecía llamativamente exenta de muebles. Había un espejo al fondo.

Víctor, arrastrando por el suelo la manta que llevaba sobre los hombros, desenchufó la lámpara de pie que utilizaba para leer y la acercó a la mesa. Luego cogió una lupa de uno de sus cajones y, encendiendo la lámpara, examinó ese espejo más de cerca.

Pudo reparar entonces en el reflejo de un hombre que miraba la escena desde otra habitación. Aunque apenas se distinguía su silueta en la oscuridad, no era la persona que había hecho la foto. Estaba allí, y nadie se había dado cuenta de que aparecería en forma de fantasma. Era un hombre alto, corpulento. La figura resultaba borrosa, pero una vez descubierta resultaba difícil apartarla de la mente; era como si su presencia impregnara toda la escena y hasta las fotografías anteriores.

Incómodo y agotado, Víctor apagó la luz y se dispuso a retirarse a su dormitorio. Antes abrió el mueble bar y volvió a sacar su vieja Luger, la cargó y la guardó en el cajón de la mesita de noche.

Antes de acostarse pasó por el baño. Se lavó de nuevo las manos y la cara y se miró en el espejo descarnado. Por un momento sintió cierto miedo, como si la figura difusa de aquel hombre pudiera aparecérsele.

XXVII

Una grieta en el muro

A Víctor le resultaba difícil desde hacía algún tiempo distinguir los sueños de la duermevela narcótica. Pero, fuera o no un sueño, se vio subiendo en el ascensor con Nemo. En realidad no estaba a su lado, simplemente aparecía reflejado en el espejo, de la misma manera borrosa y oscura en que se manifestaba en la foto de Dolores.

Julián le había avisado de que no se montara solo en el ascensor, pero Víctor tenía prisa por refugiarse en casa, tenía la intolerable sensación de que en la calle corría peligro y de que algo lo perseguía, así que no le hizo caso y entró en el ascensor.

Y allí estaba, en el fondo del espejo, difuso y sombrío, pero claramente él. El ascensor subía y subía y Víctor no se atrevía a hablar, ni siquiera a respirar, para no poder ser visto, pero aquel hombre al fondo del espejo lo estaba mirando.

Se dio cuenta entonces de que había pasado demasiado tiempo, el ascensor ya tenía que haberse parado en su planta y sin embargo seguía ascendiendo. ¿Cuándo iba a detenerse? Finalmente, la figura le habló con su propia voz.

—¿Quién eres?

—No quiero saberlo —le respondió Víctor con una voz pastosa y como proveniente de un lugar remoto, una voz que no era la suya—. Quiero bajarme.

—Ya es demasiado tarde.

Y claro, Víctor se dio cuenta de que no solo habían dejado atrás su piso, sino que el ascensor había dejado atrás la altura del Edificio España y cualquier altura concebible, que ascendía sin remedio más allá, hacia un lugar frío, un lugar inhóspito, donde nadie podría socorrerlo si aquello que estaba al otro lado se decidía a salir de las aguas del espejo y acercarse a él.

Con un dedo tembloroso, pulsó el botón de alarma.

Víctor abrió los ojos y escuchó con claridad el timbre de su puerta. Pensó que se trataría de Estela, pero no se sentía con fuerzas ni con la claridad mental suficiente para hablar con ella en ese momento.

Volvió a despertarse al escuchar unos pasos en el salón, unos tacones. Aturdido, se incorporó y abrió el cajón de la mesita de noche. Iba ya a coger su arma cuando una mujer vestida de oscuro se recortó a la luz de la mañana en el marco de la puerta.

—Tranquilo, Víctor, soy yo.

Era Lucía. Víctor respiró hondo y guardó la pistola.

—Hola, Lucía. Podías llamar, ¿no?

—He llamado, tenía miedo de que te hubiera pasado algo. Te espero en el salón.

Víctor asintió y, mientras su hermana desaparecía de su vista, fue a adecentarse un poco.

Salió refrescado y peinado, llevaba puesto un batín bordado con las iniciales de su padre. Lucía se había quitado el abrigo y estaba sentada en una butaca, de espaldas a las ventanas, como si no quisiera que el mundo la distrajera. Víctor se dejó caer en una butaca enfrente de ella.

Parecía desmejorada desde la última vez, el rostro consumido por un presentimiento de ojeras. Como siempre, llevaba una ropa tan cerca de lo monjil que podría ser fácil confundirse. Todavía era hermosa, era su hermana. Lucía siempre fue muy reservada con Víctor sobre su propia vida, así que se preguntaba si aquel cuerpo sucinto pero bien conformado habría sido acariciado por manos afectuosas. Nada sabía él de todo el deseo escondido que había ardido en los ojos que ahora lo miraban con una mezcla de compasión y preocupación.

—¿Quieres un café?, ¿algo?

Lucía negó, estaba escudriñando con atención el aspecto de Víctor. Lo había tratado como psiquiatra, había sido el guardián de su hermano.

—Te veo demacrada.

—Tú tampoco estás muy allá.

—Yo soy un drogadicto, tú no. Que yo sepa.

—No duermo bien, eso es todo. ¿Cómo estás?

—Mejor, estoy mucho mejor. Estoy saliendo a la calle, ¿sabes? De día, como hacía antes.

—Tienes la cara hecha polvo. ¿Te has caído?

Víctor se rio.

—Fuiste a ver a Virginia, ¿verdad?

Víctor no respondió.

—A mí no puedes engañarme.

—No la vi, solo hablé con Santiago.

—¿Por qué fuiste? Sabes que no te va a hacer ningún bien.

—¡Estoy estupendamente! Me siento en forma. Anoche estuve en una pelea y me sentía vivo.

Lucía lo miraba, seria.

—De verdad, nunca me he sentido mejor.

—Te has afeitado el bigote.

—¿Qué tal estoy?

—Horroroso. Y tienes el pelo demasiado largo.

Quince minutos después, Víctor estaba sentado en una de las

robustas sillas de la mesa del comedor, que Lucía había desplazado hasta el centro de la estancia. Una toalla cubría sus hombros mientras ella movía con soltura las tijeras sobre la cabeza y su monstruosa cicatriz, llenando el silencio con aquel mordisco metálico. Él disfrutaba del momento, los ojos entrecerrados. Le gustaba dejarse cuidar por las manos de su hermana, pero también le causaba cierto desasosiego ver los mechones de pelo desparramados por las baldosas del suelo.

—Hace poco me vino un recuerdo.

El movimiento de las tijeras sobre el cráneo de Víctor se hizo más lento.

—Es normal, Víctor.

Lucía no podía decirle la verdad: que eso era imposible.

—¿Recuerdas un perro que tuvimos? Era medio podenco, medio mastín, negro con algunas manchas blancas.

—No, nosotros nunca tuvimos un perro así. ¿Cómo lo has recordado?

—Estaba tumbado en la cama, dejando mis pensamientos volar.

—No son recuerdos reales, Víctor.

—Me ocurre mucho, a veces me vienen recuerdos en sueños.

—¿Desde cuándo te pasa?

—Desde hace unas semanas.

—¿Qué recuerdos son?

—Lo del perro es uno. A veces una casa grande, deshabitada, y cosas de la guerra. Son como fogonazos. Imágenes de cuando entrábamos en batalla, pero es muy confuso todo…

Lucía terminó de cortar el pelo y dejó las tijeras sobre la mesa. A Víctor le sorprendió su silencio y se volvió. Lucía parecía muy seria mientras sacudía la toalla para que los mechones de pelo cayeran al suelo. Luego desapareció hacia la cocina y volvió con una escoba y un recogedor. Cuando empezó a barrer, Víctor se dio cuenta.

—Lucía, estás sangrando.

A Lucía le sangraba la nariz y ella, al percatarse, pareció avergonzada. Rápidamente se secó la hemorragia con lo que tenía a mano, con la toalla. Mientras la presionaba contra su nariz habló a Víctor con el tono de voz de una psiquiatra, no de una hermana.

—Son sueños, Víctor. La morfina te induce una duermevela en la que sueñas despierto.

—Son completamente vívidos, Lucía. Tienen que ser míos.

—Nunca tuvimos un perro así.

—Lucía, yo lo abrazaba y sentía algo que no puede ser falso.

—¡Nunca lo tuvimos!

A Víctor le chocó esa explosión de cólera, tanto como ver las manchas de sangre de un rojo intenso sobre la toalla blanquísima.

—¿Es que no me crees?

—¿Debería no creerte, Lucía?

Los dos se quedaron mirándose a los ojos. A Lucía esa pregunta le sorprendió y se le dispararon todas las alarmas. Víctor no sabía por qué lo había dicho. Hasta entonces no se había atrevido a expresar esa idea y menos ante ella, ante Lucía, la virgen, la resignada hermana que tanto había hecho por él, que había consagrado su juventud a curarlo. Pero en ese mismo instante sintió como si se hubiera roto algo en su interior, algo que lo oprimía. Lucía estaba pálida y él no sabía si de rabia o porque estaba enferma.

—No me encuentro bien, Víctor. Me tengo que marchar.

—¿No te quieres quedar hasta que estés mejor?

—Solo estoy un poco cansada, de verdad, demasiado trabajo.

—¿Por qué no vas al médico?

Lucía le dio dos besos.

—Aléjate de Virginia. No le des más vueltas a las cosas.

Víctor no quiso enfrentarse con ella, pero cuando Lucía se fue y cerró la puerta sintió que algo había pasado en aquella habitación. Algo cuyo alcance todavía no se sentía capaz de juzgar.

Abrió las ventanas del salón y el viento frío de la mañana lo traspasó y arrambló con todos los malos presentimientos y los pensamientos oscuros. Necesitaba aire, aire y luz.

XXVIII

¿Quiénes somos? ¿De dónde venimos? ¿Adónde vamos?

Le hizo bien caminar Gran Vía arriba, sin pensar en nada, dejándose llevar por el ruido de los coches y el desfile de vestidos, perfumes, olores que salían de las cafeterías y los bares; desaparecer un momento, apagar la conciencia. Las gafas de sol, como siempre, le conferían la ilusión de ser invisible ante todas esas personas que recorrían las calles: hombres y mujeres de todas clases que iban a sus asuntos de trabajo o de placer, que reían o gesticulaban, muchachas que caminaban en silencio y sonreían pensando en sabía Dios qué secretos, hombres de ceño fruncido, jóvenes expansivos y que hablaban alto, personas quizá consumidas por una enfermedad y que no lo sabían, tantas y tantas vidas que le provocaban una especie de vértigo. Al lado de semejante proliferación absurda de experiencias y sensaciones, ante tanta vida, él se sentía como algo fosilizado, detenido en el tiempo.

Se perdió por las calles de Malasaña. Allí había una salud zarzuelera y proletaria que le ayudó a ir tomando tierra. Necesitaba comer algo, entró en la primera taberna que encontró abierta. Dos vinos y un plato de torreznos lo anclaron a la tierra y pudo empezar a recapitular.

Certezas. Su nombre era Víctor, Víctor Cano. Tenía cuarenta y cinco años, pero hacía veintitrés un cascote de metralla lo hirió en el cráneo y borró todos sus recuerdos. La labor paciente de su hermana Lucía y del doctor Borau hizo que pudiera recuperar parte de esa memoria, pero en realidad Víctor tenía veintitrés años. De ellos pasó once en varios campos de prisioneros en Rusia y doce en España, tras su regreso. En todo ese tiempo hubo de aprender casi todo de nuevo. Ya en su país pasó ocho años leyendo cuanto caía en sus manos y trabajando como investigador privado, cosa que no se le daba mal. Su empleo le hizo recuperar cierta normalidad en las relaciones con sus semejantes, le hizo conocer bien Madrid y las costumbres, hábitos y gustos de sus habitantes. También le enseñó mucho sobre la inagotable capacidad humana para mentir, traicionar y decepcionar, sobre sus estallidos de violencia y su crueldad, lo que los teólogos denominan el Mal.

Tras esos ocho años vinieron las migrañas, un estado depresivo, una sensación de que algo no iba bien en su interior. Se hizo adicto a los opiáceos y se encerró en su apartamento del Edificio España, de donde solo salía ocasionalmente de noche, para quedar con su amigo Amancio en el restaurante chino La Pagoda y comprar sus reservas de droga a algún traficante cuando las recetas que Lucía le suministraba con cuentagotas se le quedaban cortas. Hacía una semana había vuelto a su viejo trabajo y era capaz de salir de día. Eso era todo. Como resumen de una vida resultaba bastante triste, pero al menos era irrefutable.

¿Qué más certezas tenía?

Para empezar, estaba vivo; si ahora estiraba un poco el cuello, podía sentir en su cara la tibieza de un rayo de sol entrando por la ventana de aquel local. Una prueba más que suficiente.

El bar era real, el olor acre a vino avinagrado y fritanga, la canción de los Relámpagos que sonaba en la radio y que le gustaba eran reales.

El zigurat donde vivía era real, la multitud de termitera que se agitaba entrando y saliendo de aquellas grandes puertas y subiendo y bajando por los ascensores era real. Al menos durante el día. Hasta Julián, siempre sonriente, siempre saludador a la salida y a la llegada, era real.

La pelea en Tetuán había sido real, el sabor a sangre en la boca, el dolor de los puñetazos en la cara, todo ello era bien real, porque si se tocaba le dolía. Y la cicatriz de la cabeza era real, porque podía palparla con la yema de sus dedos, como un tentáculo monstruoso que intentara aferrarse a su cráneo.

Estela era real: había tenido su cuerpo tibio pegado al de él, había respirado su perfume L'Air du Temps y el olor de sus cabellos.

Sus recuerdos eran reales, estaban en su cabeza y los podía retomar a voluntad, Lucía le había enseñado fotos y cartas que lo confirmaban.

Sobre el reloj parado que presidía la barra del bar tenía sus dudas, como también sobre el perro medio podenco, medio mastín en que a veces pensaba, ya que Lucía negaba su existencia y Víctor solo se acordaba de él en el crepúsculo de lucidez posterior a la intoxicación con láudano.

¿Era real Dolores Rivera? Había leído sus diarios, había visto fotos de ella, sabía cómo pensaba y casi cómo sentía, la había visto aparecer de un modo fantasmal entre la multitud bajo la luz histérica de los focos, pero sentía que en el fondo no sabía nada de ella y que nadie parecía saber mucho más que él. Dolores Rivera era el punto de fuga donde todas sus evidencias sobre la realidad se perdían.

En la calle, una camioneta con bombonas de butano se había detenido y los repartidores las descargaban con gran estruendo. Ese sonido lo devolvió de golpe a la realidad y decidió pasarse a visitar a Amancio, que seguro que lo sacaría de ese estado de incómoda perplejidad en el que lo había dejado la visita de Lucía.

Víctor conoció a Amancio cuando ejercía de detective. Un viejo colega universitario lo había contratado para vigilar al catedrático dimisionario. Esperaba encontrar alguna prueba que lo vinculara con la clandestinidad política; no les bastaba con su retirada: deseaban hundirlo. Víctor siguió durante un par de días a aquel hombre afable de costumbres sosegadas y le cogió cariño, se sintió incapaz de continuar espiando su intimidad, así que se presentó en su casa y le avisó de lo que algún excolega estaba maquinando contra él. Se quedó sin cobrar, pero fue el improbable inicio de una extraña amistad que se había mantenido durante años.

Raras veces visitaba a su amigo en su domicilio, pero siempre se encontraba a sus anchas allí. La casa de Amancio, como el musgo que cubre las piedras de un viejo muro, estaba literalmente abarrotada de libros y cuadros. No sabría explicar por qué, pero todas aquellas estanterías le quitaban a Víctor el frío de dentro. Amancio vivía en aquel mundo uterino y abigarrado como un monje de Northumbria en los años de hierro, aislado de la barbarie, aislado de una España que no podía soportar. Un monje feliz y cachondo, habría que añadir. Y perfectamente enterado de cuanto ocurría en la ciudad a base de periódicos y conversaciones telefónicas con los viejos amigos que todavía conservaba en todos los ámbitos.

Lo pilló de excelente humor, escuchando a Haydn y abrigado con una gruesa chaqueta de punto. Le hizo ilusión que Víctor se hubiera desplazado hasta su casa para visitarlo.

—Ahora me iba a hacer un café. ¿Quieres uno?

—Sí, por favor. Y unas magdalenas. Necesito algo dulce.

Al rato Víctor estaba en el sofá —Amancio había tenido que

apartar una pila de discos, otra de revistas académicas y a un gato gordo, negro y reflexivo llamado Anubis para que su amigo pudiera sentarse— devorando magdalenas una tras otra. Amancio lo observaba desde el sillón de orejas donde se había acomodado.

—¿Sabes qué estuve pensando el otro día, Víctor?

—Cuéntame.

—¿Has oído hablar del verde de París? También se conoce como verde de Scheele o verde de Viena.

—No, Amancio, en mi vida.

—Es un verde parecido al verde esmeralda, contiene cobre y arsénico y es muy tóxico, es un veneno. Mucha gente del siglo XIX vivía en casas decoradas con ese verde, y a la larga se volvían locas o morían por intoxicación crónica.

—De acuerdo. ¿Y?

—Dicen que en el dormitorio de Franco, en El Pardo, hay unos flexos en la mesita de noche. ¡Unos flexos verdes, Víctor! El tipo duerme en un palacio, en una habitación que parece una sacristía, y tiene unos flexos en la mesita de noche.

—Austeridad castrense, me imagino.

—Deplorable, Víctor, deplorable. Pero esos flexos baratos resultan convenientísimos para mi plan.

Amancio se frotaba las manos, entusiasmado.

—Se trataría de que alguien sustituyera esos flexos por unos pintados con la pintura adecuada, y aquí entra en acción nuestro maravilloso y mortal verde de Scheele. ¿Me sigues?

—Empiezo a hacerme una idea.

—Esos flexos se calientan como un demonio, y es fácil imaginar que el calor haría que los vapores de arsénico se liberaran así con más facilidad. Si Franco lee un poco cada noche, antes de conciliar el sueño…

—Eso es una suposición.

—No me interrumpas, Víctor... Se vería expuesto a los vapores deletéreos del arsénico. No moriría en el acto, pero poco a poco la sustancia haría mella en su salud hasta acabar con él. Y sería una muerte particularmente desagradable, lo que es un valor añadido. ¿Qué te parece? Nadie repararía en esos inocentes flexos asesinos, a nadie se le podría pasar por la cabeza un plan tan simple, tan genial.

—¿Y cómo darías el cambiazo?

—Una doncella de servicio podría encargarse. Al fin y al cabo, esas chicas entran y salen y se mueven por donde quieren.

—¿Y por qué iba a jugarse la vida y hacer algo así?

—He pensado en eso, por supuesto. Habría que buscar entre chicas que tuvieran algún novio, marido o familiar represaliado.

—No es suficiente. Al revés, pueden tener miedo.

Anubis saltó sobre el regazo de Amancio y se hizo un ovillo, envolviendo sus patas con la cola, cerró los ojos y empezó a ronronear mientras su amo le rozaba apenas con las yemas de los dedos detrás de las orejas.

—Cierto, pero podríamos pagarle una buena suma de dinero o podría hacer que una muchacha así se enamorara de mí. Es sorprendente lo que algunas mujeres pueden hacer por amor. Esta posibilidad es la que me gusta más. La idea de seducir a una criada y obligarla a cometer un crimen me parece maravillosa.

Víctor miró a su amigo, sus gruesas gafas de concha, su aire paternal de obispo, ese aspecto confortable que le daba la chaqueta beis de lana.

—Todo el plan en sí me parece descabellado, pero esa última parte me parece la más improbable de todas.

Amancio no se ofendió. Nunca se ofendía.

—¿No crees que todavía pueda hacer que una chica se enamore de mí?

—No digo que sea imposible, digo que es improbable. ¿Qué vas a hacer? ¿Esperarlas a la salida de El Pardo con un ramo de flores?

Amancio se quedó un instante pensando.

—Tu pragmatismo a veces resulta desalentador, querido amigo.

Víctor se encogió de hombros. Su mirada se paseó por las estanterías y por los cuadros de la pared. Amancio alguna vez frecuentó el trato de artistas y tenía obra de Millares y de Saura, aunque no le daba demasiada importancia.

—Me encanta tu casa.

—Cada vez me cuesta más salir de aquí. Me gusta verte y poco más. Imagino que no se trata de una visita de cortesía. ¿Verdad?

Víctor sonrió.

—Necesitaba hablar con alguien como tú.

—¿Sí? ¿Con alguien a quien se le ocurren planes descabellados?

—No seas rencoroso, Amancio.

—A ver, te escucho.

Víctor se fijó en un pequeño cuadro enmarcado en la pared. Era él, era un pequeño retrato abocetado e informal que Amancio le había hecho años atrás. Rechazó el regalo porque no le gustaba verse así, tétrico y anguloso. Era un Víctor hecho con unos pocos trazos sueltos de pincel, un Víctor expresionista y como hendido por la mitad. Había algo tan intenso en esas líneas violentas que Amancio aceptó encantado quedárselo él.

—¿Crees que estoy mal de la cabeza?

—Sí, claro, pero yo también. Nadie que haya sobrevivido a su juventud está bien de la cabeza.

Víctor le puso al tanto del caso de Dolores Rivera sin omitir ningún detalle. Amancio escuchó con atención.

—De repente ya no confío en nadie. Todo me parece extraño,

desconfío de Virginia, desconfío de Santiago, no sé qué pretenden.

—¿Harás lo mismo que conmigo? ¿Irás a prevenir a esa señorita Rivera? Así no vas a ninguna parte, Víctor.

—Ni siquiera confío en mi propia hermana. Tengo la sensación de que me oculta algo.

Amancio pareció pillado por sorpresa, luego se quedó un instante pensando.

—¿Te acuerdas de cómo te llamaba cuando empezamos a conocernos?

—Sí, Arkadin, como la película de Orson Welles.

—Eso es, un hombre inmensamente rico ha olvidado todo su pasado y contrata a alguien para que averigüe de dónde salió esa fortuna.

—De acuerdo, yo perdí mis recuerdos, pero no soy rico ni he contratado a nadie.

Amancio le indicó que callara con un gesto de la mano.

—El protagonista sigue el rastro de las turbias actividades del joven Arkadin del pasado. Va encontrando uno tras otro a aquellos que podrían decirle algo. No tarda en darse cuenta de que todas esas personas mueren en extrañas circunstancias tras haber hablado con él.

—Como si alguien hiciera limpieza de su pasado eliminando a todos los testigos.

—Exactamente.

—¿Pretendes decirme que Santiago me está utilizando para…?

—O Virginia. Puede que haya algo que no desean que se sepa, puede que te usen para seguir el rastro. Puede que tu amigo Toni corra peligro.

—Eso es absurdo.

—Pero fascinante.

—No lo estás diciendo en serio. No me ayuda nada. Vengo a tu casa con la cabeza hecha un lío, buscando algo de sentido, y me vienes con esas.

—Estaba especulando, simplemente me encanta especular.

—No sé por qué te soporto, Amancio.

Mientras regresaba a su casa, Víctor no pudo dejar de darle vueltas a todo y, en efecto, todo resultaba desconcertante. De momento solo tenía una figura borrosa en un espejo y se agarraba a la posibilidad de que Estela pueda decirle algo. El recorrido se le hizo eterno porque necesitaba un poco de láudano para aplacar la ansiedad, pero estaba deseando que su vecina lo sacara de dudas.

Así que directamente llamó al timbre. Estela le abrió con una amplia sonrisa.

—Hola, Víctor. Entra, quiero presentarte a alguien.

Estela lo hizo pasar. Sentados en el sofá, un hombre y una mujer que Víctor ya había visto en una foto. Ya no eran jóvenes, si es que alguna vez lo fueron; habían envejecido y allí estaban, el rostro tostado por el sol, empequeñecidos por las grandes dimensiones de la ciudad pero dignos, como venidos de otra época noble e inocente, con un no sé qué de desamparo. Miraron al recién llegado con benevolencia y curiosidad.

—Papá, mamá…, os presento a mi vecino, el señor Cano.

XXIX

Un día perfecto

Fue un día perfecto. En ningún momento Estela le dio instrucciones, pero Víctor sabía lo que se esperaba de él e hizo su papel.

Estela quería enseñarles a sus padres la ciudad donde había ido a buscar una nueva vida; una urbe luminosa, llena de maravillas y cosas «dignas de verse», como su madre decía. Una ciudad bondadosa y acogedora, donde su pequeña Trini luchaba con valor para que se reconociera su talento y que no tardaría en rendirse a sus pies.

Víctor fue por un día el amable caballero, el protector de aquella chiquilla a la que había acogido bajo su ala y a quien guiaba y aconsejaba para evitarle errores y sinsabores. La clase de hombre al que uno encomendaría a su hija. A Servando, el padre de Estela, el pasado militar de Víctor, su aventura en Rusia le provocaban la más rendida admiración. Margarita, la madre, se reía de buena gana con los chistes un poco brutos pero inocentes con los que Víctor intentaba animar a todos.

Ya habían estado un par de veces en la capital, una de ellas antes de la guerra, pero seguían reaccionando como si fuera la primera, asombrados por las dimensiones de todo, por la cantidad de gente, por el colorido de los escaparates, por la variedad de rostros y vestidos, con un aire entre la maravilla y la precaución que a Víctor le recordaba las ocasiones en que había probado el ha-chís. Él, por su parte, se desdoblaba entre la atención al matrimo-nio y a Estela, que estaba feliz de verlos después de mucho tiempo, inquieta porque pudieran sospechar que la vida real que ella lle-vaba no tenía nada que ver con la invención con la que intentaba entusiasmarlos, un poco avergonzada de que Víctor pudiera adi-vinar el pelo de la dehesa tras el aspecto sofisticado con el que ella procuraba investirse, pero a él le encantaba cuando se relajaba y se reía con su madre y le preguntaba por conocidos del pueblo y se le escapaba un acento manchego, especialmente a la hora de la maledicencia.

Como Víctor los veía un poco desbordados por la condición babilónica de la ciudad, decidió llevarlos al Retiro a dar un paseo y tener un poco de calma. Hacía bueno y había muchas familias paseando entre los árboles y los parterres. Esta semejanza con el mundo del que venían, a pesar de las dimensiones imperiales del parque, los hizo serenarse un poco. Servando cogió del brazo a Margarita, y daba la sensación de que hacía tiempo que no se con-sentía tal licencia. Víctor se dio cuenta de ello por la forma en que esa sencilla muestra de afecto alegraba a Estela. Ambos se habían distanciado un poco de los padres de ella, caminando en ese no-vedoso idilio capitalino.

—Gracias por esto, Víctor.

—No tienes por qué dármelas.

—No tenías por qué hacerlo.

—Tus padres me caen bien, me parecen buenos y el mundo está lleno de hijos de puta. Tú te pareces a tus padres.

Estela no quiso mirarlo, pero le apretó el brazo discretamente.

—¿No quieres saber quién era el hombre que estaba conmigo?

—Imagino que el que te paga el alquiler.

Hubo un silencio incómodo.

—Yo pensaba que lo hacían tus padres —aclaró Víctor.

—Eso creen ellos. Pero, escucha, no es solo eso, es un empresario de teatro. Cree que tengo potencial y quiere ayudarme.

Ni ella misma se lo creía, así que Víctor no hizo ningún comentario.

Margarita se volvió en ese momento y señaló entusiasmada las barcas del lago. Para una mujer que apenas había salido de la planicie manchega, la idea de remar en un lago era algo de ensueño. Insistió en dar una vuelta. Servando, hombre de secano, no las tenía todas consigo, así que Estela, nacida Trinidad, decidió darle ese gusto a su madre.

Acodados en la balaustrada, los dos hombres observaban el paso lento, jovial de las barcas. Parejas de novios, padres y niños viviendo su módica aventurilla náutica. Servando le ofreció tabaco a Víctor y este lo rechazó. Servando encendió el suyo y fumó casi cautelosamente, sin dejar de mirar a Estela y a Margarita, que saludaban desde la barca.

—Mire, señor Cano, usted parece un hombre cabal.

Víctor se preguntaba si estaría en lo cierto.

—Yo le agradezco mucho que cuide de nuestra Trinidad. Es una buena chica, y no queremos que se aprovechen de ella.

—Ella sabe cuidarse muy bien sola, de verdad.

—Mire, Margarita y yo… Ya ve cómo somos, la ciudad no es para nosotros, estamos hechos a lo nuestro. A nuestro pueblo y nuestra casa con su patio y sus macetas, ya me entiende.

—Y no sabe la suerte que tienen.

—Pero también tenemos ojos, ¿sabe?

Víctor lo miró, sorprendido.

—Y Trini nunca va a llegar a ninguna parte.

—No diga eso.

—Usted sabe que no, señor Cano. Mire, yo me acuerdo

cuando de pequeña hacía teatrico en el colegio. Ella era feliz, soñaba con eso. Nos hemos sacrificado para que lo intente, pero usted lo sabe, esta ciudad es difícil y ella no vale tanto…

Víctor miraba hacia el suelo sin saber qué decir.

—Yo no quiero saber cómo puede vivir en la casa en la que vive, pero eso no se gana haciendo teatro.

Servando le apretó el brazo.

—Convénzala, dígale que vuelva al pueblo.

—Ella es feliz aquí.

—No, no es feliz, y se hará mayor y no habrá llegado a nada. Eso te va comiendo, te amarga… La ciudad se ha tragado a muchas chicas como ella.

Mientras las mujeres regresaban a la orilla, entre risas, Víctor asintió en silencio.

—¿Me hará ese favor?

—Haré lo que pueda.

Pidieron unos bocadillos en uno de los merenderos y se sentaron en las mesas de madera. Todo era igual que por la mañana y, sin embargo, una ligera sombra de tristeza permanecía al acecho. Víctor redobló sus intentos de mantener la distensión de horas antes, pero lo cierto era que a Servando a veces se le cruzaba algún pensamiento triste y Margarita lo notaba y Estela empezaba a sospechar que todo el teatro que habían tejido entre ella y Víctor no había funcionado del todo. «Ella no vale tanto…».

Estela se había colocado unas gafas ahumadas y se dejaba acariciar por el sol.

—Te tengo que comprar unas cremas para esa cara y esas manos, mamá.

—Yo echándome cremas como una corista, válgame Dios.

Víctor llevaba un rato sintiéndose mal. Unas gotas de sudor

empezaron a perlar su frente y lamentó no haber llevado consigo su fiel petaca cargada de veneno.

—¿Estás bien? —le preguntó Estela.

Él asintió, aunque empezó a tener miedo de que le pillara la abstinencia allí, lejos de casa. De repente, un calambre le atenazó una pierna y se dobló sobre sí mismo, dolorido. Servando se alarmó.

—Pero qué le pasa, hombre.

—No es nada, no es nada.

Víctor trató de respirar hondo. Aunque quisiera disimular, no era fácil esconder el miedo que se pintaba en su cara. A un adicto llega un momento en que le importa un bledo lo que los demás piensen, pero a él le importaba lo que pensaran Servando y Margarita, sentía que si se revelara su condición de escoria habría traicionado de manera imperdonable a Estela.

Se levantó tan de golpe que resultó alarmante.

—Creo que voy a volver a casa. Si no les importa.

Servando se levantó a su vez.

—¿Qué dice, hombre? Lo acompañamos todos.

—Le digo que no hace falta.

Y Víctor se dobló y vomitó en el suelo mientras sentía sobre su espalda el robusto brazo de Servando y sobre su frente su mano encallecida.

Le costó lo más grande convencer a aquellas buenas gentes de que no era necesario llevarlo a urgencias. A Víctor solo le preocupaba que la policía no lo viera en ese estado e hiciera demasiadas preguntas. Pudo caminar con un mínimo de dignidad, aferrado a Servando, como si la vida le fuera en ello. Pidieron un taxi y el trayecto resultó inacabable. Estela se deshizo en explicaciones sobre sus problemas de estómago y dejó a sus padres en su apartamento.

Llevó a Víctor al dormitorio, donde, ya sin testigos, se dejó caer sobre la cama.

—Lo he estropeado todo, ¿verdad? —preguntó, profundamente avergonzado.

—No, no se imaginan nada. La que no ha quedado muy bien he sido yo.

—Yo lo he intentado, Estela.

—Sí, pero yo conozco a mi padre. Vi cómo me miraba durante la comida.

—Me cuesta moverme. Anda, tráeme el frasco con láudano, está en el cajón de la vitrina del salón.

Oyó sus ligeros pasos salir de la habitación.

—Y no vayas a beber, que te conozco y a ti te entra todo.

Víctor, desasosegado, esperó la reaparición de Estela durante unos segundos que se le hicieron eternos.

—Es una vitrina con copas talladas, el primer cajón.

Y se percibía un tono de exasperada impaciencia en su voz. Al rato entró Estela sonriendo en el dormitorio.

—Aquí está tu enfermera de noche.

Ocurrió despacio, como en los malos sueños, como si en cualquier momento se hubiera podido detener lo irreversible. Pero no se pudo. El frasco se le escurrió de entre los dedos y se rompió en pedazos en el suelo.

Estela dio un grito. No quedaba demasiado, apenas un pequeño charco entre los cristales rotos, pero Víctor gimió, gimió como gimen los animales.

—Lo siento, lo siento, lo siento… —repetía sin cesar, paralizada por el miedo.

Vio cómo Víctor se levantaba a duras penas de la cama y se arrastraba a gatas hasta los pies de ella. No podía creer lo que estaba viendo, y tardó un instante en intentar evitarlo. Para entonces ya había lamido el suelo y se había cortado la lengua. Estela lo arrastró como pudo hasta la cama y él la miró con odio, un hilo de sangre brotaba de sus labios.

—¿Qué has hecho? —le recriminaba.

Estela empezó a llorar.

—No puedo salir a buscar en este estado. —Víctor no paraba de temblar.

—Voy yo. Dime adónde puedo ir y voy yo.

Él gimió, se dio la vuelta y se cubrió la cabeza con una manta.

—Todo lo hago mal —gimió Estela.

Víctor se descubrió y buscó casi a ciegas en el cajón de la mesita de noche. Sacó un bolígrafo y una libreta. Garrapateó una dirección, arrancó la hoja y se la dio.

—Tengo un sobre con dinero en el aparador de la entrada, coge de ahí. No tardes demasiado, por favor.

Estela sostenía el papel entre sus dedos, intentando entender la letra.

—¡No te quedes ahí parada! ¡Corre! —gritó Víctor, exasperado.

Salió vacilante de la habitación. Encontró el sobre con dinero donde le había dicho. Respiraba entrecortadamente, no sabía cuánto coger, nunca había hecho eso. Sacó una buena cantidad de billetes y se los metió en la falda.

Cuando se disponía a salir casi gritó al oír los pasos de Víctor, sentir su aliento en la espalda y ver cómo cerraba la puerta delante de ella.

—No, no vayas —alcanzó a decir Víctor, casi sin aliento.

—Tengo que ir, déjame.

—Es peligroso, es mala gente… Te puede trincar la policía. No.

—Tú no puedes ir en esas condiciones.

—No voy a ir. Escúchame, Estela, escúchame.

Víctor cogió un juego de llaves que estaba sobre la mesita.

—Sal y cierra con llave.

—Pero ¿qué dices?

—Hazlo. Déjame solo dos días. No vengas, no abras la puerta. Si te llamo por teléfono suplicando, no me hagas caso.

—¿Y si te mueres?

—No me moriré.

—No puedo dejarte solo.

—Hazlo por mí. Te lo ruego.

La cogió de las dos mejillas y besó sus labios.

—Hazlo por mí.

Estela salió de la casa y cerró con dos vueltas de llave.

Víctor miró a su alrededor, al apartamento transformado ahora en celda y en cámara de tortura. Tenía miedo, tenía mucho miedo, pero sentía que estaba haciendo lo que debía.

Había sobrevivido a la masacre de Krasni Bor, había soportado los barracones del campo de prisioneros siberiano, había agotado todas las formas del dolor, la soledad y la pérdida.

No era imposible que pudiera con esto.

XXX

Cold turkey

Víctor sabía todo lo que le esperaba entre esas cuatro paredes. Algo que aparecía en las novelitas baratas, en los ojos ardientes de los adictos de los tebeos, en los libros de De Quincey que le había prestado Amancio. Esperaba que, como tantas cosas, la experiencia real fuera más rutinaria, incluso más soportable.

No fue así.

Fue muchísimo peor de cuanto podría haber imaginado jamás. Estar bañado en sudor, pasar del sofoco a escalofríos inimaginables, como si cientos de serpientes heladas y viscosas entraran por todos sus orificios y recorrieran sus venas. Los calambres que aumentaban de intensidad hasta creer que se le iban a saltar los tendones, los temblores, las continuas diarreas... Cada una de esas sensaciones era literalmente insoportable. Lo peor era que se daban de manera simultánea.

Y no iban a menos: iban a más. Y luego el miedo, miedo a que aquello alcanzara una intensidad que lo obligara a saltar por la ventana, miedo a morir, un miedo a morir que ni siquiera había experimentado cuando los guardas del gulag le gritaban enloquecidos mientras le apuntaban con sus armas. Una apetencia brutal de desaparecer, de dejar de existir, y el pánico irrefrenable a disolverse en la nada. Y el ansia, la necesidad imperiosa de que el fluido entrara por sus venas y que una paz monstruosa y celeste lo arrebatara. Un deseo torrencial, un deseo más grande que el tiempo y el espacio, un deseo incondicional y absoluto, un deseo que le haría matar, matar a desconocidos, matar a niños, matar a Estela.

No había tregua, ni siquiera le era dado consentirse el sueño. Aterrorizado, tembloroso, bañado en sudor, quedaba entregado sin defensa a los espantos del insomnio y a una fría lucidez de pesadilla.

El dolor, el dolor… Intentaba imaginar algún momento de felicidad, de paz, de mera inactividad para salir de aquello. Y los sonidos tras las paredes, golpes, martillazos, gritos, llantos de niños, sollozos de enfermos, risas, risas histéricas, voces de su pasado que no podía reconocer, agudas, penetrantes, hablando a toda velocidad en lenguas que ignoraba. Recordaba lanzarse contra la puerta de la calle y golpear y llamar por teléfono a Estela y rogarle que le abriera la puerta e insultarla y llamarla puta y mentir y decir que se iba a matar.

Todo esto duró cuarenta y ocho horas, tras las que cayó en un sueño profundo, abismal. El sueño de los muertos.

Solo soñó que se levantaba de la cama y el salón estaba a oscuras y toda la casa estaba a oscuras, que pulsaba el interruptor y no se encendía luz alguna, que se desplazaba a tientas tropezando con las siluetas de unos muebles que no eran los suyos, que podía abrir la ventana del salón y sentarse en el alféizar y ver Madrid en llamas a sus pies; un incendio rugiente que iba creciendo, devorando barrios y avenidas, hasta perderse en la línea del horizonte. Miró hacia su derecha, un hombre estaba asomado a otra ventana, fumando tranquilamente, no podía ver con claridad su rostro. Pero le recordaba al de una estrella de cine, una de esas que se alojaban en el hotel del edificio y con las que nunca se había cruzado.

—Un espectáculo extraordinario, ¿verdad? —dijo el hombre.

Víctor se dio cuenta de que el fuego lamía la base del zigurat, una oleada de llamas rompió contra ella y trepó hasta los primeros pisos, que rompieron a arder. Podían oírse los gritos agónicos de sus ocupantes. La llamarada iluminó la cara de aquel hombre, que se parecía a Robert Mitchum.

—¿Cómo puede estar tan tranquilo? Vamos a morir todos —le interpeló Víctor.

El hombre se volvió hacia él y sonrió de una manera extraña. Arrojó la colilla al aire.

—Al fin y al cabo, todos estamos muertos, ¿no?

Y se subió al alféizar y se lanzó al mar de fuego con los brazos extendidos.

Víctor miró hacia el cielo, no encontró la luna, no encontró las constelaciones que tatuaban la noche, tan solo un vórtice negro, un *maelstrom* que giraba con una lentitud catedralicia devorando estrellas y planetas, una galaxia ensangrentada acabando con todo lo que alentaba en este mundo. Fue consciente de la inmensidad de aquel abismo, se sintió una insignificante pavesa incandescente que podía ser arrastrada hacia aquel vertedero monstruoso.

Unos labios besaron entonces su mejilla y una voz familiar le susurró unas palabras al oído.

—Estoy aquí contigo. No tengas miedo.

XXXI

Un hombre vuelve a resucitar en el Edificio España

Cuando por fin abrió los ojos se preguntó si estaría muerto. La luz de la tarde entraba con un viento fresco en el dormitorio, agitando las cortinas. Cerró de nuevo los ojos y pasó revista a lo que había quedado de él. Se llamaba Víctor Cano y estaba vivo y cansado, todo lo cansado que puede llegar a estar un hombre. Un cansancio sin orgullo y sin fruto. Le dolían aún músculos y articulaciones, pero ya no temblaba. Podía pensar con cierta claridad. Le sorprendió sentir una mano tibia sobre la suya.

Al lado de la cama, sentada en una pequeña butaca, Estela dormía, la cabeza vencida sobre el pecho. Un mechón de pelo sobre la frente. Víctor intentó cambiar de postura en la cama sin despertarla, pero Estela se sobresaltó.

—Tranquila, todo está bien.

Estela sonrió al escuchar el sonido de su voz.

—No tenías que haberte quedado.

—No quería dejarte solo.

—¿Y tus padres, qué van a pensar?

—Ayer los acompañé a la Estación del Mediodía. No se han enterado de nada. ¿Cómo estás?

—Si no me estuvieras cogiendo de la mano, pensaría que estoy muerto. No lo estoy, ¿verdad?

Estela le acarició la cara.

—Si me sientes es que no lo estás —le dijo en voz baja, como si su voz tan pequeña pudiera lastimarlo.

—Me alegra mucho no estar muerto. Sería un engorro. ¿Quieres dejarme por una hora? Prefiero resucitar a solas.

Víctor vio que ella tenía los ojos enrojecidos.

—Eh, Estela, no vayas a llorar.

—Pensaba que te morías.

Víctor pensó que nunca habían llorado por él.

—Duerme un rato, luego quiero hablar contigo. Tengo una pregunta que hacerte.

Una vez que Estela abandonó el apartamento, Víctor se arrastró fuera de la cama. Se dio una ducha fría y se estudió durante un buen rato en el espejo. Había pasado lo peor, estaba limpio, en blanco, medio muerto, pero no del todo. Podía ver las cosas de otra manera, sin consuelo, sin ilusiones. Tal y como eran.

Ante sí, en el espejo, varias capas de Víctor Cano. Lo que era, lo que podría haber sido, lo que podría ver Estela en él, lo que podría haber visto Virginia en él. Todos ellos convivían sin escándalo en aquel cuerpo macilento y todavía tembloroso. Supo que aquel hombre fue niño alguna vez, pero no podía convocar a ese niño porque no lo recordaba. No es fácil vivir sin la propia infancia, el recuerdo de la infancia te ancla a tu ser, te consuela, te construye. Todos los yos dispersos y todos los fracasos toman cuerpo en el niño y sus primeros recuerdos. Víctor quedó privado de todo eso por un golpe de metralla. Sentía que lo que había recuperado con la ayuda de Lucía (una casa, un bosque, los rostros de unos padres) era escaso, le servía pero no le llenaba, era una memoria fría, como una prótesis. Se sintió despojado, tan solo le quedaba un perro de dudosa existencia con olor a mojado que se le aparecía en sueños.

Luego se tomó un par de cafés bien cargados. Le resultaba imposible comer todavía, pero era como si estrenara de nuevo el cerebro. Se quedó un rato mirando el teléfono, luego buscó en la guía el número de Marion Radiguet. Tuvo suerte y la encontró en la casa, parecía sorprendida de que la llamara.

—¿Por qué insiste?

—Porque es la única persona alrededor de Dolores en la que puedo confiar. En usted y en Toni.

Víctor se daba cuenta de que su voz sonaba débil y pastosa, la voz de Lázaro resucitado. Hubo un silencio al otro lado.

—¿Está usted bien?

—Creo que conozco a Dolores un poco más desde la última vez que hablamos. Creo que la entiendo. No quiero devolverla a sus padres, quiero protegerla.

Escuchó tras el auricular el sonido de Marion encendiendo un cigarro.

—Hoy no puedo quedar con usted.

—Puedo ir a verla al colegio.

—No, las monjas hacen preguntas luego, más preguntas que un detective. Prefiero que quedemos este domingo.

—Me parece bien. Yo tampoco quiero que la vean conmigo, así que nos vamos a ver en un lugar discreto, si le parece.

—Yo le digo dónde.

Marion le dijo el lugar y la hora, que a Víctor le parecieron desconcertantes, pero no puso objeciones.

—Me está usted obligando a hacer algo que me repugna profundamente —añadió Marion.

—¿El qué?

—Confiar.

Colgó, y Víctor se quedó pensando en todo lo que le quedaba por hacer ese día y los siguientes. Tenía mucho trabajo y algo parecido a una hoja de ruta, pero todavía se sentía mareado y sin fuerzas. Decidió pasar unas horas en el sofá, en compañía de Bach.

No fue consciente de cuántas horas pasaron hasta que escuchó unos golpecitos en la puerta. Solo entonces se dio cuenta de que había caído la noche. Abrió, era Estela.

—No puedo dormir.

XXXII

Nemo

Bajo la luz ambarina de la lámpara de pie, Estela estudiaba con atención la fotografía que le había extendido Víctor. El detective esperaba ansioso en la penumbra que bañaba el salón, sentado frente a ella, arrebujado en su manta, mientras bebía otra taza de café bien cargado.

Sostenía ante sí, absorta, la foto de aquella extraña fiesta en la que el misterioso hombre aparecía en el espejo. Al primer fruncimiento de cejas, Víctor supo que quizá habría un hilo del que tirar. Ella, finalmente, le devolvió la fotografía.

—¿Y bien?

—No estoy segura de conocerlo.

—No me hablaste de esa fiesta.

Guardó silencio, como pillada en falta.

—Entonces no me pareció necesario —se justificó.

—Ahora lo es.

Estela se encendió un cigarrillo antes de continuar. Víctor intuyó que aquello de lo que se iba a hablar no iba a ser agradable. Para ninguno de los dos.

—En esa fiesta Lola y yo nos pasamos muchísimo, nos metimos de todo. No soy capaz de recordarla con claridad.

—Cualquier cosa que digas me va a servir.

—Aquella noche fue muy extraña, ¿sabes? Llegué a casa de día, me duché antes de meterme en la cama. Es la única vez en mi vida que he sentido que había hecho algo malo... Me daba vergüenza.

Víctor se dio cuenta de que Estela no estaba bien. Ella se levantó de golpe.

—Espera un momento, quiero buscar algo.

Y desapareció. Víctor cerró los ojos; todavía parecía perdurar la duermevela del opio, y en el silencio de la noche escuchaba de nuevo los murmullos de las voces, los rumores de música de baile en el hotel de la planta superior, el mugido de los motores de los ascensores y el funcionamiento sordo de kilómetros de cañerías y desagües.

Se despertó bruscamente. El reloj seguía como siempre parado y no sabía cuánto tiempo había estado medio dormido. Estaba ansioso, se levantó y salió al rellano de la planta. Llamó con un par de suaves golpes a la puerta de Estela. Se dio cuenta de que estaba entreabierta.

Pasó al interior. El salón estaba a oscuras y la luz del dormitorio encendida, se asomó a la habitación, pero Estela no estaba allí. Uno de los cajones estaba abierto y desordenado, como si alguien hubiera estado revolviendo. Un suspiro muy suave llegó desde el salón. Retrocedió y la vio a ella en la oscuridad, echada en el sofá, donde le había pasado inadvertida. Estaba sollozando.

—Estela, Estela, ¿qué tienes?

Ella se abrazó a su cuello.

—Mi madre... Está mala, está mal...

Hacía tanto tiempo que Víctor no sentía pena por nadie que no fuera él mismo... Le conmovió la falta de pudor de aquel desgarro, el calor de las lágrimas sobre su mejilla. De un modo maquinal le acarició el pelo. Lo había visto en las películas.

—¿Te has enterado ahora?

Estela asintió con la cabeza.

—Yo no lo sabía, pero habían venido a Madrid a ver al médico. Le han confirmado que no tiene cura. Ella no lo sabe, me lo dijo mi padre antes de marcharse…

Víctor no sabía qué decirle, simplemente siguió sintiendo el peso de su cabeza sobre sus hombros y no dejó de acariciar despacio su pelo.

El tiempo pasó y Estela se fue calmando. La luz del amanecer, una luz que era como una ceniza que despertaba los objetos inmóviles de aquella casa desordenada, empezó a llenar el apartamento. Detrás de las ventanas se sucedían poco a poco los sonidos que anunciaban que la ciudad se ponía en marcha.

Entonces, solo entonces, Estela habló.

—Conozco a ese hombre. Fue hace dos años, yo salía con Lola y un grupo de gente. Cerramos el Nica's y acabamos en una casa en Arturo Soria, muy de madrugada. Era una fiesta algo loca, todo el mundo estaba muy drogado, un psiquiatra holandés aterrizó allí y trajo unas pastillas cuyo nombre no recuerdo. Casi todos tomamos de aquello.

Víctor recordó cómo Servando lo consideraba el guardián de su hija.

—Yo estaba fascinada por Lola, me parecía genial. Todo en ella, la manera de hablar, el descaro con que se movía, la ropa tan estupenda que llevaba, el perfume… Todo. Yo era una chica de pueblo, ¿entiendes? Y ella me hacía caso y me presentaba a gente, me tenía cogida de la mano y me llevaba de un corrillo a otro. Yo me sentía importante, me sentía… bonita.

Víctor dejaba vagar su mirada por el tierno desorden del

salón, la claridad aumentaba e iba tomando posesión de cada rincón, y hasta un vaso medio vacío adquiría algo que Víctor solo podía llamar presencia.

—Me había pasado de beber o fueron aquellas pastillas, yo qué sé. Sentía que la cabeza se me iba y ella me llevó a una habitación en la planta de arriba, subiendo una escalera.

—Ella sí conocía la casa, entonces.

—Sí, la conocía muy bien. Esa sensación me dio. Me metió en una especie de biblioteca con un escritorio. Recuerdo que estaba decorada con máscaras africanas, que me dieron un poco de miedo. Entonces sonrió… Tú es que no conoces la sonrisa de Lola.

Sí, la sonrisa de Lola que sería la sonrisa rubia de Virginia.

—Se inclinó sobre mí y me besó. Yo nunca había estado con una chica…, pero ella era diferente, era Lola. Después de besarme echaba la cabeza atrás y me miraba con una expresión extraña, como si me estuviera estudiando. Cogió mi mano, desabrochó un botón de su blusa y la llevó encima de un pecho suyo. ¿Sabes?, era algo que jamás se me hubiera pasado por la cabeza, el corazón me latía como loco y sentía que la cara me ardía. Entonces vi que entraba en la habitación ese hombre. Entendí que era el dueño de la casa. Lo había visto antes entre la gente, pero Lola no me lo había presentado. A veces hablaba con algunos, pero parecía más bien del tipo que estudia a las personas, esa clase de gente.

—Yo soy un poco así.

Estela se giró y lo miró con los ojos llameantes.

—Tú no eres así. No digas eso. Tú no tienes nada que ver con un hombre como ese. Nada.

Víctor la interrumpió.

—¿Te dice algo el nombre de Nemo?

Estela negó con la cabeza.

—No quieres que siga contando, ¿no?

Víctor negó también con la cabeza.

—No quiero que te sientas mal. Y no creo que me sirva de nada.

—Pero a mí sí.

Estela lo miró a los ojos. Víctor le indicó con un gesto que continuara. Ella encendió otro cigarrillo.

—He conocido a gente de todo tipo, vecino. Como tú, imagino. De noche te cruzas con individuos que no ves de día y algunos dan miedo. Tipos violentos, con mal vino, que no están bien de la cabeza.

—Yo me los suelo encontrar de día.

—Es eso… Parecía un hombre de negocios, de esos negocios que se hacen de día, pero había algo nocturno en él. Había luz y había oscuridad. No sé cómo explicarlo. Nunca había conocido a una persona poderosa.

—¿Un político quizá?

—No lo sé, pero si lo conocieras te darías cuenta. No son como tú o como yo, Víctor, tienen poder. Asustan, del poder que tienen. Te debo parecer una loca.

—Nada de eso.

—Te explico para que puedas entenderme. En aquella situación sentía que no era posible oponerse a sus deseos. Tampoco quería hacerlo. Sin decir una palabra, me llevó al sofá. No fue brusco, me acarició y lo hicimos allí mismo, mientras Lola nos miraba. Yo creo que todo lo hacía para que Lola mirara… Yo no sentía asco, tampoco pasión. Ninguna. Pero me gustaba que ella mirara. Ni siquiera sabía cómo se llamaba él.

Pareció perder el hilo. Se quedó en silencio con los ojos cerrados.

—Estela.

Estela, al escuchar la voz de Víctor y verlo ahí, sonrió. Pareció volver a su ser.

—Me estoy cayendo de sueño, lo siento.

Apagó el cigarrillo, que ya no necesitaba para darse valor, y prosiguió con la historia.

—Cuando terminó me quedé boca arriba en el sofá, recuerdo que era de una tela muy especial, de un verde oscuro, como ese verde de algunos escarabajos. Me quedé mirando al techo, la cabeza me daba vueltas. Cuando quise darme cuenta, ninguno de los dos estaba allí y yo no tenía fuerzas para levantarme, así que me quedé dormida.

Víctor sintió una tristeza que no podía explicarse. También supo que era la única persona en el mundo a la que le había contado esa historia.

—No sé cuánto tiempo dormí. Me levanté con un dolor de cabeza horrible, busqué mi ropa y me vestí. Ya no había nadie de la fiesta en la casa. Parecía como si hubiera habido una guerra en el salón. Había un par de criadas que lo estaban limpiando. Me miraron con pena, creo. Yo no quería mirarlas a la cara. No he vuelto a ver a Lola desde entonces.

Víctor cogió la mano de Estela y la besó. Se levantó y fue a la cocina. Allí abrió el grifo y llenó un vaso de agua. Cuando volvió al sofá, Estela ya se había recompuesto un poco y estaba sentada. Le ofreció el vaso, que la muchacha bebió con avidez. Entonces se dio cuenta de que todo el rato había estado sosteniendo una fotografía.

—Hay otra foto de esa fiesta que Lola se encargó de hacerme llegar días después. Aquí la tienes.

Y le extendió la fotografía. En el dorso reconoció la letra que llenaba páginas y páginas de aquellos diarios amargos. «Para mi amiga Estela, para que nunca me olvide». La foto era parecida a la que él ya conocía, pero en esta ya se veía a Estela. Bailaba con Lola, tras haberse quitado ambas los zapatos. Detrás, entre los grupos de gente, había un hombre alto sentado en un sillón Chester que las observaba con expresión seria.

No hizo falta que Estela se lo indicara. Él era el hombre, él era Nemo. El hombre ante cuya presencia nada menos que Dolores Rivera se sentía reducida a la insignificancia. Y Víctor, una vez más, había visto esa cara en otro sitio.

—Estela.

—Dime.

—¿Te gusta actuar?

—Es lo que más me gusta en este mundo.

—Te voy a ofrecer un papel.

XXXIII

Un hombre prominente

Víctor se dirigía hacia el portal de Ferraz donde en el piso tercero tenía su consulta el doctor Aliaga. Justo cuando se disponía a cruzar la calle, una aparición, porque no habría otra manera de definir aquello, lo hizo detenerse.

Rubia, luminosa, con un paso ligeramente ingrávido, Dolores Rivera salió del portal. Antes de que le diera tiempo a reaccionar, ella desapareció en el interior de un Buick Electra con las ventanillas ahumadas que la estaba esperando. Víctor memorizó el número de matrícula. Número que repitió una y otra vez mientras subía las escaleras para que no se le escapara. Se cruzó con un vecino que lo miró como si estuviera loco y Víctor, azorado, interrumpió la letanía. Al llamar a la puerta de la consulta ya lo había olvidado.

Lo recibió una desabrida enfermera cuyo rostro revelaba un sueldo modesto y una adoración incondicional por el doctor. Víctor le dijo que Aliaga ya lo conocía y que deseaba que lo recibiera un instante. La enfermera lo miró de arriba abajo y Víctor se percató del aspecto deplorable que debía de ofrecer y que ni una ducha vigorosa ni grandes cantidades de gomina, ni siquiera un afeitado irregular, podrían suavizar. Se quedó solo en la sala de espera. Solo y con un perfume que se negaba a disolverse, un perfume punzante, casi musical, como el resto de una risa sarcástica y juguetona que se disolviera en el aire. El perfume de Dolores Rivera.

Empezó a revisar la pared en busca de una foto muy concreta que recordaba de su visita anterior, pero la llegada de una madre con su hijo enfermo lo estropeó todo, así que Víctor tuvo que disimular. Pero menudos son los niños.

—¿Qué miras?

—Estoy resolviendo un misterio.

—Halaaaa…

La madre, una madre joven y guapa, sonrió al ver la mano que tenía Víctor con los niños. Y nada más lejano de la realidad, porque a él los niños lo ponían de los nervios y en realidad hubiera deseado tirar a la criatura por la ventana.

Víctor sonrió al ver que el reloj seguía parado. Probablemente el doctor Aliaga vivía en un ayer dorado y en realidad le molestaban el paso del tiempo y las nuevas costumbres. No tardó en localizar la foto en la que aparecían Santiago, Virginia y el doctor. En efecto, allí estaba. Aquel día le había atribuido el aspecto de un tecnócrata, el perfil de un alto funcionario del Opus Dei; pero, a la luz de cuanto sabía ahora, todo empezaba a resultar más complicado, más siniestro.

Aliaga le hizo esperar, atendió todavía a la madre que venía acompañada del niño, así que Víctor pudo estudiar la foto con calma y sin interrupciones. El hombre era, sin ninguna duda, el mismo que aparecía en la foto que le había enseñado Estela, el más que probable y misterioso Nemo de los diarios de Dolores. ¿Qué decía la foto? Aliaga parecía ensimismado en su momento de gloria personal, orgulloso pero no feliz, quizá un reconocimiento que llegaba demasiado tarde. Virginia y Santiago flanqueaban al doctor. Ella sonreía como los acostumbrados a hacerlo, consciente de su encanto, que ya empezaba a verse tocado por la edad. Alguien que la hubiera visto por primera vez la encontraría hermosa; quien conociera sus fotos de juventud habría reparado en los estragos del tiempo (y acaso de una frecuente mezquindad) en un rostro con trazos de rapacidad y altanería. Víctor no pudo evitar la impresión de que se sentía incómoda en ese momento.

Al otro lado, Santiago ostentaba ese aire de entusiasmo varonil que le había conocido en su única visita al domicilio de los Rivera: la mandíbula cuadrada, el mentón exageradamente adelantado, de una manera que sugería sobreactuación y, por tanto, algo fallido en el interior. ¿Estaba Víctor proyectando sus propios deseos cuando creía adivinar una íntima tristeza en esos ojos sin brillo? No podía dejar de reparar en la mano de Nemo sobre el hombro de Santiago. No era la mano en reposo que se echa sobre el hombro de un amigo; era más bien un gesto de dominio, la mano firme que se asienta sobre un mastín, y confería a Santiago un aire sumiso. En cierto modo los Rivera y Aliaga representaban un papel, solo Nemo se comportaba tal y como era, sin esconderse. Sin embargo, no ocupaba el centro de la foto, se mantenía al margen, como si fuera un director de escena oculto. Solo esa mano mostraba su poder, como si en cualquier momento pudiera obligar a Santiago a seguirle, como un policía en el instante de detener a alguien.

Víctor se frotó los ojos; quizá estaba todavía bajo los efectos del síndrome y divagaba demasiado. Echaba de menos no poder conocer la voz de aquel hombre, pero sus cavilaciones se vieron interrumpidas por la del doctor Aliaga, no especialmente acogedora.

—Imagino que sabrá que hay que pedir cita a mi enfermera antes de venir.

Víctor se giró. Le sorprendió ver a un doctor Aliaga con

menos estatura de la que recordaba, disminuido, con algo casi irrisorio.

—No vengo a lo que usted supone.

El doctor se quedó desconcertado.

—Usted sabía lo de mi herida, así que imagino que Santiago le habrá contado a qué me dedico.

—Eso no es de mi incumbencia.

—¿Sabe si hay algo que preocupe a Santiago y a su esposa últimamente?

—Con ellos solo tengo una relación profesional, como médico.

Víctor señaló la foto.

—Esta fotografía me sugiere una relación más estrecha.

—¿Qué quiere saber de mí?

Aliaga estaba notablemente confundido.

—Nada. Solo me interesa la familia Rivera.

—¿Ha oído hablar del juramento hipocrático?

Víctor lo miró con una sonrisa, luego se volvió hacia la fotografía. Señaló al desconocido.

—Conozco a este hombre. ¿Usted también?

—¿Quién no conoce a Nicolás Gamboa?

—Un hombre singular, sin duda.

El doctor Aliaga estaba cada vez más inquieto. Víctor sintió casi cierta ternura por él. Y se encaminó hacia la puerta.

—Deles recuerdos a los Rivera.

—Yo se los daré.

Cuando atravesaba el umbral dejó atrás el perfume ambiguo de Dolores, como una última frase susurrada al oído de Víctor, una frase cuyo sentido era incapaz de desentrañar.

XXXIV

No hay papeles pequeños, solo actores pequeños

Cuando Víctor entró en el vasto vestíbulo del zigurat parecía un hombre gravemente enfermo, pero sin tristeza. Julián se le quedó mirando, no sin preocupación.

—¿Cómo estamos hoy?

Víctor lo miró y sonrió. ¿Cómo estaba? Bueno, en realidad estaba con el síndrome a medio pasar y su cuerpo era un escombro, pero su cerebro no paraba de hacer preguntas y eso lo mantenía en pie y le daba una vitalidad como hacía tiempo que no experimentaba.

Llegó a su casa. El escenario de las horas de agonía de hacía dos días se le ofrecía ahora como un lugar seguro, un gabinete ligeramente abstracto para pensar.

Se echó en la cama un par de horas para restaurar un poco sus facultades. Tuvo un sueño profundo, sin actividad onírica. Se despertó, se tomó dos cafés y media bolsa de magdalenas.

Al rato llamaban a la puerta y Víctor dejó pasar a Estela, lleno de expectación. Esta le contó todo a un Víctor que no perdía una palabra y que la acribillaba a preguntas. Desde luego le pareció interesante la caracterización elegida. Había visto a muchas Estelas posibles, pero esta no era una de ellas. Para la ocasión había elegido parecer una muchacha universitaria de las que podría tener fichada la Brigada Político-Social. Su manera de hablar, entre atolondrada y adorable, se había transformado en una circunspección de estudiante algo neurótica y cargada de miedo. Era tan otra Estela que por un momento llegó a pensar que quizá la que conocía era asimismo una interpretación.

Estela había llamado a Santiago Rivera, que pareció sorprendido de que una desconocida le dijera que quería hablar sobre su hija. La citó en la cafetería Lion. Se retrasó unos diez minutos y llegó con unas gafas negras, nervioso y con una actitud ansiosa, mirando a todas partes. Cuando se quitó las gafas a Estela le dio la impresión de que llevaba varios días sin dormir bien. Por la incertidumbre de no saber el paradero de su hija, imaginó.

—No lo creo —interrumpió Víctor—. Cuando me recibió y me hizo el encargo, Santiago estaba despejado y con la cara tersa, como un oso después de hibernar.

Estela prosiguió. Le había contado a Santiago que Dolores Rivera se quedó una noche en su casa y antes de dormir le hizo algunas confidencias. Lola habría confesado que tenía una relación con un hombre de la alta sociedad, un hombre de negocios mayor que ella, y que no quería volver a su casa.

En ese momento Santiago se quedó pensativo, mirando la taza vacía de café con una sonrisa triste de ironía. «A Lola las determinaciones le duran poco», fue su comentario. Luego, curiosamente, no hizo demasiadas preguntas, solo «¿Te dijo cómo se llama?» y «¿Le has contado esto a alguien más?», a las que Estela respondió con un «no» un poco perplejo y no demasiado tajante —ya que en su opinión esa perplejidad la hacía más creíble— y con un escandalizado «claro que no, se lo cuento a usted porque creo que debe saberlo», con un deje ligeramente puritano. Santiago le agradeció la información y se retiró con tanta prisa que ni siquiera pagó la cuenta, cosa que a Estela le pareció el colmo de la descortesía.

—¿Era lo que tú querías? —preguntó Estela.

—Absolutamente.

—¿Te ha sido útil?

—Todavía no lo sé.

—¿Y ahora qué?

—Ahora toca esperar.

Hubo un silencio en el que ambos se miraron con una sonrisa satisfecha. El teléfono sonó con ganas, rompiendo el silencio.

—Ha tardado menos de lo que calculaba.

Víctor se levantó y descolgó el auricular sin dejar de mirar con complicidad a Estela, que se lo estaba pasando en grande al formar parte de todo aquello. Era Santiago, un Santiago que intentaba ocultar cierto nerviosismo que por teléfono era muy apreciable. Cuando se cultiva un tono de marcial camaradería, la más ligera veladura o temblor en la voz delata que te comen los nervios.

—Tenías razón, Víctor.

—En qué…

—Me han confirmado lo que me contaste. Una conocida de Dolores se ha puesto en contacto conmigo.

Víctor tapó el auricular y le guiñó un ojo a Estela.

—En efecto, se ve con ese individuo del que me hablaste, ese quinqui, Toni, ¿no? Toni algo.

—Toni Bustaid, sí.

—¿Ese apellido es aragonés?

—No, no es un apellido. Es un apodo, porque se harta de pastillas.

—Un drogadicto, ¿no?

—Sí.

—¿Has podido averiguar dónde vive?

—Sí. ¿Tienes donde apuntar?

Estela escuchaba sorprendida cómo le daba a Santiago una dirección.

—Seguiré buscándola, Santiago. Pronto tendréis a Dolores a vuestro lado.

Víctor colgó. Estaba casi exultante.

—¿Esa era la dirección de Toni?

—Sí, claro.

—¿Lo vas a echar a los leones?

—Nada de eso.

En ese instante, dos golpes secos en la puerta de la casa. Víctor se dirigió a abrir, casi con la ligereza de un bailarín.

Abrió. Eran dos tipos, los dos hermanos Camuñas, el Nono y Eusebio, flanqueando al mismísimo Toni. Dos tipos anchos como armarios, cejas pobladas y unos rostros esculpidos a pedradas. Toni se asombró al ver el apartamento.

—Tú vives en un palacio, cabrón.

Toni parecía despistado, débil, lento, la mirada incapaz de fijarse en un punto. Víctor se dirigió a los Camuñas.

—¿Me lo habéis tratado bien?

—Como a un príncipe.

—Es que lo es.

Víctor reparó en su cara pálida.

—Toni, estás hecho una mierda.

Eusebio habló.

—Ha manchado la tapicería del coche.

Y entonces pudo ver que la herida del hombro había vuelto a sangrar. Le puso una mano en la frente y la tenía ardiendo.

—Ayudadme a meterlo en la cama.

Con la ayuda de los Camuñas y de Estela, lo llevaron a un pequeño dormitorio para invitados que jamás se usaba, lo desnudaron y lo metieron en la cama. Víctor le pidió a Estela que limpiara y desinfectara la herida. Mientras, despidió a los Camuñas.

—Os lo agradezco mucho. ¿Os debo algo?

—A nosotros no nos debes nada.

—¿Tu mujer bien, Nono?

—Todavía me regaña si llego tarde.

Víctor sonrió y los hermanos se marcharon. A continuación, llamó al médico al que recurría cuando las cosas se torcían.

Entró de nuevo en el dormitorio de invitados. Allí estaba Toni semiinconsciente, pero agitado. Estela parecía preocupada.

— Esa herida está muy mal. No me he atrevido a tocarla.

Víctor retiró la manta y vio el desastre.

—Es la misma cura de urgencia que le hice. Tendrían que haber avisado a un médico —comentó alarmado.

—¿Has llamado a uno?

—Sí, viene de camino. Ese hombre es experto en resucitar muertos, te lo digo yo.

Ella se quedó mirando la cara pálida de Toni.

—Es demasiado joven para morir.

Estela tenía que marcharse. No dijo nada, pero Víctor imaginó que debía verse con el hombre que le costeaba el apartamento. Le apenaba pensar en eso. Ella merecía algo mejor. La acompañó hasta la puerta.

—Estela.

—Dime.

—Gracias por lo de Santiago. Has estado fabulosa.

—¿De verdad?

Víctor asintió.

Una hora después, el médico volvió a coser la herida del hombro y le inyectó una dosis elefantiásica de penicilina que tranquilizó a Víctor. El hombre no podía disimular su mal humor.

—Vamos, doctor. Suéltelo.

—El chaval es un toro, y como lo hemos pillado a tiempo no hay nada que la penicilina no pueda arreglar. Pero es un descerebrado. Dígaselo de mi parte.

El doctor seguía rezongando mientras guardaba el material en su maletín.

—A pique de una septicemia ha estado. Como si esa herida se fuera a curar sola.

Víctor le pagó con largueza y pensó que luego tampoco vendría mal un regalito para Julián, por su discreción.

Cayó la noche sobre la ciudad y Víctor disfrutó un instante de la paz y el silencio de su casa tras la agitación del día. Toni dormía como un niño en su cuarto, la ciudad brillaba bajo su ventana, distante, como cubierta de joyas. Él empezaba a pensar con claridad y podía mantener a raya el ansia del veneno.

En una de las sillas del salón, Estela había colgado la chupa de cuero de Toni para limpiar los restos de sangre. Víctor reparó en ella. El cuero, de excelente calidad, estaba gastado, debía tener más de veinte años. Era una auténtica A-2 del ejército norteamericano, de la última guerra, como la que llevaba Steve McQueen en *La gran evasión.* No lo había pensado antes, pero aquella cazadora tenía que valer un dineral.

Entreabrió la puerta del dormitorio para comprobar que seguía durmiendo sin problemas. Y allí seguía, con el corazón roto y vivo de milagro.

Luego Víctor se arregló un poco para salir. Tenía un encuentro, como todos los jueves.

XXXV

Una de esas personas
que no te encuentras todos los días

Hacía un rato que Shiao los había dejado en la mesa con una botella de *baijiu* y, tras haber pagado a los camareros, se había colocado unas lentes y andaba repasando las cuentas en una mesa separada. Shiao, cuando no hablaba de la marcha de su negocio, asunto sobre el que se extendía a placer, era circunspecto. Hablaba muy poco, y lo que decía era de una aplastante clarividencia.

Amancio se inclinó sobre Víctor, casi susurrando. Precaución innecesaria, porque de todos modos Shiao tampoco entendía muy bien el español.

—¿Sabías que Shiao fue también prisionero de guerra? En Manchuria cayó en manos de la Unidad 731.

—¿No eran esos los japoneses que hacían experimentos con seres humanos?

Los dedos de Shiao se movían veloces por un ábaco que utilizaba para sus cálculos. Veloces pero no sin delectación, como si el roce de las cuentas repulidas de madera sobre las yemas de sus dedos le proporcionara un gran placer.

—Solo Dios sabe qué horrores tuvo que presenciar. Y que padecer él mismo. Y ahí lo tienes, sumando columnas cada noche. Sin quejarse, sin esperar grandes acontecimientos. Si eso no es estar cerca de la santidad, ya me dirás.

Se sirvió otra copita de *baijiu*.

—Qué mal os ha tratado la Segunda Guerra Mundial, Víctor.

Víctor sonrió y se encogió de hombros.

—¿Te dice algo el nombre de Nicolás Gamboa? —le espetó a bocajarro.

Amancio lo miró con perplejidad y un brillo de curiosidad en los ojos.

—Cuenta. Cuéntale a tu viejo amigo cotilla.

—No, cuéntame tú. Tú eres el que conoce a todo el mundo.

—A ver. Nicolás Gamboa-Ackerman es un personaje.

—Eso ya lo sé, Amancio.

Cuando Víctor quería información podía ser muy impaciente.

—Es constructor. Hizo su aparición hace unos ocho años y entró a lo grande. Hablan mucho de él, pero nadie sabe demasiado en realidad. ¿Sabes? Hay una mezcla de envidia y morbo. Fisac rechazó una oferta muy ventajosa que le hizo, pero Fisac es un estrecho.

—¿Por qué morbo?

—A ver… Es un hombre con poder, pero es un hombre diferente… No tiene el perfil de tecnócrata, no es del Opus. Las fábulas sobre su escandalosa vida privada son ya un género. Es, claramente, un verso suelto.

—¿Entonces? ¿Por qué lo toleran?

Si había una frase en el mundo que Amancio detestaba pronunciar, fue la que dijo a continuación.

—No lo sé.

—¿No te parece misterioso?

—A él le encanta cultivar ese misterio. Ya venía con él puesto; en Guinea había hecho una fortuna y nunca se molestó en hablar sobre el tema.

—Para, para. ¿Guinea Española?

201

—Sí. Eso imprime carácter, ¿no te parece?

Cada cosa nueva que aprendía del misterioso Nemo dejaba a Víctor más perplejo. Gamboa-Ackerman resultaba ser inagotable.

—¿Nadie sabe cómo hizo esa fortuna?

—Rumores, solo hay rumores. Desde luego, una vez en España no perdió el instinto para los negocios. Date una vuelta por cualquier barrio de absorción, vete a los polígonos de viviendas que se están construyendo, pásate por una obra: allí verás su logotipo.

Víctor recordó entonces la punta de lanza en el acceso a las obras donde trabajaba el Dudi, el hermano de Toni, pero advirtió una expresión de duda en Amancio.

—He dicho antes que es algo así como intocable, ¿no?

—Un verso suelto, dijiste.

Amancio asintió.

—Pero, ahora que caigo, alguien me comentó que andaba de juicios estos días. Un juicio civil, claro.

—¿Qué ha hecho, o en qué lo han pillado?

—Un polígono de viviendas en Usera. Al parecer, la adquisición de los terrenos no fue del todo… ortodoxa.

—No me sorprendería, pero cuéntame más.

—Tengo amigos arquitectos. Mira, todo lo que va más allá del puente de Toledo es tierra de nadie. Durante toda la posguerra aquello fue literalmente el arroyo, un desastre sin urbanizar, sin servicios básicos. Las parcelas eran de dudosa propiedad, ¿sabes?, llego y levanto mi casa sin permisos y de aquí ya no me mueve ni Dios. Claro, si quieres construir tienes que despejar todo el terreno, arrasar y…, bueno, tienes que expulsar a estos…, vamos a llamarlos colonos, por las buenas. O por las malas.

—Y todo eso es lo que está en cuestión, ¿no?

—Son cosas que se habían hecho. El desarrollismo, querido,

es también un banquete de buitres. Pero nunca se había hecho a tal escala.

—Has dicho «por las malas». ¿A quién recurriría para algo así? Puedes untar a un concejal, pero la policía es más difícil de manejar. ¿Algún inspector en nómina?

—Eso sería demasiado escandaloso. Tienes a un montón de chavales con ganas de desfogar, si algo sobra en esos barrios son bandas.

—No, hombre, pero esas bandas tienen sus... reglas.

—¿Sus principios, ibas a decir, Víctor? ¿No los estás romantizando?

Víctor se veía visiblemente contrariado. Amancio lo notaba, y a él le encantaba azuzar a su amigo.

—A esos chicos les gusta el dinero, como a todo el mundo.

—A ti no te gusta —protestó Víctor.

Amancio se encogió de hombros.

—No lucho por él, pero no le negaré su encanto. En todo caso, no lo van a juzgar por eso. Es un asunto puramente civil. Sutilezas del catastro.

Víctor apuró su vasito de *baijiu*. Le daba vueltas a algo en la cabeza.

—¿Qué piensas, Víctor de mi alma?

—Que no puedes confiar en nadie. En nadie.

—¿Ni siquiera en tito Amancio?

Víctor lo miró un instante: aquellas facciones cansadas pero bienhumoradas, con algo de aquel actor francés, Fernandel, aquel histrionismo, aquella manera hiperbólica de gesticular y parlotear... ¿Era Amancio realmente así? ¿Hacía su papel de amable excéntrico para que las autoridades no lo consideraran peligroso?

—Le sigo dando vueltas a que toleren a una oveja negra como él. ¿Será por los servicios prestados? —pensó Víctor en voz alta.

—O porque sabe cosas y le temen. Pudiera ser —concluyó Amancio.

—Pudiera ser.

Shiao continuaba en un segundo plano, pasando lentamente las cuentas de su ábaco. A Víctor a veces le daba la sensación de que Shiao sabía muchas más cosas que Amancio, pero que se lo callaba, por modestia o por un hábito continuado de silencio.

XXXVI

Cada familia infeliz lo es a su manera

El director agitó los brazos en el aire y la banda de música se lanzó a una interpretación jacarandosa de *Amparito Roca* que arrancó un suspiro de satisfacción al respetable. Una niña detrás de Víctor hizo una pompa con un chicle que reventó, sobresaltándolo ligeramente y dejando a su alrededor una nube de fresa y excipiente industrial.

Víctor la vio atravesar la luz dominical de la plaza Mayor. Marion Radiguet, con gafas oscuras como él, caminando con una mezcla de arrogancia, displicencia y precaución. Lo vio enseguida y se acomodó a su lado en el asiento que Víctor había reservado colocando su sombrero encima. Marion lo recogió y se lo devolvió.

—Mi padre adoraba los sombreros *trilby*. Yo también —le dijo en voz baja para no molestar.

—Creo que deberíamos movernos de aquí para hablar.

Ambos pidieron disculpas y se desplazaron a lo largo de la tercera fila del final, justo en el momento en que los espectadores aplaudían calurosamente.

Mientras la banda iniciaba los primeros acordes de la obertura de *Tannhäuser* y el público, que era muy de la obertura de *Tannhäuser,* contenía la respiración, Marion y Víctor ya caminaban hacia los soportales.

—¿Por qué hemos quedado aquí? —inquirió Víctor.

—¿Le sorprende? Me sirve para no olvidar lo que me gustaba de España. Mire hacia atrás. ¿No siente paz?

Víctor se volvió. Estaban a punto de abandonar la plaza Mayor por el Arco de Cuchilleros, los metales de la sección de viento resplandecían, había vendedores de globos, puestos de monedas y libros viejos y estampas religiosas, niños y palomas y unas nubes de cuento en el celeste heráldico del cielo.

—¿De qué parte de Francia es usted, Marion?

—De un pueblecito del Alto Loira, Polignac. No lo conoce nadie, pero allí pasé mi niñez. Siempre he deseado volver. ¿Usted no echa de menos su infancia?

—No se puede imaginar hasta qué punto.

Víctor sintió un escalofrío. Marion lo miró de arriba abajo y reparó en su estado. Consumido y más delgado que la última vez que se vieron, su aspecto era elocuente para el que entendía.

—No parece encontrarse muy bien.

—Nada que me impida seguir trabajando.

Marion, por primera vez, abandonó el tono distante que hasta entonces había utilizado con él.

—Sé lo que cuesta. No se rinda, hay quien lo consigue.

Víctor la miró, perplejo.

—Tengo treinta y ocho años, he tenido una vida larga. Nos parecemos más de lo que cree, por eso he venido aquí a hablar. Y ahora dígame qué quiere saber.

Ella arrancó a andar. Víctor, todavía desconcertado, la siguió por la Cava de San Miguel.

—Me temo que le voy a hacer la misma pregunta que no quiso responderme la otra vez. ¿Cómo se lleva Dolores con sus padres?

—¿Usted qué cree? Estamos hablando de una chica que se ha ido de casa… No me decepcione.

—Se ha ido de casa, pero ha vuelto a ver en secreto al médico de la familia. Hace tres días. ¿Sabe de algún conocido de Dolores que tenga un Buick Electra?

Marion negó con la cabeza, como si lo que Víctor le contaba no encajara.

—Me temo que tiene una visión idealizada de ella. Dolores no es un ángel —aclaró Víctor.

Marion lo miró, un poco ofendida.

—Le puedo asegurar que yo tampoco.

Víctor empezaba a pensar que era muy difícil no molestar a Marion.

—Por lo que sé, a Dolores no la ataban corto. ¿Por qué querría escaparse de casa? —Víctor intentaba sacar algo, lo que fuera, antes de que Marion se cerrara en banda.

—No lo sé, no me gusta hablar por hablar.

—No parece usted una persona aficionada al chismorreo, pero creo que sabe más de lo que dice.

Marion evitaba encontrar la mirada de Víctor.

—¿Tenía enfrentamientos con su padre, la golpeó Santiago alguna vez?

—No, en absoluto —protestó Marion—. Santiago la adora, yo diría que demasiado.

—¿Está insinuando algo?

—Por Dios, no. Santiago está enamorado de su hija, le ha consentido todo. Dolores siempre decía que su padre se sentía celoso de cualquier hombre que se le acercara.

—Eso me cuadra. ¿Le he dicho que leí los diarios de Dolores?

Marion lo miró entre furiosa y ruborizada.

—Un diario es algo muy íntimo.

—Lo sé, pero cuando tienes que encontrar a una muchacha que ha desaparecido de su casa sin dejar rastro no conviene andarse con remilgos. Yo tampoco soy un ángel.

Víctor notó que Marion estaba muy confundida.

—Tranquila, no habla de usted. No de una manera reconocible, al menos. Todo el mundo aparece disfrazado tras unas iniciales. Lo que me extraña es una ausencia muy llamativa en los diarios.

—Su madre —adivinó Marion.

—¿Por qué se lo imaginaba?

Habían llegado a la plaza de la Paja y fue como si de repente se hubieran adentrado en otro mundo. Apenas unos niños que jugaban y que desaparecieron en desbandada cuando ellos llegaron, sus gritos cada vez más lejanos, rebotando en las callejas. La sombría fachada de la capilla del Obispo los sacó de golpe de la atmósfera decimonónica, costumbrista de la ciudad. El tiempo se hizo más denso, y era como si los pensamientos necesariamente tomaran otro rumbo. La temperatura había bajado, el sol dominical, civil de hacía un rato había desaparecido tras una nube y un presentimiento de invierno se enseñoreó de la escena.

—¿Usted conoce a Virginia? —inquirió Marion.

Víctor, que nunca se había hecho a sí mismo esa pregunta, no sabía qué responder.

—Ya no estoy seguro.

—Fue una mujer muy bella, lo sigue siendo. Hay bellezas efímeras, ya sabe, hay muchachas que a los diecisiete años son bellas, pero a los treinta ya aparece en su cara algo mezquino. Hay otras bellezas de una cualidad diferente; se mantienen a lo largo de los años, el tiempo las cambia, pero aquello que las hizo bellas permanece inalterable.

Víctor pensaba en que todavía no había visto a Virginia de cerca.

—Dolores es una chica guapa, pero se siente una versión degradada de su madre. Todos adoraban a su madre de joven, y ella la primera. Era la hija de una princesa. Desde que dejó de ser niña, toda su vida ha sido un intento por parecer más bella que su madre, más interesante que su madre, más fascinante que su madre.

—¿Y no lo ha conseguido?

—Se ha propuesto un objetivo muy difícil.

Se habían detenido en mitad de la plaza. Ya no se escuchaban los gritos de los niños. Víctor se sentía enfermo; su cuerpo, todavía estragado, no estaba preparado para ese frío repentino. Aunque intentaba dominarse, temblaba de una manera que no pasó desapercibida a su acompañante.

No solo era el frío. Víctor no se atrevía a preguntar por Virginia, tenía miedo de lo que le pudieran contar, miedo de que se hiciera añicos la imagen que había elaborado pacientemente durante años, con la desesperación de un niño abandonado. Por fin se decidió.

—¿Cómo es Virginia?

—Creo que es alguien a quien le resulta muy difícil amar. Es lo único que le puedo decir.

—Es curioso, eso mismo pensaba yo de Dolores.

—Usted no la conoce, no sabe lo que dice —saltó Marion.

—Usted tampoco conoce a Virginia. —Víctor perdió un poco la paciencia.

Ambos se quedaron mirándose el uno al otro con la sensación de haber hablado más de la cuenta. A Víctor todo lo que tuviera que ver con Virginia tenía aún la virtud de alterarlo, y eso lo hacía sentirse ridículo. Marion echó de nuevo a andar e intentó salvar el momento embarazoso.

—Se equivoca. Recuerde que no solo fui su profesora, durante un tiempo tuvimos cierto vínculo. Dolores me abrió en ocasiones las puertas de su casa. Tuve oportunidad de hablar un poco con Virginia y Santiago.

—Entiendo. Hábleme entonces de Santiago.

Marion dirigió a Víctor al interior del jardín del Príncipe de Anglona, como si únicamente allí pudieran hablar de ciertas cosas. Solo los escuchaba la fuente de piedra.

—Es un hombre triste. ¿No lo ha notado?

Víctor la dejaba hablar.

—Santiago ama a su mujer por encima de todas las cosas y ama a su hija más que a sí mismo. Él siente que hace tiempo que perdió a su mujer, y ahora tiene miedo de perder a su hija.

—¿Virginia no lo ama?

—Si lo ama, yo no lo he notado. Veo a una mujer que ha conseguido todo lo que pudiera desear, que ha sido tratada por todos como una diosa y que sabe que empieza a declinar. Es incapaz de aceptarlo, y además…

Aquí Marion guardó silencio.

—¿Además, qué?

—Es solo una impresión, ya le he dicho que no me gusta hablar por hablar.

Marion se dispuso a salir del jardín. Víctor, sin brusquedad, la retuvo aferrando su brazo.

—¿Qué?

—Usted sabe quién es Santiago Rivera. Es rico e influyente, y su familia ha sido rica e influyente durante generaciones. Para la gente como él, usted y yo y Virginia, los que no somos de su mundo, es como si no existiéramos. Y sin embargo, es embarazoso ver cómo Santiago mendiga de algún modo su…

—¿Su amor?

—Ni siquiera eso: su respeto. Estoy convencida de que Virginia lo desprecia.

—Quizá es que sabe que no la ganó limpiamente… —respondió sin pensarlo Víctor, y se arrepintió en el acto.

Una nube se desplazó hasta tapar de nuevo el sol y oscurecer el cielo. Como si la vida se escapara de aquel jardín silencioso y descuidado.

—No sé qué quiere decirme, pero no quiero saberlo. ¿Puedo llamarlo Víctor?

—Es mi nombre.

—Tenga cuidado con los Rivera, Víctor. Con todos ellos.

XXXVII

El mejor chófer del mundo

El poder huele a maderas nobles y cera de abeja, a terciopelo rojo avejentado y a tabaco y a Atkinsons. En eso pensaba Víctor mientras hacía tiempo, esperando a que se interrumpiera la vista en una sala de la Audiencia Nacional. En esos templos civiles había algo impersonal pero ominoso que le fascinaba. Al fin y al cabo, el Dios de los templos tenía una dudosa existencia; si acaso, su poder solo caía sobre tu cabeza al final de tus días. Por el contrario, en estos lugares con un eco de basílica donde brillaba el bronce bruñido, espejeaba el mármol y casi se podía escuchar el lustre sombrío de las maderas, como un bajo profundo, podían hundirte la vida, arruinártela por completo, de un modo real, inapelable. Incluso si uno lograba el favor de la ley, al salir nunca sería el mismo que cuando entró.

Escuchó tras uno de los portalones el golpe del martillo del juez y un rumor de gente levantándose. Un ujier abrió las puertas y del interior salieron varias personas. No tardó en aparecer Nicolás Gamboa-Ackerman, al que ni siquiera aquel entorno catedralicio hacía perder su empaque. Víctor tuvo la sensación de que había mirado en su dirección y lo había visto, pero no hubo reacción alguna. Les hizo un gesto de impaciencia a dos letrados que acudieron solícitos a decirle algo, quedaba claro que quería estar solo. Los abogados le obedecieron tan en el acto que casi resultaba vergonzoso. Nicolás se alejó del ajetreo de pasos que se dirigían a la planta de abajo y se encendió un cigarro en un extremo del corredor. Víctor se aproximó a él, rodeado por una nube fragante de Craven A. Tuvo la sensación de que, aunque le diera la espalda, ya sabía que se acercaba.

—¿Nicolás Gamboa-Ackerman?

El empresario se volvió.

—¿Qué se le ofrece?

—Me llamo Víctor Cano. Soy investigador privado y…

Nicolás se llevó un dedo a los labios. Víctor, como habían hecho los abogados antes, obedeció sin saber por qué. Nicolás lo miró con unos ojos que reflejaban una extraña ironía y una intensidad que podía acelerarle a uno el pulso. Luego levantó un brazo y le dio a Víctor una suave palmadita de reconvención en la mejilla. Al instante, dio media vuelta y se alejó sin decir una palabra.

Antes de que pudiera reaccionar, sintió una manaza que se posaba sobre su hombro. Al volverse se topó con un hombre negro, con traje y corbata, que le hizo un elocuente gesto invitándolo a caminar con él. Víctor descartó la resistencia física, porque no era cuestión de armar una trifulca en la Audiencia Nacional y especialmente porque, dado su estado calamitoso y la envergadura de su acompañante, tenía todas las de perder. Así que descendió las solemnes escaleras de mármol del edificio junto a aquel hombre alto que caminaba con toda calma, insensible a las miradas de asombro de aquellos con quienes se cruzaban y con un suave rictus que Víctor identificó como una sonrisa de orgullo.

—¿Hace mucho que conoces al señor Gamboa-Ackerman? —preguntó Víctor cuando salieron a Marqués de la Ensenada, donde el sol los deslumbró a ambos.

El hombre se limitó a ponerse unas gafas de sol.

—¿Eres fang? ¿Fernandino? —insistía Víctor.

El hombre consultó su reloj de pulsera, los puños de la camisa impecables; iba hecho un pincel. Víctor supo que no había mucho que hacer.

—Nada, hombre. Un placer.

Se disponía a alejarse de él cuando por fin pudo escuchar la voz de su acompañante. Una voz.

—Me han dicho que lo lleve hasta su casa.

Víctor reflexionó un instante. Su acompañante no parecía encerrar peligro, nadie lo secuestraba a uno a la entrada de la Audiencia Nacional para matarlo y tirarlo a una zanja. Así que pensó que al fin y al cabo podría hacer una interesante comprobación.

—¿Por qué no?

Al rato, Víctor estaba cómodamente arrellanado en la parte trasera de un Buick Electra con las ventanillas ahumadas. El mismo al que Dolores Rivera subió tras salir de la consulta del doctor Aliaga. Víctor examinaba cada detalle de lujo de aquella plataforma rodante, observaba con una curiosidad casi adolescente el tráfago de la ciudad tras los cristales tintados y, con una curiosidad de distinta índole, los ojos del chófer en el espejo retrovisor, que de vez en cuando se clavaban en él. Víctor deslizó una mano por la opulenta imitación de cuero del respaldo trasero, y en sus dedos quedó algo adherido: un cabello de mujer, un largo, rubio, fantasmal cabello de mujer.

El chófer seguía conduciendo, sus manos oscuras aferradas al volante con una mezcla de fuerza y delicadeza. Víctor supo apreciar la fluidez con la que manejaba semejante mamotreto entre el tráfico de la ciudad.

—¿Cómo te llamas?

El chófer le volvió a mirar por el retrovisor sin decir nada. Víctor se encogió de hombros.

—Tu jefe tampoco habla mucho, parece.

—Me llamo Marco Aurelio.

Víctor no pudo evitar que se le escapara una breve risa.

—Sí, como el emperador de Roma —aclaró el chófer con un punto de orgullo.

Víctor aprobó con un gesto de la cabeza.

—Marco Aurelio, eres un conductor excelente.

El chófer detuvo el Buick justo frente al portal del Edificio España. Y se volvió con una imperceptible sonrisa.

—Soy el mejor.

Al bajar a la acera, Víctor notó que aún se tambaleaba algo al andar. Se volvió hacia el negro principesco.

—Adiós, Marco Aurelio. Ha sido un placer.

—Hasta la próxima —respondió el chófer.

Y Víctor vio cómo el coche y su conductor se perdían entre el tráfico.

XXXVIII

Días tranquilos en el zigurat

Toni era fuerte y no tardó en poder levantarse de la cama por su propio pie. Aun así, se sentía todavía demasiado débil y no le gustaba que lo vieran tan vulnerable. Al principio le incomodaban las visitas de Estela, que aparecía con frecuencia a traer algún intento de caldo o de guiso robusto y un poco de fruta. A Víctor le divertía ver cómo se ruborizaba cuando tenía que pedir la ayuda de alguno de los dos para levantarse del sillón que le habían asignado e ir al baño. Estela lavó sus ropas y logró quitar la mancha de sangre de la blusa. Para andar por la casa y estar cómodo con el vendaje se ponía pijamas de Víctor, que le quedaban a la vez cortos de pernera y anchos, lo que le daba un aspecto ligeramente cómico.

Cuando la fiebre remitió del todo y estuvo fuera de peligro, le costaba aceptar su encierro y no paraba de moverse por el apartamento. La imagen habitual es la de un tigre enjaulado, pero a Estela le recordaba una gallina despavorida en el gallinero, como tantas había visto en el pueblo de sus padres, comparación que a Toni no podía molestarle más. Víctor agradecía las visitas de Estela. No era quizá la mejor enfermera —ninguna enfermera seria se hartaría de vermut con su paciente, y Estela sí lo hacía—, pero Toni acabó aceptando su presencia y se divertía con ella. Era importante que Toni no se aburriera, porque cuando Toni se aburría se volvía irritable y era muy difícil retenerlo en el apartamento. Víctor sabía que Santiago, por motivos que todavía no comprendía, había decidido ir a por él y sospechaba que la policía ya había visitado su antiguo domicilio, pero Toni necesitaba actividad, necesitaba calle, no era hombre de carácter reflexivo y toda su vida había hecho lo que le había venido en gana, así que más de una vez Víctor tuvo que encerrarlo con llave para que no pisara las aceras.

¿Qué hacían Toni y Estela en esas visitas? Fumaban, fumaban como locos, se echaban unos *whiskies*. A veces jugaban a las cartas y hasta logró aficionarlo al parchís —Toni, Toni Bustaid jugando al parchís—, en el que él siempre hacía trampas. Víctor detectaba entre ellos un entendimiento, casi un código propio. Tenían la misma edad, les gustaba la misma música, había un entusiasmo, una salud diáfana de la que Víctor, elegante y sombrío, carecía. Se daba cuenta de que Estela, la inconstante Estela, ya estaba sustituyéndolo. No le dolió mucho, apreciaba a ambos y sabía que él ya no podía ser redimido en modo alguno. Su casa había dejado de ser una celda monástica, un búnker; ahora estaba habitada, viva, se escuchaban voces, se escuchaban risas.

El suntuoso televisor Marconi, que presidía el salón y que durante años apenas se había encendido, fue decisivo para aplacar la claustrofobia de Toni. Tener una de esos a su entera disposición, no como algo que uno solo encontraba en los bares, le parecía un lujo y pasaba las horas viendo los toros o el boxeo. Los dibujos animados, en especial, le causaban un gran placer.

A Toni también le maravillaba contemplar Madrid por las ventanas. Jamás había visto desde esa altura la ciudad en la que había vivido toda su vida. Víctor le explicaba dónde estaba cada barrio, cuáles eran los nombres de las calles de aquel laberinto. Toni lo escuchaba con la boca abierta; siempre se había considerado libre, sin ataduras, ahora sentía una nueva humildad al ser consciente de la inmensidad de aquella Babilonia. A ras de calle podía pelear con puños y dientes creyendo que el mundo era suyo. Desde allí, desde lo alto del zigurat, el mundo era vasto y lleno de maravillas, era poderoso, indiferente, uno no importaba lo más mínimo.

Víctor había llegado a apreciar a Toni. Convivir tantas horas hizo que ambos se abrieran. Lejos de las calles familiares de su barrio, ya no le servía su máscara de chulería callejera. Afloraba entonces una humanidad afable, una fundamental decencia. Hablaban de muchas cosas, Toni se quedaba fascinado por los libros, nunca había visto tantos. Le hacía preguntas, avergonzado de las dimensiones de su ignorancia, pero con ganas de aprender.

Su guardián también le preguntaba por su vida en el barrio, por su infancia. Ante un absorto Víctor, Toni desplegaba una leyenda de descampados y bandadas de chavales desarrapados descolgándose por tapias, entrando o saliendo de solares abandonados, desparramándose por el territorio. El sol era su aliado, las caídas no rompían sus huesos. A veces la muerte hacía su aparición, como cuando un primo suyo intentó subir a un poste de la luz y lo vieron morir electrocutado durante dos inacabables minutos, sin que nadie se atreviera a rescatarlo. Para alguien cuya niñez había sido borrada por completo, todo eso, incluso lo sórdido, lo terrible, era valioso y bello.

Víctor también necesitaba distraerse. El número de personas en las que podía confiar se iba reduciendo. Ya no podía fiarse de Santiago y empezaba a sentir que había cosas que su hermana Lucía le ocultaba, pero no se atrevía a llamarla. Todavía no se sentía preparado para eso. Tampoco podía apartar de su mente el extraño encuentro de aquella tarde, antes de la cita con Estela en Los Boys. Aquel andrajoso que lo miró como a un muerto salido de su tumba. Intentó creer la excusa trivial con la que aquel individuo se había librado de preguntas incómodas, pero simplemente le resultaba imposible olvidar el miedo en aquellos ojos apenas humanos. Y él estaba familiarizado con el miedo.

Una noche le preguntó a Toni si lo conocían en el barrio. Le habló de esa cicatriz de quemadura en la cara y de sus dientes podridos y sus ojos de ofidio. Toni puso una expresión de asco. Le estaba hablando de Justino.

Justino había sido prestamista y era un cabrón. Durante años se sentó en la trastienda del bar Paloma y allí atendía a quienes querían pagar sus atrasos con el alquiler, quienes se enfrentaban a gastos médicos, bautizos y bodas, quienes querían comprar un electrodoméstico o tapar deudas del juego. En torno a él había un aura de miedo y desprecio. Para los niños del barrio era un mito siniestro; Justino el Usurino, le llamaban. Algunos se cambiaban de acera cuando una estela de Floïd mentolado anunciaba su inminente aparición tras la esquina. Toni era muy pequeño, pero recordaba su voz nasal y estridente, la misma voz nasal y estridente con la que luego campaba por las pesadillas de todos ellos. Raro era el niño al que no devoró las entrañas en sueños, y raro el adulto que no le devolvió el dinero con creces.

La policía hacía la vista gorda con sus manejos, porque se decía que Justino era delator de la Brigada Político-Social. Hasta que un buen día las cosas se pusieron feas: un comisario lo enfiló por haber violado a una menor, pariente de un policía.

La impunidad de la que parecía disfrutar desapareció como por arte de magia. Le llovieron hostias en la comisaría y luego en la cárcel, donde prestamistas y soplones no solían gozar del aprecio de los presos. Perdió media dentadura, y alguien en las cocinas le echó encima una sartén de aceite hirviendo. Cuando salió a la calle ya no era nadie, menos que un perro.

Hacía años que había desaparecido del mapa; decían que estaba completamente alcoholizado y que vivía con el miedo de que alguna de sus víctimas, vivas o muertas, se tomara venganza.

—Te has quedado serio, Víctor.

—No me gusta tener algo que ver con alguien así. Y no me gusta no acordarme de qué pudo ser.

Víctor sintió que se le revolvía el estómago, se levantó de golpe y se fue al baño. Se lavó la cara y se miró ante el espejo. Se reconocía a sí mismo, eso era lo único seguro. Pensaba que había podido mantener a raya aquello, pero ahí estaba de nuevo, ese vacío siempre dispuesto a devorarlo.

Como Víctor no aparecía, Toni había encendido la televisión. Pedro Picapiedra aporreaba la puerta de su propia casa de noche, suplicando que lo dejaran entrar. En ese momento Víctor regresó al salón visiblemente alterado. Apagó el televisor y empezó a recorrer con la mirada la habitación, fijándose en cada objeto, acariciándolo con las manos.

—Víctor… —le dijo Toni con un tacto que probablemente no había usado con nadie en su vida.

Víctor cogió algo que descansaba en una repisa: unos gemelos Zeiss de teatro con unas iniciales grabadas detrás. Se sentó al lado de Toni y se los mostró.

—Estos gemelos eran de mi padre. Mi padre era médico. Tengo su estetoscopio, su jeringuilla… Están perfectamente conservados.

Toni escuchaba a Víctor, sorprendido de aquella extraña vehemencia.

—Se los regaló mi madre, y los usaba cuando iban al teatro o a la zarzuela. Mi hermana dice que de muy chico me encantaban, miraba a través de ellos y me asustaba de ver las cosas tan cerca.

Se los dio a Toni, como si quisiera que este comprobara la

realidad de aquel recuerdo. El chaval los cogió al revés y vio a un Víctor empequeñecido, lejos de él. Víctor les dio la vuelta antes de ofrecérselos otra vez. Toni miró a través de ellos y sonrió. En el acto se levantó y corrió hacia la ventana, quería usarlos sobre la ciudad a sus pies. Oyó entonces la voz de Víctor.

—Ven, ven, Toni. Mira esto.

Toni se dio la vuelta, Víctor le enseñó dos fotos de unos portarretratos. En una de ellas aparecía una mujer de los años veinte con un bebé indiferenciado en brazos.

—¿Eres tú?

Víctor asintió. Luego, todavía ansioso, le mostró otra foto. Era la fachada de una casa de campo con cierto empaque señorial. Una fachada pintada de blanco, con la puerta principal de madera oscura y herrajes, envuelta en un marco de piedra labrada. En la planta superior, una galería acristalada de madera barnizada. Una fuente de hierro fundido con un personaje mitológico en medio de un patio de grava. Se podía adivinar un jardín grande, aunque descuidado, y un bosquecillo próximo. Entre las manchas de luz y sombra aparecía una niña en primer plano, mirando de pie a la cámara. Vestía de verano y sostenía una bicicleta. No sonreía.

—Es mi hermana, Lucía. El de más atrás soy yo.

Detrás había un niño con un balón bajo el brazo, pero estaba situado a la sombra de unas acacias y la cara permanecía en penumbra.

—Vaya infancia te raspaste, Víctor.

—Eso me han contado.

—¿No te acuerdas de nada?

—Sí, recuerdo ese instante. Si me concentro, puedo recordar detalles de las habitaciones, cómo eran los muebles. Pero es todo un poco… Me cuesta, es como si los recuerdos estuvieran cogidos con alfileres.

Toni vio una inmensa tristeza en los ojos de Víctor, le echó un brazo cordial por encima.

—Oye, ¿y por qué no sacas el *whisky* ese que tienes? Ya estás tardando.

Víctor pensó que no era mala idea.

XXXIX

El relámpago y el martillo

Había pasado años encerrado en ese apartamento, y le sorprendía tener el deseo de salir a la calle y ver la luz. Quizá fuera que ahora lo compartía con otra persona, quizá la interrupción de sus rutinas de toxicómano había ido modificando gradualmente sus costumbres. El caso es que, con una ligera resaca tras haberse empujado media botella con Toni, que ahora dormía en las alturas como un tigre que acabara de devorar una gacela, Víctor atravesaba el vestíbulo del Edificio España y saludaba a Julián. Julián, el guardián del zigurat, con su uniforme, su discreción y su sorna oculta de pícaro, impasible ante aquellas incongruentes alegorías sobre la fertilidad agraria esculpidas detrás del mostrador. Como si llevara desde siempre allí, como si siempre fuera a permanecer allí.

Se detuvo un momento en mitad de la agitación de estación de trenes del *hall* del zigurat. Se detuvo y cerró los ojos, pocos sitios tan mundanos, tan llenos de realidad, gente que entraba y salía de grandes oficinas, hombres de negocios que acudían a comidas de negocios, mujeres adineradas dispuestas a dejarse el dinero en tiendas de lujo, las chicas que trabajaban en esas tiendas, celebridades que se alojaban en el hotel Plaza. Una pequeña ciudad dentro de la ciudad. Pero todavía resonaba en él la misma

223

lenta marea de irrealidad que le había asfixiado la noche anterior, como si estuviera a escasos metros de traspasar un umbral donde se daría cuenta de que todo era un simulacro y solo unas pocas, esenciales, probablemente aterradoras certezas serían lo único que existiera.

Intentó dejarlo atrás saliendo a la luz de las calles. El buen sentido de las mañanas tras las incertidumbres y espejismos de la noche le haría mucho bien.

Decidió subir por Gran Vía y alejarse del zigurat y desde luego funcionó, como si todas las piezas empezaran a encajar de nuevo. Tan ensimismado caminaba Víctor que tardó en darse cuenta de que un coche que él ya conocía, un Buick Electra, se había detenido a su lado.

Reconoció en el acto el rostro solemne, impenetrable, egipciaco de Marco Aurelio. Ni siquiera hacía falta que el chófer le dijera nada. Víctor se encogió de hombros y subió a la espaciosa parte de atrás, donde, hay que decir, se estaba tan ricamente.

El viaje hasta la residencia de Nicolás en Arturo Soria se le hizo largo a Víctor. Marco Aurelio mantuvo su silencio habitual, solo roto en una ocasión.

—¿Es verdad que usted estuvo muerto?

La mirada de Marco Aurelio a través del espejo retrovisor revelaba cierta inquietud. En Guinea se tomaban esas cosas muy en serio.

—Digamos que es como si mi vida se hubiera partido por la mitad. En ese sentido, sí.

—Un primo mío volvió de la tumba.

—¿Lo dices en un sentido literal?

—La familia lo enterró, y a los tres días lo vieron acercarse por el camino que llevaba a su casa. Se sentó en la cocina y dijo que tenía hambre.

La mirada del chófer se perdió en la calzada, concentrado en la conducción. Transcurrieron unos minutos de silencio.

—¿No me vas a contar más?

—No me gusta hablar de eso.

Y Marco Aurelio no volvió a abrir la boca en todo el trayecto. Ni siquiera pronunció palabra alguna al dejarlo solo en el jardín.

Este, como la casa de corte racionalista, abundaba en líneas puras, con algo de jardín japonés. Detrás de unos setos, una piscina con el agua corrompida. Desde la fachada de grandes ventanales vio acercarse a una doncella uniformada que le indicó que la acompañara.

La doncella caminaba sin hacer apenas ruido, y Víctor la siguió a lo largo del *hall* y el salón principal —que eran tal y como los había imaginado al escuchar la historia de Estela— para subir por las escaleras a una primera planta y llegar finalmente al despacho de Gamboa-Ackerman, donde lo dejó sin hacer el menor sonido.

Víctor entró. La estancia estaba a oscuras, con las cortinas echadas y las persianas bajadas. Allí, recostado sobre un canapé, el canapé donde había poseído a Estela bajo la mirada de Dolores Rivera, estaba el constructor. Tenía los ojos cerrados y estaba rodeado de las máscaras africanas que la habían asustado. El hombre se dirigió a él con una voz que ni el dolor ni el cansancio parecían privar de su poder.

—Siéntese donde quiera, señor Cano. Disculpe que lo reciba así, a veces las migrañas me resultan intolerables.

—Yo las he padecido durante años.

—No hace falta entonces que le describa una migraña, ¿verdad? El relámpago y el martillo. Supongo que las suyas tendrán que ver con su herida en la cabeza. Me han hablado de ella.

—Sí, se ha hecho muy popular últimamente.

—Tengo la impresión de que nunca más se puede ser una persona normal después de algo así. ¿O usted se considera una persona normal, señor Cano?

—No, no lo soy.

—Yo tampoco, pero eso ya lo sabe, por eso estamos hablando ahora. Las personas como usted o como yo me inspiran curiosidad. ¿Por qué quería verme?

—¿Conoce usted a Dolores Rivera?

Víctor escuchó la pesada respiración del hombre en la oscuridad.

—Si ha venido a verme es porque sabe perfectamente que sí, que la conozco.

—¿Sabe dónde puedo encontrarla?

—¿Y usted cree que desea que la encuentren?

—No, no lo creo, aunque en realidad no estoy seguro. Cuanto más sé sobre ella, menos me parece conocerla.

El hombre asintió, o eso le pareció a Víctor.

—A quien sí debe conocer es a su…, bueno, no sé cómo llamarlo, al capricho ese que se ha permitido.

—¿Toni?

—Eso es, Toni.

—¿Usted lo conoce? —inquirió Víctor. Esa no se la esperaba.

—Oh, sí, en mi negocio conozco a todo tipo de gente.

—¿Qué clase de negocios puede hacer con alguien como él?

El cuerpo de aquel hombre respiró pesadamente. Una, dos veces.

—¿Me tiene miedo, señor Cano?

—No. Haber estado donde yo he estado te quita el miedo para siempre.

—Mucha gente me tiene miedo.

—¿Tendría yo motivos para tenérselo?

Otro silencio. Víctor intentó descolocarlo.

—Dolores en sus diarios lo llama a usted Nemo.

Le pareció escuchar una pequeña risa.

—Ah, Dolores… ¿No le parece una chiquilla adorable?

—¿Por qué Nemo? ¿Se cree usted un maldito, apartado de la sociedad de los hombres?

Nicolás se incorporó fatigosamente y se sostuvo el cráneo entre las manos. Parecía algo aliviado.

—No hay nada como cuando un dolor desaparece. La ergotamina me viene muy bien para estos ataques. ¿Usted qué tomaba?

—Morfina. Yo iba por todo lo alto.

Nicolás asintió con aprobación.

—Me conviene que la gente me tenga miedo, así que no los defraudo. Mi origen les parece misterioso. ¿Ve esas máscaras en la pared?

Víctor observó la panoplia de máscaras en la oscuridad.

—A los niños les dan pavor, pero no solo a los niños. Una de ellas aterroriza a Marco Aurelio, que es un hombre al que allá en Guinea no vi nunca blandear, le aseguro. Por eso es mi chófer. ¿Me entiende?

—Todavía no estoy seguro.

—La gente piensa en mi pasado y ve esas máscaras. Y no les falta razón. En España hemos conocido la violencia, nos hemos hartado, la tierra todavía está empapada de sangre, pero ya sabe… Al final, todos han aceptado un orden amable, dirigido por un abuelo. Usted luchó en la División Azul. ¿Le molesta que diga estas cosas?

—A mí ya no me molesta nada.

—Un orden hecho de tradición y cursilería. Una cursilería que me asquea.

Víctor examinaba una a una las facciones de las máscaras.

Hablaban un lenguaje anterior al lenguaje; de ellas se desprendía algo oscuro y violento, indeciblemente antiguo, algo que tenía que ver con el mismo nacimiento de la consciencia humana, algo que decía que el hombre no es bueno. Y recordó la punta de lanza del logotipo de su constructora.

—Guinea es otra cosa. En Guinea la violencia está en todas partes, te sofoca, te aturde. Los chicos y las chicas de Serrano solo conocen el derramamiento de sangre por las historias coloreadas de sus padres. En Guinea es raro que no hayas visto un hombre muerto o mutilado. Forma parte del orden de las cosas. Recuerdo una vez en que un amigo de la infancia me invitó a sus plantaciones. Uno de los trabajadores fue acusado de robar cacao. Lo castigaron, como se hace por allí, a «bailar con las coloradas». ¿Sabe lo que es?

—No.

—Lo ataron desnudo a un mango. Aquello está infestado de hormigas rojas, bastaba con levantar la corteza y echar un poco de azúcar. Lo tuvieron toda la noche. Se la pasó gritando hasta el amanecer. Y yo lo escuchaba desde la cama. Yo me he criado en ese mundo, señor Cano. Conozco historias de aparecidos y de desaparecidos, la crin de mi caballo se ha erizado porque en la selva había espíritus. Mi chófer y yo nos tomamos esas cosas muy en serio. Lo que le quiero decir es que las ideas sobre moralidad de la metrópoli me parecen algo muy lejano, algo que no tiene que ver conmigo. Guardo las formas, por decirlo así. Ahora bien, es importante que mi fachada no tenga grietas.

—Mi intención no es desprestigiarlo.

—Y hace bien en ni siquiera intentarlo. ¿Cuánto le paga Santiago?

—Me paga bastante, pero yo no lo hago por dinero. Lo hago por amistad.

—Es usted un hombre extraño, pero tengo buenos informes y me causa una excelente impresión. Verá, voy a hacerle una oferta.

Nicolás Gamboa-Ackerman se puso en pie y miró desde su altura a Víctor. Luego caminó hacia la puerta y Víctor sintió que había puesto una mano sobre su hombro. La misma mano que se posaba sobre el hombro de Santiago Rivera.

—Le daré el doble si averigua dónde está Dolores.

XL

El lugar más aburrido del mundo

Víctor jamás había entrado en el catastro, y el lugar se le antojó de una cualidad extrañamente monástica. Ya el mero nombre, catastro, le evocaba visiones de un aburrimiento tenaz, de un tiempo coagulado y estéril. En un silencio clamoroso, tras el mostrador, una funcionaria indeciblemente desabrida tecleaba en una Olivetti pesada, color de uniforme de picoleto, mientras en una radio lejana, como enterrada en una catacumba, sonaba *Hilo de seda,* de los Pekenikes. Había una atmósfera de tabaco negro, moquetas descoloridas, archivadores Roneo, tampones de tinta Pelikan, sobres engomados y cuadernos Miquelrius. El calor sofocante y a la vez insuficiente de estufas catalíticas. Hastío, orden, renuncia.

Esa mujer y otros pocos funcionarios eran solo la puerta de acceso a un palacio de conocimiento árido, una memoria acumulada en un laberinto de legajos, polvo y ácaros. La historia de una ciudad, ascensos y caídas, odios familiares, sórdidas avaricias, la sustancia misma de los dramas burgueses, las grandes crisis y convulsiones del siglo, todo podría rastrearse en la aséptica información de una nota simple.

No necesitó más de una hora de fatigar asientos registrales para confirmar lo que se imaginaba. Inmuebles de dudosa propiedad

(«Huerta de D. Ramón Cortés [fallecido en 1952]») que pasaban años después a ser propiedad del constructor por sumas irrisorias o simplemente por las buenas. Nicolás Gamboa-Ackerman había colonizado el suelo urbanizable de Usera como un ganadero de Montana.

Pero no podía irse sin antes hacer una última comprobación de índole por completo diferente. Solicitó el asiento registral de su propia casa. Hasta la funcionaria se quedó mirando su expresión cuando Víctor leyó la nota y el nombre que en ella aparecía. El apartamento que habitaba en el Edificio España, su hogar, su celda, su búnker, nunca perteneció a su familia. Nunca.

XLI

Hora de partir

Cuando llegó a casa, se encontró a Estela jugando a las cartas con Toni. Los dos fumaban como condenados a muerte y reían atolondradamente.

Víctor no dijo nada, se limitó a observar a Toni, que se sintió incómodo y siguió jugando. Víctor notó que no le sostenía la mirada, así que la desvió hacia Estela, que entendió a la primera.

—Quieres que os deje solos, ¿verdad?

Víctor asintió. Esa capacidad de entendimiento casi telepático, rara de encontrar en las personas y desde luego imposible entre los actores, era de las cosas que más apreciaba de Estela.

Ella aplastó la colilla en el cenicero de la mesita de noche, de manera que la marca de su lápiz de labios sobre el filtro estuvo presente durante toda la conversación.

Víctor se quitó la gabardina, la dejó a los pies de la cama y se dejó caer en la butaca que había ocupado Estela. Todavía podía sentir el calor de su cuerpo.

—Buena chica, ¿eh? —le comentó Toni, casi guiñándole un ojo.

Víctor asintió distraídamente, estaba pensando. Toni encendió otro cigarrillo.

—¿Tienes algo con ella? —insistió, buscando complicidad.

Víctor no respondió. Estuvo observando la cara de Toni durante un largo rato.

—¿Cuándo voy a poder salir a la calle?

—No lo sé.

—¿No te parece que eso debería decidirlo yo? —La vieja chulería barriobajera de Toni había regresado.

Víctor se incorporó y le golpeó en el hombro herido con el puño. Toni dio un grito.

—¿Estás loco? ¿Qué coño te pasa?

Lo golpeó otra vez, con más fuerza.

—¡Me has mentido!

—¿Qué dices? —gimió Toni, llevándose la mano a la parte dolorida.

Víctor estaba furioso en ese momento, sentía que le habían tomado el pelo.

—¡Trabajas para ese hombre! No se te ocurra negarlo.

Toni se quedó sin palabras, toda la fachada se le cayó al suelo al ser expuesto. No dijo nada.

—Trabajas para Gamboa-Ackerman.

—¿Y qué?

—Yo me lo había creído, que eras el héroe del barrio, el rebelde sin causa… Un mierda es lo que eres, un asustaviejas…

Toni, con el brazo bueno, le sacudió a Víctor una hostia que lo hizo caer de la butaca. Víctor se quedó boca arriba en el suelo, aturdido, sacudiendo la cabeza. Estaba hasta mareado. Toni se dio cuenta.

—¿Te he hecho daño?

—Un poco.

Toni extendió el brazo y tiró de Víctor, que se puso en pie llevándose una mano a los labios.

—Joder, qué brazo tienes, Toni.

—No haberme calentao.

Un minuto después, estaban de nuevo ante la terapia favorita de Toni. Este no había probado en su vida un *whisky* como el que tenía Víctor en su casa. Para él, beber un *whisky* así era cosa de mucho respeto. Víctor seguía sombrío.

—Yo necesitaba ese dinero.

—¿Para costearte tu rollo con Lola? ¿Para comprarte chupas caras?

—Sí, para eso, para no parecer un muerto de hambre. Es muy fácil dar lecciones cuando se vive en una casa como esta, macho —moralizó Toni pimplándose un buen sorbo.

Pero a Víctor todavía le dolía el labio del puñetazo y aquel comentario, aquella despreocupación, aquel poner los pies sobre la mesa, aquel beberse su *whisky* y aquella complicidad con Estela sacaron lo peor de él.

—En efecto, es facilísimo, por eso te las doy.

—Solo se trataba de acojonar un poco a esa gente para que vendiera. El tío les pagaba bien. Salían ganando.

A Víctor se le escapó una risa que no podía ser más triste.

—¿Qué es lo que te hace tanta gracia?

Víctor lo miró con pena.

—Qué ingenuo eres. ¿Salían ganando? No: ganaba Nicolás; los tipos como Nicolás siempre ganan, siempre. Y no te has dado cuenta.

Toni sonrió arrogante, remató su vaso y lo dejó sobre la mesa mientras se rascaba un costado.

—¿Qué te crees, que a mí se me puede engañar?

Víctor no podía soportar aquella fanfarronería.

—Gamboa-Ackerman se tiraba a Dolores.

No sabía ni por qué lo había dicho. Quizá pensaba que era lo mejor para Toni, quizá quería humillar aquella juventud desafiante.

El chaval miró a los ojos a Víctor, cuya expresión no dejaba ningún resquicio a la duda.

Luego se levantó del sofá y corrió a su dormitorio. Víctor lo siguió y, apoyado en el umbral, vio cómo se quitaba el pijama que le había prestado, como si estuviera contaminado. Lo veía buscar su ropa, desnudo y fuera de sí, y ponérsela torpemente, saltando sobre un pie; lo veía como quien asiste a la representación de una tragedia un poco ridícula. Al ponerse la camisa, la herida le pegó un tirón y Toni blasfemó. Se dejó caer sobre la cama, sofocando un grito contra la almohada. Víctor se sentó al lado y le puso una mano sobre el hombro. Toni se giró hacia él.

—Voy a matar a ese hijoputa.

—No, no vas a hacer nada de eso. No te busques la ruina.

—Me da igual.

—No seas niño. Tranquilízate.

Toni se sentó en la cama en calzoncillos, se secó una lágrima y encendió un cigarrillo.

—¿Desde cuándo?

—Mejor no saberlo, Toni. Pero el cornudo es él, no tú. Si te sirve de consuelo.

—¿Está ella con él ahora?

—No lo sé.

Seguía mirando un punto fijo.

—Yo me estaría quieto, Toni. De verdad, a ese hombre no vas a poder ni siquiera acercarte.

Toni se dejó caer boca arriba.

—Me duele mucho el hombro. ¿Tienes morfina?

—No, no tengo, estoy limpio.

—¿Y no tenías otro momento para dejarlo?

—No es el hombro lo que te duele. Tendrás que aguantarlo a pelo. Yo pasé por algo parecido. La acabarás olvidando.

—Eso no es verdad. Tú estás buscando a Lola porque sigues enamorado de su madre. Estela me lo ha dicho.

—Joder, Estela...

Víctor se levantó y se fue al baño. Estuvo un rato rebuscando por si encontraba algún analgésico. Finalmente dio con un tubo de optalidones. Podrían servir. Cuando regresó al dormitorio de invitados, Toni no estaba ahí. Sus botas no estaban en el armario. Su chupa en el perchero tampoco.

Víctor corrió a comprobar si le había robado la Luger. No, ni la pistola ni dinero.

Abrió la puerta del apartamento y salió al pasillo. Toni descendía ya a toda velocidad rumbo a las calles de donde vino. Pensó por un momento avisar a Julián para que lo retuviera, pero comprendió que no tenía mucho sentido.

Para Toni había llegado la hora de partir. Al menos, había tomado una decisión.

XLII

Buscando en el baúl de los recuerdos

Amancio le abrió la puerta con su habitual sonrisa de actor de carácter.

—Hombre, Víctor, no te esperaba.

—Yo tampoco lo tenía pensado. ¿Te pillo mal?

—Estaba hablando por teléfono, ¿te importa esperar a que acabe? He hecho café.

Víctor vio a Amancio desaparecer tras la puerta de su despacho, que cerró tras él. Sobre la mesa, en efecto, había una cafetera italiana y una bandeja con unas galletas de cierta marca que le gustaban con locura. Víctor sabía dónde encontrar las tazas, pero sintió de repente que no debía hacerlo, como si no tuvieran todavía confianza suficiente. Tras la puerta escuchaba la risa relajada de Amancio, esa risa que siempre le había cautivado, la de un hombre simultáneamente sabio, desengañado y despreocupado. ¿Con quién hablaría? ¿Con un hermano?, ¿algún viejo compañero de la universidad?, ¿una amante?

Le gustaba repasar las estanterías de Amancio, le gustaba ver sus libros, muchos de los cuales le había prestado y le habían construido. Recorrió los lomos por si había alguna novedad que pudiera interesarle. Vio en la estantería inferior un álbum de fotografías. La voz de Amancio seguía desgranando de manera histriónica una de sus historias desaforadas, quizá el enésimo plan para acabar con el Caudillo y la recua de obispos que, según Amancio, estaban privando a España de su masculinidad. Una parte de él sabía que no debía hacerlo; otra, la voz de su oficio indiscreto, sentía un deseo irreprimible de asomarse a esa intimidad que Amancio, tan poco cauto a la hora de hablar de sus ideas, ocultaba de una manera llamativa.

Abrió el álbum. Fotos del instituto, fotos de actos universitarios, fotos con alguna mujer, fotos junto a ríos, en la alta montaña, frente al mar, en fiestas nocturnas, en actos oficiales, fotos de sus padres y, de repente, una que lo golpeó como un mazazo. La imagen tenía ya sus años, porque Amancio parecía bastante más joven y ella también.

Era una foto con su hermana, con Lucía.

Amancio reía con ella en actitud de camaradería. No era la foto de unos amantes, era la foto de una larga amistad llena de confidencias y secretos compartidos. Víctor miró a su alrededor. Era como si toda la habitación, como si cada bibelot colocado en la librería, cada caótico detalle de aquel desorden de hombre cultivado estuviera colocado de manera premeditada. Intentó vencer su desasosiego. Había más fotos de lo que parecía la casa paterna de su amigo. Recuerdos de unas vacaciones de verano. Lucía y un chaval más joven que ella aparecían con Amancio. En una de ellas se veía un bote de remos varado en la playa, sobre la arena; la foto era en blanco y negro, de antes de la guerra, pero todo el azul y la luz del mar estaban en ella. Víctor conocía el nombre de aquella embarcación.

Se llamaba Aurora. El nombre se lo había puesto él.

Una náusea familiar volvió, una avidez de la sustancia que todavía echaba de menos. Pasó un par de páginas del álbum; en otra instantánea, un gato dormido sobre el alféizar de un salón, un gato de cabeza gorda y pelo suave, instalado en esa eternidad en la que viven los gatos.

—Tizón —murmuró Víctor.

En ese momento se abrió de golpe la puerta del despacho y Amancio, de nuevo vestido con la gruesa chaqueta de punto, entró en el salón con su acostumbrada desenvoltura.

—Perdona el tiempo que te he tenido ahí. Pero venga, vamos a tomarnos ese café y a atiborrarnos de galletas.

Amancio se dio cuenta de que Víctor lo miraba con expresión aturdida. Luego vio en sus manos el álbum de fotos.

—Oh, mierda. —Su proverbial elocuencia pareció abandonarlo en ese mismo instante.

Víctor dejó caer el álbum al suelo, de un modo casi sobreactuado.

Amancio intentó detenerlo, pero Víctor ya se dirigía a la puerta, que cerró de un portazo para luego bajar dando tumbos la escalera, con el corazón latiendo como el de un feto y la sensación de descender a una oscuridad impenetrable.

XLIII

Fuera de nosotros nada existe

Estela le abrió la puerta con su sonrisa habitual de Estela.

—Hombre, vecino, no te esperaba.

Se dio cuenta en el acto de que algo iba mal. Víctor entró de manera brusca, con una expresión trastornada como nunca le había visto, ni siquiera cuando veló sus noches de abstinencia.

—¿Qué te ocurre? ¿Qué pasa?

—¿Por qué vives aquí?

Estela lo miraba asustada, Víctor hablaba como si estuviera loco. Y en ese momento lo estaba.

—Por favor, siéntate y te tranquilizas. —Estela intentaba hablarle con un tono sereno.

—¿Por qué quieres ser mi amiga? ¿Por qué me has buscado?

—Tú viniste a buscarme a mí.

Víctor se separó de ella y empezó a dar vueltas sin sentido por el salón. No hablaba, simplemente miraba detrás de los cuadros, abría cajones, escudriñaba debajo de los cojines del sofá, fuera de sí. Buscaba sin saber qué buscaba. La miraba como si no la reconociera.

—¿Quién eres, quién eres de verdad?

—Soy yo, soy Estela.

—Todo el mundo me está mintiendo. ¿Por qué jugáis conmigo?

Estela se dio cuenta entonces de que Víctor estaba asustado, asustado como un niño en la oscuridad. Se acercó a él y le cogió la mano.

—Ven —le dijo suavemente.

Víctor retiró la mano con brusquedad. Estela se acercó más y le acarició la cara.

—Soy yo, soy tu vecina, la loca.

Leyó en su rostro la inminencia del derrumbamiento. Lo atrajo hacia ella, tomó su nuca con la mano y acercó su cabeza hacia su pecho, escuchó como una rendición el aire que salía en un suspiro de entrega de los pulmones de Víctor, que, al sentir el calor de su cuello y de su sangre, dejó caer la cabeza sobre los hombros de Estela, de Trinidad, aquella chica manchega que soñaba con ser una estrella. Ella sentía el estremecimiento del cuerpo entero de aquel hombre, como un llanto sin lágrimas, como el llanto en silencio de alguien cuyo pasado es incompleto. Besó su mejilla y acercó sus labios hasta los de él. Víctor cerró los ojos y la besó a su vez, sorprendido por lo que estaba haciendo, por sentir sus propias manos recorriendo la espalda de Estela y cómo ella también abandonaba su resistencia y pegaba su cuerpo al suyo con avidez. Se separaron un momento y se miraron el uno al otro a los ojos. Se sonreían asombrados, sabían lo que iba a ocurrir y lo deseaban, y a la vez querían demorar el momento. Víctor iba a decir algo, pero ella le calló los labios con sus dedos y lo condujo hacia el dormitorio.

—Hay demasiada luz —musitó Víctor.

Estela bajó las persianas y cerró las cortinas. En la penumbra, Víctor pudo ver cómo se descalzaba y se desabotonaba la blusa, cómo se quitaba las medias y la falda, cómo con movimientos suaves y precisos se despojaba de toda la ropa que cubría su cuerpo y quedaba ante él en una desnudez fragante en que la piel suave casi desprendía una tenue luz propia. Se acercó a él, sentado en la cama, Víctor la tomó de las caderas, sintiendo sus nalgas bajo la yema de sus dedos. La atrajo hacia sí y besó su ombligo y su vientre. Estela se sentó a su lado y le ayudó a quitarse los zapatos y a desabotonarse la camisa, besando sus labios y sus párpados y su cuello mientras lo hacía.

—¿Has pensado…? —empezó a hablar Víctor.

—No estoy pensando.

—¿Has pensado en que podríamos no habernos encontrado nunca?

Estela lo despojó de su camisa.

—Todo lo que ha hecho falta para estar juntos ahora, los caminos que hemos tomado… Todo es puro azar, podría haber sido de otra manera.

Estela besó su pecho desnudo y lo empujó sobre la cama, dejándolo tumbado, luego le sacó los pantalones, se sentó a horcajadas sobre él y sonrió, complacida por la mirada de deseo de Víctor.

—Cállate y bésame, vecino.

Cuando Víctor abrió los ojos ya estaba atardeciendo, porque a través de las rendijas de la persiana bajada apenas entraba luz. Podía ver el cuerpo desnudo de Estela a su lado, sus finos tobillos, la suavidad de su espalda y sus muslos y sus hombros. Se inclinó sobre ella y besó aquella nuca impregnada del olor de sus cabellos. Toda sombra de angustia había desaparecido. Todos los enigmas del mundo parecían abiertos, pero Víctor—él mismo proveniente de un enigma— había elegido que su destino sería resolverlos. Ahora se veía capaz de desentrañar todo aquello que, como una pesadilla caótica, lo rodeaba. Podía hacerlo.

Estela se despertó y abrió los ojos asustada.

—Estoy aquí —le susurró Víctor, enternecido por su aspecto somnoliento.

Estela se llevó una mano a la cara.

—¿Te sientes mejor?

Víctor sonrió.

—Mejor es una palabra que se queda corta. ¿Puedo contarte?

—Por favor. ¿Por qué entraste así en casa?

—Porque siento que el agua me llega al cuello y no hago pie. Todo a mi alrededor se deshace… como si nada fuera real, como si no pudiera confiar en nadie.

Estela llevó una mano de Víctor a su pecho, el aquí y ahora.

—Tú eres real, Estela. Y confío en ti, por eso quiero que me escuches.

Estela se levantó y buscó una bata de gusto japonés que tenía a mano. A Víctor verla deambular desnuda por el cuarto, con una inocencia de gacela, le proporcionaba la certeza de que había algo bueno en el mundo, algo precioso por escaso, pero que merecía la pena defender. Ella se puso la bata y encendió un cigarrillo, dispuesta a escuchar.

—Quiero saberlo todo.

—Yo fui herido en el frente, eso ya lo sabes. Perdí todos los recuerdos anteriores al momento de la herida. Tuve que aprender prácticamente todo en los diez años que pasé prisionero.

Estela acariciaba un mechón sobre la frente de Víctor.

—Cuando nos repatriaron, un psiquiatra se interesó en mi caso. Intentaron reconstruir parte de mi memoria perdida.

—¿Cómo?

—Fue lento y complicado. Me enseñaban fotos de los lugares donde había vivido… No puedo recordar gran cosa, porque me mantuvieron todo el tiempo con la consciencia alterada.

Hipnosis, privación de sueño, una droga que estaba en fase experimental…

—Pero ¿de dónde sacaron esas fotos?

—La ayudante del doctor era mi hermana. Ella es psiquiatra y, en cuanto se enteró de dónde estaba, quiso unirse a los experimentos.

Estela se incorporó y miró a Víctor.

—Pero eso es una coincidencia morrocotuda.

Solo Estela podía decir «morrocotuda» en una situación así.

—Que una amiga de Dolores Rivera sea vecina mía también lo es, ¿no? ¿Crees de verdad que ha habido algo normal en mi vida?

Ella no supo qué responder. Le pidió que siguiera.

—Los recuerdos parecieron regresar poco a poco. Y permanecer. No todos, pero sí los suficientes para crear en mí la ilusión de un pasado. A partir de esas fotos pude reconstruir datos circunstanciales: olores, sonidos, voces… Era como si hubieran plantado semillas de recuerdos en mi cabeza y estas germinaran.

—Qué sensación más extraña, ¿no?

Víctor le cogía la mano, esa mano lo anclaba a la realidad.

—Me instalé entonces aquí, a veces mi hermana viene a visitarme y a ver cómo estoy.

—Se preocupa por ti, ¿no?

—Mucho, me ha ayudado en trances muy difíciles. Lo que quería contarte es que años después algo cambió. Puede que fuera por abusar de las drogas, no lo sé. Era como si otro pasado empezara a aflorar en mis sueños, un pasado en el que a veces ocurrían cosas que no tenían nada que ver con la memoria que había recuperado. Y ya no sé si esos recuerdos soñados son ciertos o una deformación creada por mi mente.

—Lo que no entiendo es que te mantengas cuerdo todavía.

—No sé si lo estoy. Hoy he ido a visitar a Amancio.

—¿Amancio?, ¿quién es?

—Quizá te he hablado de él. Nos hicimos amigos hace años. Es un hombre poco convencional y eso me gusta. Es un tío muy inteligente, fue profesor de filosofía, con él descubrí muchas cosas. Quedábamos todos los jueves en La Pagoda y me escuchaba. Esos encuentros también me mantenían pegado aquí abajo.

—¿Y qué problema hay con él?

—Estuve hace unas horas en su casa. Vi allí unas fotos, unas fotos en las que aparecía como amigo de mi hermana, como amigo de años, de muchos años antes de que nos conociéramos. Él nunca me lo había contado.

—¿Qué quieres decir? ¿Que vuestro encuentro no fue casual?

—Sí, eso exactamente.

—¿Y qué? Tampoco tiene nada de malo, tu hermana no podía vigilarte todo el rato y le pidió ayuda a un amigo, a su mejor amigo además, alguien con quien te llevarías bien.

—Puede que lo hicieran por mi bien, pero no puedo quitarme de encima la sensación de asco. Y hay algo peor…

Estela lo escuchaba entre ansiosa y desconcertada. Intentaba entender qué podía sentir Víctor, encontrar una justificación, un sentido a todo aquello.

—Vi otras fotos de Amancio, de sus vacaciones de verano en casa de sus padres. Había una barca de remos, era mi barca de remos; había un gato durmiendo, era mi gato. Eso significa que mis recuerdos, o los que yo creía mis recuerdos, no son míos, son de otras personas.

Estela apagó el cigarrillo y le cogió la cara con ambas manos. Le habló con toda la dulzura de la que una mujer puede ser capaz.

—Te acuerdas de lo que ha ocurrido en esta habitación, ¿verdad que sí?

—Sí.

—Y vas a recordar todo lo que va a ocurrir dentro de unos minutos.

Él, el alma en pena, se reía, feliz.

—No te rías, tonto. ¿Te vas a acordar o no?

—Siempre —sonrió, casi ruborizado.

—¿Y no te da igual todo lo demás?

Víctor la besó y dejó su cuidado, su pena y su miedo abandonados entre sus brazos.

XLIV

Una vieja canción
que ya no escucha nadie

Víctor solo tenía tres cosas claras en el caso Dolores Rivera. Lola había estado escondida en la casa de Gamboa-Ackerman, pero ya no. El doctor Aliaga con toda seguridad habría informado a la familia amiga sobre la visita de su hija y, puestos a saltarse el juramento hipocrático, sobre el motivo de dicha visita. Y, por último, Santiago Rivera quería ocultar la relación de su hija con su amigo constructor y por eso pretendía que detuvieran a Toni. Ni siquiera estaba seguro de todo ello y desde luego no parecía tener mucha lógica, pero era lo único de que disponía para ir tirando. Estaba esperando cualquier movimiento de los Rivera, que finalmente no fue el que esperaba.

De nuevo Julián, el mensajero del inframundo, le entregó un telegrama:

Quiero hablar contigo. Hotel Capri, habitación 501.
Esta tarde a las cinco. Virginia.

Había elegido un hotel poco conocido. Aunque pudiera resultar sórdido para una mujer como ella, Víctor conocía sitios infinitamente peores. Mientras se arreglaba para la cita no sentía el entusiasmo que cabría esperar. Después de veintitrés años iba a encontrarse con Virginia sin ansiedad ni temor ni excitación. Aquella mujer se había transformado para él en una pieza más del caso que estaba intentando descifrar. Sabía a la vez demasiado y demasiado poco sobre ella, todo el eros había desaparecido por completo de su recuerdo. Uno puede desear un misterio, es imposible desear un enigma.

Le resultó violento decir que le esperaban en una de las habitaciones; el recepcionista, hombre ya veterano y que se las sabía todas, le dedicó una sonrisa irónica. De nuevo las escaleras se le hicieron un mundo, todavía no estaba suficientemente recuperado.

Se detuvo en el rellano de la planta quinta. Tomó aire, por un momento se preguntó si no habría caído en una trampa. La puerta de una habitación al fondo se abrió y salió la chica que hacía la limpieza, que lo miró de arriba abajo. En ese hotel no eran muy dados a la discreción. Una vez que recuperó el aliento, se alisó la ropa. A pesar de todo, quería estar presentable. Al fin y al cabo, había esperado durante años ese encuentro, lo había soñado en las noches ateridas del gulag, en los delirios del opio, y ahora iba a ser algo real, tangible.

La puerta se abrió con suavidad. La estancia estaba en penumbra, como si Virginia no quisiera que Víctor viera en su cuerpo los agravios del tiempo. Había una cama de matrimonio con una colcha de color burdeos, un burdeos sanguinolento, por así decirlo.

Virginia le invitó a sentarse en la cama con un gesto mientras ella ocupaba un silloncito bajo delante de él. Un taquillón con espejo, situado enfrente, le permitía ver a Víctor su propia cara y el perfil de Virginia, lo que creaba una curiosa sensación de ambigüedad.

Su perfume no se parecía al que usaba Dolores, ni siquiera al que él imaginaba en sus fantasías. Era un perfume dulzón y sofocante que evocaba destinos incumplidos en ciudades de provincias, nada que se ajustara a la Virginia que durante años fue la estrella de la vida social de Madrid.

Era difícil ver los detalles de su cara, pero sí, seguía siendo la misma.

—Pensé que nunca llegaría este momento. —Virginia rompió el silencio con un asomo de risa nerviosa.

—Has tardado mucho en decidirte.

Víctor miraba a su alrededor. Una sensación de desasosiego reptaba por el suelo de aquella habitación.

—¿Por qué me has citado en este sitio? —le preguntó Víctor, intentando que su voz no delatara la emoción que sentía.

—Porque no quiero que Santiago se entere.

—¿Qué es lo que quieres?

—Quiero que dejes de buscar a mi hija.

El aspirador de la limpiadora en otra habitación rompió el silencio con un incómodo sonido aullante.

—¿Ha vuelto Dolores a casa?

—No, pero sabemos que está bien. Ya no estamos preocupados.

Hacía unas semanas, Víctor habría abierto su corazón a Virginia y le hubiera contado todo lo que sabía; ahora ni siquiera podía fiarse de ella. «Tenga cuidado con los Rivera, Víctor. Con todos ellos».

—¿Y Santiago? ¿Es de la misma opinión?

—No le digas nada, ya me encargaré yo. Él todavía espera que consigas traerla con nosotros. Yo sé que es imposible, de momento.

—Llevo semanas buscándola, creo que tengo derecho a saber algo más.

—Mi hija no sabe comportarse y yo quiero protegerla de un escándalo, Víctor.

—Santiago ha puesto su confianza en mí. ¿Quieres que le mienta? ¿Por qué iba a hacerlo?

Virginia se había inclinado hacia atrás, de manera que no podía ver su cara en la penumbra. Víctor escuchaba su respiración indecisa. Luego se inclinó hacia delante; ahora podía verla mejor y seguía siendo hermosa.

—Porque me quieres.

Víctor sintió la mano de Virginia sobre la suya. El corazón le latía violentamente. ¿Latía de deseo o latía de miedo? El latido le evocó aquel recuerdo perdido que apareció en la consulta del doctor Aliaga, cuando los cielos se abrieron y Víctor supo que iba a morir.

No hizo nada para evitarlo. Sintió cómo Virginia le cogía una mano y se la llevaba a su mejilla. Era suave y tibia. Le hablaba en un susurro, como si tuviera miedo de que las paredes escucharan lo que decía.

—No tienes que ser leal con Santiago. Él sabía que nos queríamos, te dejó morir como a un perro, te abandonó en el campo de batalla.

—No, él nunca hubiera hecho algo así.

—Llevo veintitrés años durmiendo a su lado. Conozco su insomnio, sé cuándo tiene pesadillas. Mi marido no tiene la conciencia tranquila.

Víctor se negaba a creer, aquello ya era demasiado.

—¿Cómo puedes confiar en él? Sabía que yo te pertenecía y me buscó durante meses. No descansó hasta que dio conmigo. —En voz baja, todo aquello sonaba viscoso, inmundo.

—Te buscó para protegerte, para cuidar de ti. —Víctor intentaba no dejarse llevar.

—Me buscó para tenerme. No es un hombre bueno, Víctor, hay muchas cosas que tú no sabes.

Víctor se levantó de golpe, no quería escuchar más, pero Virginia, impulsivamente, lo abrazó por detrás. Sintió su aliento en la nuca, sintió la firmeza de su pecho en la espalda, sintió su mano que se deslizaba entre los botones de su camisa.

—Víctor…

Él se giró, ahí estaba ella, como una adolescente esperando ser besada. Víctor rodeó su cintura con el brazo y la besó. La besó largamente.

—Amor mío…, a-mor mí-o —le susurraba Virginia al oído, con una voz que no parecía la suya.

Y entonces todo su cuerpo se puso alerta. Cada célula de su piel sintió que esa mujer ya no era aquella Virginia de su recuerdo. No es que el tiempo la hubiera envilecido, no es que hubiera perdido la bondad, la claridad del alma que lo enamoraba en aquellas cartas que se sabía de memoria, es que era como si estuviera besando a otra mujer. Y una mujer que no le gustaba, una desconocida que su cuerpo y su corazón rechazaban.

—No, Virginia.

Víctor se separó de ella y retrocedió un par de pasos.

—Es normal que estés asustado, cielo —le dijo ella con una sonrisa que pretendía ser dulce.

«Cielo», una de las tiernas palabras que ella escribía, pero al oírla ya no se emocionaba. Le pareció extravagante, fuera de lugar en ese momento. Casi sin que Víctor tuviera tiempo de reaccionar, Virginia se había desabrochado la blusa. El gesto parecía maquinal, premeditado, y no hizo sino empeorar las cosas.

—Me voy a marchar —dijo Víctor atropelladamente.

—No, por favor. Siento haber sido brusca, yo…

—No, no es eso. Es que no puedo, ya no…

Notó que Virginia se irritaba, no parecía acostumbrada a que le dijeran que no. Intentó no ofenderla.

—No te preocupes, abandono el caso. Espero que Dolores sea feliz. Os deseo lo mejor.

Víctor era consciente de que todo lo que decía era terriblemente convencional, pero era tal su ansiedad, sus ganas de salir de aquella habitación, que no encontraba las palabras.

Al llegar a la puerta se volvió. Virginia se abotonaba de nuevo, y en ese momento torpe y humillante Víctor encontró la única verdad entre toda la pantomima que había tenido lugar. Fracaso y vergüenza.

—Quiero irme la primera. Quédate unos minutos —le pidió, manteniendo la compostura.

De pie en la oscuridad, Virginia había adquirido una extraña dignidad trágica. Él notó que las lágrimas brotaban de sus ojos. Entonces, ella le dijo algo misterioso que Víctor no entendería hasta mucho más tarde.

—No me condenes.

Y Virginia se puso el abrigo y cogió su bolso. Salió al pasillo sin decir una palabra más. Víctor se quedó sentado en la oscuridad, sintiendo que otra pieza del decorado de su vida había sido desmontada.

XLV

La vida no es justa

Al entrar en el ascensor del zigurat, Víctor se cruzó con un tipo corpulento de unos cincuenta años, con una cara grande y el principio de lo que pronto sería una papada de prócer. Un fino bigote pretendía añadir carácter y virilidad a una figura que transmitía la sensación de algo gelatinoso. Si Víctor hubiera reparado en él, se habría dado cuenta de que tenía los ojos inyectados en sangre y los puños apretados. Pero la cabeza de Víctor estaba en otra parte y no lo vio, a pesar de que el individuo salió del ascensor como una exhalación y su cuerpo chocó con el suyo.

Hablar de enajenación para describir el estado de Víctor cuando llamó a la puerta de Estela sería casi un eufemismo, pero incluso así era evidente que su vecina estaba llorando y que alguien le había pegado en la cara.

Había en el salón y en el dormitorio señales de drama doméstico: un vaso roto, sillas caídas. Víctor le ocultó de dónde venía y le sujetó el rostro con delicadeza, tomándola por la barbilla para comprobar el alcance de los golpes. No le habían estropeado la cara, en dos días no se notaría, pero la idea de que alguien hubiera podido agredirla le puso muy furioso.

—¿Quién ha sido?

Ella negaba con la cabeza.

—¿Ha sido el tipo ese?, ¿el que te paga todo esto?

Estela se separó de él.

—Tengo que ponerme hielo.

—¿Cómo se llama? ¿Dónde vive?

Ella ya estaba sacando cubitos del congelador y envolviéndolos en un paño de cocina.

—Dime su nombre, Estela.

—Solo vas a conseguir empeorar las cosas.

—¿Por qué? ¿Por qué lo ha hecho?

Ella lo miró mientras sostenía el paño con hielo contra su ojo. Iba a decirle algo, pero calló y se dirigió al aseo.

Mientras Estela se miraba en el espejo del baño, Víctor calibró el estado de aquella desolación. Tuvo el impulso de volver a poner en su sitio uno de los portarretratos con las fotos de Servando y Margarita en su dorada paz manchega, pero se detuvo porque intuía que no tenía sentido arreglar lo irreparable. Estela volvió al salón y se dejó caer sobre el sofá.

—¿Tardará en quitarse?

—En unos días desaparecerá, tranquila.

—Me ha echado de aquí, tengo un día para marcharme.

—No puede hacer algo así.

—Claro que puede, todo es suyo.

Se dolió al apretar el hielo contra el ojo.

—Pero yo no. Yo no soy suya —añadió con orgullo.

Fue a buscar un paquete de cigarrillos en su bolso, pero como solo podía usar un brazo mientras sostenía el hielo contra su cara el paquete se le cayó al suelo. Intentó recogerlo y sacar un pitillo con una sola mano, pero no podía. Se rindió y se le escapó un gemido.

—Dice que no tengo talento alguno, que no valgo para nada, que me mentía solo para poder acostarse conmigo.

Víctor condujo a Estela hasta el sofá. Luego se inclinó, recogió el paquete de tabaco del suelo y encontró un encendedor en el bolso. Sacó un cigarrillo y se lo puso en los labios. Se lo encendió. Estela lo agradeció con un gesto y las primeras caladas parecieron serenarla.

Víctor se sentó a su lado e intentó acariciarle la cabeza, pero en ese momento Estela no quería estar en los brazos de ningún hombre. Él pensó en Servando y en lo que le dijo aquel día en el Retiro. Y sintió rabia.

—Algún día tendrás tu oportunidad —dijo, intentando sonar convincente.

Estela se volvió a levantar.

—No sé por qué sigo esperando que llegue ese día… Quizá debería olvidarme de todo y volverme al pueblo.

Víctor no tenía el valor para pedirle que resistiera; hay derrotas apacibles y hay hundimientos, y Madrid amenazaba con devorar a Estela. Sintió pena por ella y también por él. Se había acostumbrado a su cara, al sonido peculiar de su voz, a aquella forma atolondrada de reír. Sabía que no era para él, porque él era demasiado viejo, demasiado oscuro, alguien deshecho hacía tiempo…, pero aquella manera de aparecer sin avisar, llamar a su puerta, consultarle, eran cosas que habían pasado a formar parte de su vida. Le gustaba cuidar de ella y que ella cuidara de él y ahora… Ahora ya no.

—Puedes quedarte en mi casa el tiempo que quieras. Puedes quedarte donde estaba Toni mientras encuentras dónde instalarte.

—No, no, me voy a casa de una amiga. No te preocupes por mí.

No, ya no. Estela le entregó un papel con un número anotado en él.

—Este es el teléfono de mi amiga. Para lo que quieras. No nos perdamos.

Él sabía que aquello era el fin. ¿Y qué? Había perdido ya tantas cosas…

—¿Has sabido algo de Toni? —inquirió Víctor.

Estela tardó un instante en negarlo con un gesto mientras recogía las cosas del suelo de un modo un poco absurdo.

—Creo que yo tengo la culpa de que se haya marchado. —Víctor quiso hacer una última confesión.

—No puedes encerrar a un hombre como Toni.

Víctor asintió para sus adentros y era verdad, Toni no era como él. Estela reparó en la mirada perdida de su amigo y de un salto se sentó a su lado. Le cogió del brazo.

—Ya no seremos vecinos, pero seguiremos siendo amigos, ¿verdad?

—Claro —dijo él sin convicción.

—Y nos veremos de vez en cuando y me llevarás al cine del bracete o a comer a sitios chulos. ¿A que sí?

Ah, qué ganas de encerrarse a solas y dar rienda suelta a su tristeza. La idea de que cada vez que pasara frente a su puerta ya no estaría ella se le hacía intolerable. Estela se situó frente a él, quería que la mirara.

—¿Ha bajado la hinchazón? ¿Estoy guapa?

Víctor sonrió. Maldita sea, sí que lo estaba.

XLVI

Signos evidentes de violencia

Ahora estaba de nuevo solo, como al principio. Más solo si cabía. Sin Estela, sin Toni, sin Amancio, sin la leyenda de Virginia. Ni siquiera tenía ya un caso, lo habían echado.

¿Qué le quedaba? Se le pasó por la cabeza volver a su viejo vicio, pero incluso para ello hacía falta una determinación de la que en ese momento carecía. En las últimas semanas, la resolución de un enigma lo había mantenido despierto, con brío. Ahora todo era un enigma, empezando por su hermana y por él mismo. Pensó en llamar a Nicolás Gamboa-Ackerman y aceptar su oferta. Había algo monstruoso en aquel hombre, y a la vez sentía que ambos podrían entenderse. Le resultaba muy difícil explicarse esa intuición arbitraria. ¿Qué podía unir a un hombre acostumbrado al dominio y a los golpes de fortuna con un desvencijado morfinómano de frágil estabilidad mental? Pudiera ser que esa dureza que había en los ojos del constructor fuera en realidad ironía, la ironía de aquel que compadece a otros hombres.

El teléfono empezó a sonar. En la vida de Víctor el sonido de aquel timbre nunca fue promesa de una alegría o una buena noticia, siempre fue la angustiosa anticipación de algo complicado, algo fundamentalmente desagradable.

Víctor se levantó de la cama y corrió al salón tropezando con los muebles, pero llegó demasiado tarde. Hubo un silencio tenso tras los atronadores timbrazos. De repente, el aparato volvió a sonar.

Solo entonces se dio cuenta Víctor de que no deseaba responder a aquella llamada, porque temía lo que significaba. Cogió el auricular. Era Marion.

—¿Has leído la prensa?

La voz de Marion sonaba extraña, entre la frialdad y la rabia contenida.

—¿Qué me he perdido?

Marion se quebró, y Víctor escuchó asombrado algo que sin duda era previsible, pero que no tenía por qué haber pasado. No debería haber pasado.

Cuando colgó, su expresión era de una impotente perplejidad. El cadáver de Dolores Rivera, Lola, la «encantadora debutante que a todos supo deslumbrar con su modestia y su saber estar», la mujer que enamoró a Nicolás, a Toni y a Estela, había sido encontrado semienterrado en un bosque.

Volvió a disponer sobre la gran mesa del comedor todas las pertenencias de Dolores que estaban en su poder. Las cartas, los diarios, las fotos. Ahora eran la voz de alguien que estaba al otro lado del tiempo y cobraban una hondura que lo estremeció.

Abrió de nuevo la cajita que había forzado de un disparo. Allí seguían la dalia reseca, la pequeña piedra pulida y jaspeada, el cabo de vela medio consumido, el camafeo atado con una cinta de seda de color zafiro, las fotos y la llave de una caja de seguridad. El tesoro de una niña. Una niña muerta.

Víctor acudió a la calle General Mola, a la para él familiar Brigada de Investigación Criminal, donde tenía algunos conocidos y no todos ellos lo apreciaban.

Hubo un tiempo en que aquel mundo de despachos y pasillos, insular y ensimismado, habitado por hombres que no se hacían ilusiones respecto a sus semejantes, complacía a Víctor. Aquellos policías, algunos perspicaces, algunos brutales, algunos de una inteligencia verdaderamente notable, oscilaban entre la actividad insomne y la tranquila abulia del burócrata. Encontraba en aquellos varones desencantados, poco dados al sentimentalismo, espíritus afines al suyo. Sixto era uno de ellos; no pretendía tener el monopolio de la investigación y siempre lo ayudó en lo que pudo. A veces se cobraba esos favores mediante las informaciones que Víctor pudiera proporcionarle. Los policías solían despreciar a los investigadores privados, siempre encargados de casos de poca monta para los que no se molestaba a un agente, individuos que no habían jurado su cargo, gentes de dudosa lealtad, a veces expolicías que no habían llevado con honor su placa. Sixto, por el contrario, siempre lo trató con respeto y cierta cortesía profesional. Cuando Víctor le preguntó por el cadáver de Dolores Rivera, Sixto se lo llevó discretamente a un cuarto de archivos.

La luz entraba por un ventanuco y hacía visible el polvo en suspensión de los legajos.

—¿Cómo lo has sabido?

—Sus padres me encargaron hace semanas que la encontrara. Llevaba unos días sin regresar a casa. ¿Qué pensáis?

—No pensamos nada hasta que no llegue el informe del forense. ¿Qué sabes tú?

—Que hace un par de semanas que la vi. La vi salir del médico de la familia. La recogió un Buick Electra de color marengo. Pertenece a Nicolás Gamboa-Ackerman.

Sixto lanzó un silbido.

—¿Por qué ese silbido?

—Es incómodo molestar a ciertas personas. Luego los superiores te tiran de las orejas. ¿Crees que pudo haber sido él?

—Creo que puede saber algo que os interese.

Víctor se dio cuenta de que todo aquello suponía un mundo para Sixto. A continuación, extrajo de su bolsillo la llave de la caja de seguridad y se la entregó al policía.

—¿Y esto?

—Estaba entre las cosas de Dolores que me dio su padre. La tenía a buen recaudo —mintió Víctor.

—Parece la llave de una caja de seguridad.

—Tendréis que adivinar a qué banco pertenece. Ahora dime algo, lo que sea. Yo ya he abandonado el caso, pero me gustaría saber al menos cómo murió.

Sixto dudó un instante, pero finalmente se decidió.

—Habían enterrado su cuerpo en un bosquecillo cerca de Villaviciosa de Odón. Se ve que un jabalí estuvo escarbando y la mano izquierda del cadáver quedó al descubierto. Una pareja de seminaristas se la encontró, mientras buscaban setas.

—No fue un entierro concienzudo.

—No. Se ve que lo hicieron a toda prisa, aquello no fue profesional. El cadáver presentaba varias heridas con arma blanca en el cuello y un golpe muy visible en la cabeza.

—Redundante, ¿no?

Sixto no añadió más, no se quería comprometer.

—Gracias, Sixto. Ya te dejo.

—Alguna vez la vi en las revistas, era una chica muy guapa. Qué lástima, ¿no?

Habría tanto que Víctor podría contarle a Sixto… Pero ¿para qué?

—Sí, qué lástima.

—Gracias por la información. ¿Te puedo ayudar en algo más?

Sí que podía, y Víctor le dejó un encargo muy concreto. Luego salió del edificio y regresó andando por las calles de un mundo que ya no pisaban los delicados pies de Dolores Rivera, que ni Toni, ni Nicolás ni nadie más volvería a besar.

XLVII

Tus amigos no te olvidan

Como una última ironía, que hubiera sido muy del gusto de Dolores, la mañana de su entierro el sol lucía desafiante, hasta el punto de resultar incómodo.

Dadas las circunstancias de su muerte, en el entierro solo se presentaron los íntimos, que en una familia como los Rivera no eran pocos. Víctor estaba entre ellos. Aunque el caso ya no era de su incumbencia, tenía una necesidad imperiosa de saber quién iba a acudir y cuál iba a ser su actitud. No se volvería a dar la oportunidad de verlos a todos juntos. Un final de partida.

Estela lo acompañó porque era una sentimental y porque en cierto modo sentía que estaba vinculada al destino de su ocasional compañera de farras.

La comitiva, encabezada por el coche fúnebre, recorrió solemne el camino desde la iglesia de San Francisco de Borja hasta el cementerio. Víctor y Estela cogieron un taxi y les dio tiempo a llegar un poco antes.

Estela llevaba unas gafas de sol y Víctor le pidió que se las apartara un poco para ver cómo tenía la cara. Ya no había restos de la paliza. Paseaban entre las tumbas haciendo tiempo y a Víctor le alegró ver que Estela estaba feliz; la habían llamado para un pequeño papel en una novela en Televisión Española, una adaptación de Balzac. Eso supondría dos o tres sesiones. Víctor no tenía novedades que contarle, salvo que su hermana estaba muy enferma y quería verlo. Tenía que armarse de valor para ir a visitarla.

Más allá de las cruces, los ángeles con las alas desplegadas y las esculturas sollozando sobre las lápidas seguían estando Madrid y sus dos millones y medio de almas y el ruido y la actividad ciega. En el cementerio había silencio y alguna familia que piadosamente se acercaba a los que fueron. Víctor se sentía en parte miembro de esta populosa nación de los muertos.

—¿Crees que sufrió? —preguntó de repente Estela.

—No… Lo que la mató fue un golpe en la cabeza.

—¿Sabes quién fue?

Él negó con una sonrisa triste, y entonces vieron acercarse la comitiva al panteón familiar. Estela se agarró de su brazo y se aproximaron.

Víctor no tenía demasiados amigos, así que no frecuentaba bodas, ni bautizos, ni primeras comuniones, pero un detective sí que debe acudir a algún entierro. Sabía ya por experiencia que había una radical diferencia entre los entierros de ancianos y los de jóvenes. Los primeros tienen más de encuentro de amigos para decir adiós a una vida cumplida, se respira un aire amable y hasta cordial, el humor es permitido. En los funerales de personas muertas cuando solo eran una promesa es donde verdaderamente se respira la tragedia, el escándalo de la muerte. En el entierro de Dolores había una negra desesperación con aristas.

Víctor sentía una abstracta compasión por aquel evasivo fantasma a cuya búsqueda había consagrado las últimas semanas, tarea que en cierto modo lo había salvado. Libre del dolor lacerante de la pérdida, podía dedicarse a observar, porque era a observar a lo que había ido.

¿Quién había acudido al funeral de la joven reina de la belleza? Santiago y Virginia, por supuesto. Su estado era calamitoso, no había un dolor impostado, era un dolor verdadero, realmente daba pena verlos. Por encima de toda la contención de clase alta, de la vestimenta impecable, se respiraba una congoja convulsa de plañidera rural a punto de romper en cualquier momento. Víctor era un detective peculiar, desordenado, con algunos serios problemas con el pensamiento lógico y unos hábitos de conducta poco recomendables para mantener la claridad mental que se esperaba de un hombre de su oficio. Sin embargo, tenía intuición, era hombre de corazonadas, de pálpitos. En su época en el campo de prisioneros —donde las pocas cosas que destacaban sobre el blanco de la nieve eran determinantes para mantenerse con vida— aprendió a leer el rostro humano, y ahora no se le escapaba la naturaleza completamente distinta del sufrimiento de Santiago y el de Virginia. En Santiago, la nota principal era un estupor de hombre atropellado por los acontecimientos que todavía estaba empezando a entender la magnitud de lo que ha ocurrido. En Virginia había algo diferente, había contrición, había culpa.

¿Quiénes más? Estaba el doctor Aliaga. Si en su segundo encuentro a Víctor le pareció que había reducido su empaque, ahora, a la luz del día y en un exterior, el galeno se le antojó casi inexistente. No podía dejar de pensar que en sus años de juventud, Aliaga, como todos los estudiantes de medicina, había diseccionado cadáveres. Los médicos nos ven como proyectos de muertos. Parecía distraído, como alguien que ya no pensaba apenas en las cosas de este mundo.

Y, destacando dondequiera que se situase a pesar de que había elegido una posición discreta para no llamar la atención, estaba Nicolás Gamboa-Ackerman con una expresión indescifrable, aunque ello en él no era una novedad. Separado de los presentes, pero siempre atento a la menor indicación de su amo, el solemne Marco Aurelio. Nicolás tenía aspecto de haber dormido mal, probablemente a causa de sus migrañas. Probablemente.

Marion también estaba allí, voluntariamente confundida con los asistentes. Víctor la vio avanzar despacio entre la gente para, en el momento en que sacaron el féretro del furgón y lo acercaron a la verja de hierro del panteón familiar, extender un brazo y depositar una rosa encima de la corona desproporcionada que cubría la caja. Luego retrocedió y Víctor la vio alejarse entre las avenidas de cipreses.

Solo el sacerdote, un monaguillo y los padres entraron en el recinto del panteón. En el silencio de la mañana, entre los murmullos de los vivos y los trinos de los pájaros, se escuchaban las oraciones salmodiadas mientras un intenso aroma a incienso y un frío húmedo se escapaban del interior. Víctor se fijó en Nicolás, que ya había reparado en su presencia y encaminaba sus pasos hacia donde él estaba junto a Estela, que, como estaba llorando, no se dio cuenta de que él se aproximaba. Víctor sabía que los miraba tras sus gafas ahumadas. Pasó al lado de ambos y posó una mano sobre el hombro del detective. Luego se separó un poco de la congregación y encendió un cigarrillo.

El momento fue interrumpido por el golpe de mazo que asestaron sobre la lápida para sellarla. Ese golpe era el conjuro definitivo. Lo que fue el cuerpo mortal de Dolores quedaba ya separado del mundo para toda la eternidad. Separado de la mirada de padres y amantes, del sol de aquella mañana y del canto de los pájaros, de los placeres de la vanidad y de las locuras de las noches, confinado año tras año en una tiniebla húmeda, deshaciéndose hasta quedar reducido a polvo. Todo eso resumido en unos golpes que resonaron en toda la bóveda. Algo que todo el mundo allí presente entendió a la perfección.

Aquellos golpes de mazo marcaron el fin de la ceremonia, y fue como si a partir de entonces todo resultara incómodo, sin sentido, ridículo, como si un foco de luz hubiera caído sobre un hormiguero. El sacerdote y el monaguillo, los empleados de pompas fúnebres, Santiago y Virginia salieron a la luz aturdidos, poseídos por cierta urgencia de marcharse de aquel lugar.

A pesar de las estrictas normas que regulaban esas formalidades en la clase a la que los Rivera pertenecían, hubo algo de caótico en el momento de dar el pésame. Se los veía francamente desbordados. Víctor se acercó a expresar sus condolencias. Estela no quiso ir y procuró discretamente que Santiago no pudiera verla. Virginia se comportó como si no se conocieran, Santiago lo abrazó de una manera convulsa que le extrañó y le dejó mal cuerpo. Todavía estaba intentando entender el sentido de aquello mientras cogía a Estela del brazo.

—Vamos, Estela. Vámonos de aquí, ya no pintamos nada.

Y se alejó pensando que ya caía el telón sobre esa parte de su vida…, pero cómo evitar una última mirada hacia atrás. Santiago y Virginia se habían apartado a unos pocos metros del gentío. Nicolás, al darse cuenta, apagó su colilla en el suelo y se acercó con tranquilidad a ambos, un amigo que se disponía a dar su más sentido pésame a un matrimonio devastado. Santiago torció el gesto y se negó a estrechar la mano de Nicolás, que aguardó imperturbable a que reconsiderara su actitud. Virginia estaba notoriamente avergonzada. Santiago por fin echó a andar, dejando a ambos atrás. Virginia y Nicolás discutieron un instante, una coreografía breve y crispada, vieja como el mundo: ahora sobreactúo mi indignación, ahora amago con marcharme, ahora te sujeto del brazo… Una tragicomedia de gestos solo posible entre dos personas que conocen su desnudez física y moral. Entre dos amantes.

Qué revelación para Víctor, que vio a Virginia alejarse

definitivamente de Nicolás y dar alcance a su marido, a quien agarró del brazo mientras ambos pasaban entre las hileras de contritos conocidos que manifestaban su pena.

Nicolás se quedó solo, encendiendo otro cigarrillo, y en ese momento Estela dio un grito. Un tupé se desplazaba a toda velocidad, visible por encima de setos y cruces, hasta que Toni —desencajado, con aspecto de haberse tomado medio bote de Bustaid— hizo su aparición y embistió como un toro a Nicolás, dando gritos de perturbado.

Nicolás era un hombre robusto y encajó el primer golpe sin perder el equilibrio. Con toda calma le devolvió un puñetazo que le reventó un labio. Toni dio dos pasos hacia atrás, tambaleándose, se llevó los dedos a los labios y vio su propia sangre.

—¡Toni! —gritó suplicante Estela mientras Víctor la sujetaba para que no se metiera en medio.

Luego Toni se puso de nuevo a gritar de forma inarticulada, girando los brazos en el aire como aspas, sin coordinación, sin estrategia. Y sin éxito.

Nicolás lo mantenía a raya sin que se le cayera el cigarrillo de los labios, hasta que apareció Marco Aurelio y golpeó con toda su fuerza al impulsivo niñato en la base de la espalda, haciéndolo caer al suelo. Otros invitados acudieron al olor de la sangre, encantados de contribuir a la detención del joven gamberro. Nicolás se alejó de la melé, atusándose el pelo despeinado y terminando de apurar el pitillo.

—Se ha buscado la ruina, pobre chaval —pensó Víctor en voz alta.

—Él no la mató —gimió Estela.

—¿Estás segura? —preguntó Víctor mirándola a los ojos.

Ella guardó silencio. Una pareja de grises apareció corriendo y se encargó de esposar a Toni, que tenía la cara ensangrentada.

Al pasar al lado de Estela y Víctor, Toni la miró como si se disculpara. Luego tropezó, le costaba andar. Cuando uno de los dos grises le pegó un tirón, se revolvió furioso y este le golpeó con la porra en una pantorrilla, haciéndolo gritar. Solo entonces Toni se dejó llevar, dócil.

Víctor se quedó pensando en que le tenían ganas y en que le iba a caer la del pulpo.

XLVIII

Una tarde en el hospital

Un olor a consomé, nardos y desinfectante que a Víctor le pareció sedante inundaba aquel pasillo, todo tonos pastel y carpintería blanca. Una monja salía de la habitación, y cuando él se presentó como pariente de Lucía Cano le confirmó que su hermana estaba en las últimas y los dejó a solas.

Víctor no esperaba que Lucía estuviera tan mal. Le impresionó ver su rostro consumido, lo que la leucemia había hecho de ella. Lucía estaba muy débil, la muerte se había instalado ya en sus pómulos y en sus labios. Al reconocerlo se aferró a su brazo, la mano estaba muy caliente y ese contacto de repente le desagradó.

—¿Cómo te encuentras? —dijo él, calamitosamente.

—No preguntes tonterías, Víctor. Sé que voy a morirme.

Víctor sintió que estaba de más engañarla al respecto; no a ella, desde luego. Se limitó a apretar con fuerza su mano.

—La muerte me ha acompañado toda mi vida, soy médico, después de todo. Siempre creí que cuando llegara el momento moriría con entereza…, pero tengo mucho miedo.

Se detuvo. Apenas le quedaban fuerzas para hablar.

—No te fatigues, Lucía. —Aún sentía amor por ella, a pesar de todo.

Ella inclinó la cabeza para verlo mejor.

—¿Quién te va a cuidar ahora, Vitín?

Lucía nunca se había dirigido a él con ese apelativo cariñoso.

—Creo que a estas alturas puedo valerme solo. Ya no soy aquel desgraciado que llegó a la clínica.

La miró. Aquella mirada la interpelaba, pero Lucía se encontraba en un estado de semidelirio.

—Todo fue por tu bien…

—Lucía, por favor, qué pasó en la clínica. ¿Qué hicisteis conmigo?

—Te devolvimos una vida que habías perdido.

Se quedó en silencio unos instantes, con un estertor monótono que salía de su nariz. Los ojos se cerraron hasta parecer dos hendiduras. Víctor temía que se fuera en ese momento.

Pasaron unos minutos en los que solo se escuchaba su respiración ronca. Luego despertó de golpe, como si saliera de una pesadilla, lo miró con los ojos desencajados y le indicó por gestos que se acercara más, su voz era ya insignificante. Víctor veía en ella una expresión que no era ni serena ni noble, un miedo de animal ante la muerte. Se inclinó sobre el rostro, y lo que salió, silbante y confuso, por entre sus dientes le pareció ridículo, le pareció absurdamente anticuado, le pareció atroz.

—Tú no eres Víctor Cano.

—Entonces, ¿quién soy?

Los ojos de Lucía Cano se entornaron lentamente, como una cortina que se cierra. Con un siseo se quedó dormida y a los diez minutos murió.

No llamó a las monjas, se quedó a su lado en silencio. Miró el cristo colgado en la pared. Las monjas creían que el alma de Lucía ascendería en esos instantes para enfrentarse al rostro bello del hijo de Dios. No sintió pena por ella, no derramó una lágrima, tampoco sintió odio. Le habían engañado, le habían hecho creer que era su hermana, le habían hecho creer que fue otro hombre. En ese momento, el alma de Lucía, todo lo que ella había sido, sus recuerdos, los conocimientos adquiridos durante una vida de estudio desaparecían de golpe, y con ella la mitad de la existencia de Víctor se había borrado una vez más.

Se levantó y registró las pertenencias de aquella desconocida con una furia fría, metódica. Cogió las llaves de su casa, encontró un tarjetero de piel con tarjetas de visita y cogió una.

LUCÍA CANO

Psiquiatra

c/ Hartzenbusch, 5, 3.º izqda.

Cerró el bolso cuidadosamente y guardó las llaves y la tarjeta en su bolsillo. Entró en el baño y cerró la puerta.

Lo que en aquella habitación se dijo en aquella habitación se quedó, pero para el nuevo Víctor que ya no era Víctor, para el hombre que se miró al espejo mientras se lavaba con jabón el brazo en el baño de la habitación, que ya no sabía exactamente quién era, ni siquiera cuántos años tenía, ya nada fue igual.

Al salir del baño, todo seguía como lo dejó. La muerte era lo único que no le ofrecía sorpresas en los últimos días de súbitas revelaciones. La única persona que podía responder a todas las preguntas que se amontonaban ahora en su cabeza ya no podía hablar. No en esta vida. Abandonó la habitación, pero antes de hacerlo se despidió con una mirada afectuosa. Ya no era su hermana, era una extraña y un misterio, pero había formado parte de su vida y lo había ayudado cuando más perdido estaba.

Se alejó por el pasillo donde ya empezaban a repartir la cena con un carrito. No le dijo nada a nadie. Sabía que Lucía era una mujer de un pudor especial y le hubiera gustado que la dejaran a solas unos minutos después de algo tan privado como morir.

Cuando salió a la calle, la sensación de extrañamiento no lo abandonó. Y supo que ya nunca lo abandonaría.

XLIX

La fábrica de la memoria

Víctor se dirigió a la calle Hartzenbusch. Entró midiendo sus pasos, como si tuviera miedo de hacer ruido, como si el fantasma recién liberado de Lucía pudiera haber regresado al que fue su refugio durante toda una vida de soledad.

Nunca había estado allí. Tampoco le sorprendía que su hermana no lo invitara a conocer su casa. Llevando él mismo una vida de recluso, no le parecía extraño que Lucía tuviera costumbres parecidas. Era su hermana, pero también su terapeuta, como siempre le recordaba. Ahora sabía que no era su hermana. ¿Qué encontraría en su refugio secreto?

La puerta daba directamente a la consulta. A su vivienda particular se accedía por otra puerta corredera situada en mitad de un pasillo.

La parte abierta al público —apenas un recibidor, un baño, una sala de espera y un despacho— era un alarde consciente de diseño funcional y elegante austeridad. Pretendía transmitir a sus acaudalados pacientes una sensación de calma y orden; era un lugar donde su alma atribulada acabaría encontrando paz, espacio y luz. También satisfacer un prurito de esnobismo, sin el que su clientela no podía vivir.

Abrió la puerta que daba a su domicilio. Entraba en el reino de Lucía, en su intimidad más estricta. Separada del anterior orden de recinto zen, el ala donde Lucía vivía su misteriosa vida privada era de una índole por completo diferente.

Su hogar era como una conciencia llena de recuerdos. Abigarrado, abundante en estanterías donde se amontonaban libros y revistas de psiquiatría. Mesas con más libros, muchos portarretratos con fotos, recuerdos de viajes, cuadros de pequeño formato de artistas vivos. La casa todavía olía a ella e incluso había alguna prenda puesta a secar sobre una silla. No es que hubiera un desorden alarmante, pero sí era un reino reservado donde se esperaba que viniera poca gente. En el baño había gotas de sangre en el lavabo, Lucía había acudido por su propio pie a urgencias cuando ya era inevitable. ¿Cómo atreverse a profanar aquello?

Se sentó en una butaca y empezó a hojear uno de los álbumes de fotos. Como esperaba, la casa de las rejas de hierro y la galería acristalada, con un marco de piedra labrada abrazando el portón principal, aparecía una y otra vez, a veces con sus padres (los que él recordaba) y con el niño de la foto que Víctor tenía en su casa. Pudo ver mejor al niño en otras muchas. El niño era el hermano de Lucía, pero aquel niño no era él. Lo vio crecer en las fotos de una vida, en actitud sonriente y fraterna junto a su joven hermana. Lo vio vestido de combatiente del Ejército Popular, vio las fotos que este mandó desde el frente. Luego desaparecía. La ausencia era notoria, se repetían los rostros, se repetían los rituales y los escenarios, pero el joven de los ojos claros y la sonrisa franca ya no estaba. En las imágenes de la infancia de Lucía, Víctor reconoció algunos de los muebles y objetos decorativos de su propio apartamento. En otras aparecía, claro está, Amancio, viejo amigo desde la juventud. Le hizo gracia ver a un Amancio joven, a medio hacer, tan diferente del que él llegó a conocer.

En un buró que había dejado abierto antes de marcharse a

toda prisa, Víctor encontró un libro de cuentas. Allí, con una precisión inquietante, vio registradas cada una de las transferencias mensuales que Santiago Rivera le había hecho a Lucía durante todos aquellos años. No solo había vivido en un piso de Santiago, como descubrió al leer el asiento en el catastro, sino que su amigo le había ayudado económicamente durante todo ese tiempo.

En un pequeño armario empotrado había unos estantes con archivos. Víctor encendió la luz amarillenta y procedió a buscar lo que le interesaba. No le costó dar, dentro de una caja etiquetada como «Clínica doctor Borau», con una voluminosa carpeta con el nombre «Víctor».

Y allí, con una letra casi candorosa, pero con una precisión alucinatoria, la larga crónica de un experimento que solo funcionó a medias.

«Nuevo ingreso. Soldado que ha pasado más de diez años prisionero en el gulag. Grave lesión craneal que le ha provocado una amnesia retrógrada radical. Carece de identificación, pero conserva una serie de cartas en las que su prometida se refiere a él como Víctor. Privado de recuerdos y de identidad, la lectura de esas cartas le ayuda a mantener el equilibrio mental durante las difíciles circunstancias de su cautiverio».

Ver condensada en un párrafo la tragedia que había sido su vida le resultó extraño. Víctor tuvo que sentarse para poder encajar las implicaciones de lo que estaba leyendo. Ante la imposibilidad de recuperar huella mnémica alguna, se intentó reconstruir una memoria falsa a la que el sujeto pudiera adherirse emocionalmente, eliminando así la angustiosa sensación de incompletitud. El tratamiento se sostuvo sobre altas dosis de metacualona y privación de sueño alternada con sesiones de hipnosis profunda. De manera verbal, y con el apoyo de material gráfico, descubrieron que las sugerencias y los relatos hechos por una persona de confianza quedaban fijados en la psique del paciente y este reelaboraba los recuerdos añadiendo detalles circunstanciales, de manera que era capaz de evocar el olor y la atmósfera de una habitación supuestamente frecuentada en su infancia y que solo conocía por narración oral y por una serie de fotografías.

Entendió entonces que a Lucía le había causado ternura aquel melancólico y consumido soldado que le recordaba a su hermano pequeño, fallecido en el frente del Ebro. Utilizó así sus recuerdos de la infancia, todo cuanto compartió con su difunto hermano y las fotos de los lugares familiares, a las que añadió algunas que le suministró su amigo Amancio. A ese nuevo hombre que había creado lo invistió con el apellido de la familia, como una manera de recuperar a su hermano muerto.

Las anotaciones se prolongaban años después de que le dieran el alta en la clínica. Santiago Rivera cedió su apartamento del Edificio España para que Víctor lo habitara. Se utilizó como atrezo parte de los muebles de la familia de Lucía, para así construir un decorado que le resultara familiar, que reforzara su sensación de pertenencia a un pasado recordado. Más adelante, Lucía solicitaría a su querido Amancio que trabara amistad con él, para poder así controlarlo cuando ella no estuviera disponible. La rocambolesca manera de entrar en contacto, haciendo que Víctor lo investigara, fue sugerencia del siempre imaginativo Amancio.

Dejó el informe de su caso sobre la mesa, sin devolverlo al archivo. ¿Para qué? Permaneció unos minutos en silencio, dejando que se disipara la onda expansiva.

Se levantó y hojeó un dietario en el mismo buró donde había encontrado el libro de cuentas. Las anotaciones sobre Víctor llegaban hasta el día en que Lucía acudió al hospital. No hubo un solo instante de su vida en que no se preocupara por él. Allí vio anotadas todas sus recaídas y sus crisis, todos sus progresos. Víctor,

Víctor Cano o comoquiera que se llamara en realidad aquel ser que respiraba y ahora mismo cerraba la carpeta fue la obra de su vida.

Antes de apagar la luz y abandonar la casa reparó en el portarretratos que tenía Lucía en el lugar donde trabajaba y hacía sus anotaciones. En la foto ella aparecía del brazo con él, un día feliz de hace muchos años, en los jardines de Sabatini.

Víctor rectificó, él fue el amor de su vida.

L

Una llave por otra llave

Víctor pasó varios días durmiendo. Necesitaba recuperarse definitivamente de los estragos del síndrome de abstinencia, y sobre todo no quería que la revelación de que media vida suya volvía a diluirse en la nada empezara a destruirlo.

Escuchaba mucha música en su casa, música instrumental en la que la voz humana estuviera ausente. Abandonó el gusto de las calles, que había recuperado. Ahora se bastaba a sí mismo y podía pasar horas mirando a través de las ventanas, abismado en la contemplación del celaje sobre la ciudad y los cambios de luz de la tarde. Evitó el consuelo fácil del alcohol. No sentir, no sufrir, no pensar… Tenía que blindarse como fuera.

No recibió ningún mensaje de Santiago informándolo de que en lo sucesivo debería valerse por sí mismo, así que no tenía urgencia por reaccionar; aunque, ahora que lo sabía, no le agradaba la sensación de vivir de prestado.

Sixto se puso en contacto con él y le comentó que habían localizado la caja de seguridad y habían conseguido una orden judicial para abrirla. El contenido era el previsible: algunos lingotes de oro y joyas de gran valor; sin duda, Santiago Rivera se había preocupado de que a su hija no llegara a faltarle de nada. Había en su interior, también, un contrato de arras a nombre de

278

Dolores para la adquisición de una casita de campo en un pequeño pueblo francés, Polignac.

—¿Te dice algo? —inquirió Sixto.

—Nada en absoluto —mintió Víctor.

Le preguntó por Toni. A Sixto le resultó algo embarazoso contárselo, pero al pandillero lo habían jodido bien. Un inspector demasiado expeditivo, a quien Toni le debía una, quiso arrancarle la confesión a hostias. No hubo confesión, pero Toni había dejado de ver por el ojo izquierdo y no le habían hecho caso, pensaban que estaba haciendo teatro. Lo irónico del asunto era que lo iban a soltar en pocas horas.

—¿Cómo es eso? —inquirió Víctor.

—Tiene una coartada. Según el forense, la muerte tuvo lugar el jueves de la semana pasada, y ese día Toni estaba acompañado.

—Suerte para él.

—Una muchacha, se dedica al teatro, vino a decir que ella estuvo con él todos esos días. Tú me entiendes.

Claro que lo entendía. Lo raro era que no hubiera pasado antes. A continuación tomó nota de la información que le había conseguido Sixto sobre un antiguo prestamista y confidente de la Brigada Político-Social, de nombre Justino. Pero lo primero era lo primero.

LI

Un hombre nuevo y un santuario

Víctor fue con Estela a recoger a Toni a la salida de la comisaría. Ella se lanzó a los brazos de Toni y lo besó. Por un momento se sintió incómoda de haberlo hecho en presencia de Víctor y miró hacia atrás, pero este, sin énfasis, le indicó con un gesto que no había problema.

Toni cojeaba un poco, aún estaba baldado. Todos sabían que no iba a recuperar la vista del ojo izquierdo, pero él se negaba a hablar del asunto. A Víctor le costaba reconocer al amo del corral de hacía apenas unas semanas. Era algo muy sutil, como si hubieran sometido su orgullo para siempre. La voz era distinta porque había perdido un par de dientes de una patada en la boca, pero se trataba de algo que iba más allá. Víctor sabía cómo se las gastaban en la Dirección General de Seguridad y que el Toni que él conoció ya no volvería.

Quería dejarlos solos, pero la pareja insistió en que lo celebraran los tres juntos, así que Víctor se los llevó a Casa Labra, que caía al lado, y se hartaron de cerveza, vermú y pavías de bacalao. Luego Víctor tuvo que irse porque tenía algo importante que hacer antes de enfrentarse definitivamente consigo mismo.

* * *

Cuando Marion le abrió la puerta de su casa, estuvo a punto de cerrársela en la cara.

—Solo dígamelo, necesito saberlo. Todo este tiempo estuvo aquí, ¿verdad?

Marion le dejó pasar.

La visita fue corta y melancólica. Víctor le trajo las cartas de ella que obraban en su poder y luego le hizo entrega de los objetos que había en aquella cajita —una dalia reseca, una pequeña piedra pulida y jaspeada, un cabo de vela medio consumido, un camafeo atado con una cinta de seda de color zafiro— y que ahora aparecían cargados de poder y significado. Marion los miraba arrobada, como si se tratara de exvotos de algo que pudo ser y no fue. Ignoraba que Dolores pensaba adquirir una pequeña casita en Polignac y se emocionó.

—Pobre niña, qué idea más loca y más bella.

Sí, Dolores se había refugiado en su casa. Quería huir de sus padres, pero no podía huir de sí misma; por eso salía a veces a ver a Toni, y por eso salía a veces a pedir consejo a Gamboa-Ackerman, y por eso su chófer la llevó al médico de la familia.

—Imagino que sería muy difícil para usted soportarlo.

Marion se revolvió.

—Nunca le hubiera hecho daño a Dolores. Jamás intenté retenerla. ¿Quién podría hacerlo?

A Víctor le avergonzaba tener que preguntar.

—Estaba embarazada, ¿no?

Marion asintió sin mirarlo.

—De él, de Nicolás, ¿verdad?

—¿Y eso importa? —lo interrumpió.

—No sabe hasta qué punto.

Marion se llevó las manos a las sienes. Estaba haciendo un esfuerzo por no derrumbarse, a Víctor le resultaba casi doloroso de ver.

—Ella me lo contaba todo. Todo… Un hombre como ese Ackerman… —Y ahí se le quebró la voz—. Un hombre así no debería tener descendencia, un hombre así no debería contaminar el vientre de Dolores.

Se levantó de golpe.

—Discúlpeme.

Víctor la vio dirigirse al baño. No cerró la puerta y estuvo un par de minutos con los grifos abiertos. Víctor miraba a su alrededor, imaginaba a Dolores moviéndose por aquella estancia, imaginaba las noches que ellas pasarían juntas en ese sofá donde él estaba ahora. Por un instante sintió como si el fantasma ligeramente burlón de Dolores hubiera regresado a aquellas cuatro paredes entre las cuales había sido feliz.

Marion regresó del baño. Se había lavado la cara, pero no podía disimular que había llorado. Marion volvió a sentarse junto a Víctor y acarició con las yemas de los dedos la piedra pulida y jaspeada que había pertenecido a Dolores.

—No hubiera funcionado, pero me gusta saber que se le pasó por la cabeza comprar aquella casita.

Víctor asintió y supo que había llegado el momento de marcharse. Se levantó suavemente, sentía que en aquel lugar debía moverse con delicadeza. Marion le habló por última vez.

—Gracias, Víctor. Me equivoqué con usted.

Víctor le agradeció la frase con una inclinación de cabeza y allí la dejó, mientras caía la tarde, absorta con una sonrisa triste en la contemplación de las ruinas de todo su mundo, que cabían en una cajita metálica de color verde.

LII

Una visita al oráculo

Llovía. Llovía de una manera constante, abrasiva. Aquella casa desvencijada, malamente construida hacía cuarenta años, apenas era habitable. Mientras avanzaba por el camino, tan solo iluminado por una luna mortuoria, surcando huertos y montañas de cascotes y basura, Víctor intuyó que no iba a necesitar la Luger que traía consigo.

Una bombilla ruin alumbraba el interior de la casa, cuyas contraventanas de madera astillada estaban cerradas, con lo que solo se distinguían franjas de luz rojiza. Aquel hombre no quería llamar la atención.

Si alguna vez fue temido, hoy estaba prácticamente olvidado. La casa olía de lejos a muerte y a miedo, pero a su miedo. Alguien lo vio venir por el sendero. La puerta se abrió y una figura muy corpulenta se dibujó a contraluz.

Era un mocetón alto y grueso, Víctor notó enseguida su retraso mental. Era el único que le seguía siendo fiel. El muchacho, claramente asustado, se abalanzó sobre él para impedirle el paso, pero a Víctor no le resultó difícil derribarlo al suelo y darle una patada que lo dejó llorando y buscando a gatas sus gafas entre el estiércol mojado por la lluvia.

Entró en la vivienda, donde se oía un sonido sibilante. Las

gallinas picoteaban en un estrecho salón con cocina, la guarida de alguien con un incipiente síndrome de Diógenes. Olía a butano y a mierda. Un cazo con sopa de sobre se había derramado sobre un hornillo de *camping* gas. Lo apagó y cesó el silbido. Ahora permanecía el golpeteo de la lluvia sobre un remiendo de uralita en el tejado y el zumbido de las moscas por todas partes. Desde el dormitorio le llegó una débil respiración, que también era un gemido.

Ahí dentro, el desorden se multiplicaba y el hedor era insoportable. Víctor le dio una patada a una botella en el suelo, lo que provocó un estruendo que alborotó a las gallinas. Las suelas de sus zapatos resbalaban con algo grasiento. Oyó una voz desde una esquina en sombra.

—Agua…, tengo sed.

Víctor salió y entró de nuevo en la habitación más grande, buscó entre el caos de la cocina y encontró una taza de peltre desportillada. Rogó que del grifo raquítico brotara algo de líquido y algo salió, un chorro débil y turbio que sugería que el agua venía de un depósito.

Respiró hondo y entró en el dormitorio. Una luz exigua estaba encendida. Las sucias, febriles sábanas de la cama estaban empapadas en sudor y fluidos corporales, pero Justino, el que había sido el terror de Usera, dormitaba en una butaca sucia y medio desvencijada. Le bastó con mirar su rostro lleno de arañas vasculares, la nariz deforme de un enfermo de rosácea crónica y el temblor de los brazos incluso en reposo para saber que aquel desecho que alguna vez fue un hombre estaba en una fase extrema de alcoholismo.

Víctor le ofreció el vaso de agua y el hombre lo bebió con avidez hasta que, al ver la cara de Víctor, los ojos se le dilataron de espanto e intentó levantarse de la butaca y abrazarse a las piernas de su visitante.

—No me mates, por la Virgen, no me mates…

Aquel naufragio, aquel cuerpo literalmente corrompido por dentro se agarraba todavía a la vida.

—¿De qué me conoces?

El hombre se arrastró, alejándose de él. Víctor se sentía incapaz de tocarlo, así que para que no se moviera le pisó la espalda. Aquello volvió a gemir.

—Yo no lo maté, yo no maté a Víctor, fue Santiago, ¿no te acuerdas?

Primero pensó que Justino se había vuelto loco, pero en ese mismo instante un pensamiento abismal cruzó su mente.

—¿Cómo me llamo?

El hombre lo miró. No entendía el sentido de una pregunta así.

—¿Cómo me llamo? ¡Dímelo de una vez!

—Alfredo.

Y entonces pensó que era él mismo el que iba a enloquecer.

LIII

Bajas de guerra

Se estaba tan a gusto calentándose junto a la chimenea. El granjero los asustó con que si de noche había lobos y su hija mayor era una muchacha muy guapa de diecisiete años, Galina. Así que a Santiago y a Víctor, a Alfredo y a Justino no hubo que insistirles demasiado en que se quedaran a pasar la noche en aquella casa.

Se habían acercado allí en busca de víveres. Un poco de carne, salazones, huevos, algo con lo que pudieran alegrar un poco la magra dieta de la que disponían. Los habían acogido; los españoles tenían buena fama entre los campesinos, pagaban bien y confraternizaban con ellos, nada de la fría distancia alemana.

Alfredo había hecho buenas migas con los dos hermanos pequeños de Galina, una niña muy espabilada y un rapaz que era un demonio, pero que se reía con algunos trucos de manos con los que Alfredo lo asombraba. Llegó la hora de acostarse y Víctor y Alfredo salieron a inspeccionar el exterior y a echarse un último pitillo antes de dormir.

Un viento helado venía de los bosques. Y con él, en efecto, el aullido de los lobos.

—No me puedo acostumbrar a oírlos —dijo Alfredo.

—¿Crees que hemos hecho bien en quedarnos? —preguntó Víctor.

—Se nos habría echado la noche encima. ¿Tú te ves caminando esta noche por ahí?

—Quita, quita.

—Mañana daremos alcance a los nuestros. Llegaremos antes de que levanten el campamento.

Alfredo temió que alguien pudiera ver la brasa del cigarrillo a lo lejos y la cubrió con la mano. Se dio cuenta de que Víctor se asustó al verle hacer eso y sintió cierta ternura por él, tan joven, tan ingenuo. Víctor se había enrolado porque quería que su novia, Virginia, lo considerara un hombre. Él, Alfredo, se enroló para escapar de la justicia.

—¿Crees que ellos estarán ahí, tras los árboles?

—Si estuvieran tras los árboles ya estaríamos muertos, Víctor.

—¿Conviene que uno de nosotros se quede de guardia?

Alfredo negó con la cabeza.

—Creo que necesitamos descansar. Mañana nos espera una marcha difícil.

Ambos dieron una última calada a su cigarrillo y se fueron a dormir. Justino y Alfredo lo harían en la cocina de la granja, y Víctor y Santiago en el granero.

No sabía cuánto tiempo llevaba durmiendo cuando Alfredo sintió una mano que lo zarandeaba por el hombro. Al abrir los ojos vio el rostro desencajado de Víctor.

—Mierda, esto no me gusta nada —dijo.

—Pero ¿qué es lo que pasa?

—Hemos encontrado un transmisor de radio escondido entre la paja.

Alfredo se incorporó de golpe y despertó a Justino. Santiago entró a toda prisa desde el exterior, abotonándose la guerrera.

Hablaban entre susurros, pero frenéticamente. Las escasas llamas que quedaban en la chimenea proyectaban sus sombras en la oscuridad.

—Pueden haber avisado a los suyos.

—Somos solo cuatro soldados, no merece la pena —intentó calmarse Víctor.

—¿Es que tienes ganas de que te torturen para sacarte información? —le cortó en el acto Santiago.

En ese momento flotaba entre ellos el recuerdo del día en que encontraron a sus compañeros muertos en la Posición Intermedia, desnudos y clavados en la nieve con picos y bayonetas, y la brutal revancha posterior en las trincheras enemigas.

La puerta de uno de los dormitorios se abrió. Era el granjero, al que había despertado la agitación. Quería saber qué pasaba, pero era difícil hacerse entender. Santiago volvió en el acto su arma contra él y le gritó:

—¡Quieto! Cállate ahora mismo.

El granjero levantó las manos y no paraba de repetir una misma frase mientras sonreía tranquilizador. Cuando lo vio sonreír de esa manera, Alfredo se dio cuenta de que tenían un problema. La esposa del granjero salió en ese momento en camisón y al ver lo que ocurría empezó a dar gritos y se arrojó sobre Alfredo, que la redujo de un culatazo. La mujer cayó al suelo con un par de dientes rotos, gimoteando. El granjero se lanzó sobre ella para ayudarla, blandiendo el puño contra ellos e insultándolos a grandes voces. Santiago estaba fuera de sí. Bailaba sobre sus pies como un bailarín, apuntando a veces al granjero, a veces a su esposa.

—Diles que se callen, maldita sea.

—Calma, Santiago, calma —dijo Víctor poniéndole una mano sobre el hombro. Santiago se volvió y lo miró con odio.

—Justino, ve a registrar los colchones por si hay armas

escondidas. Santiago, trae a los niños. —Alfredo intentaba hacerse cargo de la situación.

Le indicó con un gesto de la cabeza a Víctor que encendiera la lámpara. La luz por un lado disipó la sensación de amenaza, pero también permitió ver los rostros aterrorizados de los dos granjeros. Víctor señaló las ventanas.

—¡Nos pueden ver desde lejos! —susurró asustado.

Alfredo entendió que tenía razón y se contradijo, indicándole que la volviera a apagar. Santiago apareció con los dos niños, que lloraban asustados. De nuevo la estancia era un caos de voces aterrorizadas, gritando en aquel maldito idioma del demonio. Santiago estaba cada vez más fuera de control.

—Que os calléis, joder. ¿Es que no me entendéis?

Les llegaron los gritos de Galina desde el dormitorio. Víctor corrió al interior a ver qué pasaba. Vio a Justino, que toqueteaba entre risas el cuerpo de la muchacha por debajo del camisón. Víctor se lanzó sobre él y empezó a pegarle. Galina salió corriendo. En el salón la esperaba Santiago, que la empujó hacia donde estaban los suyos.

Víctor salió primero, seguido de Justino, que se llevaba la mano a la mejilla dolorida. Santiago empezó a gritarle a la familia.

—*Orúzhiye? Orúzhiye?*

El campesino no paraba de hablar aceleradamente, dando explicaciones.

—No te entiendo, joder, no te entiendo. ¡Más despacio! *Medlyénnee…*

No supieron cómo ocurrió, pero Galina echó a correr y escapó por la puerta de la cocina hacia el exterior, en camisón. Gritaba y gritaba, agitando los brazos.

Alfredo no fue consciente de lo que estaba haciendo. Simplemente, el pánico le hizo perder todo sentido de la realidad y salió al exterior, apuntó a aquella figura blanca y apretó el gatillo. Un solo disparo bastó para que la muchacha cayera al suelo y dejara de gritar. A sus espaldas escuchó los gritos de desesperación de los padres, que no sabían lo que había pasado exactamente. Alfredo entró de nuevo en la cocina, justo a tiempo de ver cómo la madre saltaba sobre él e intentaba arrancarle los ojos con sus propias manos. Sentía en sus oídos sus agudos gritos de ave rapaz. Alfredo giraba y giraba en una cocina que era un caos de cuerpos pisoteados, gritos de furia y terror y unos soldados que apuntaban a todas partes con sus fusiles en la oscuridad. Finalmente, tras derribar una de las gruesas sillas de madera de pino, pudo desprenderse de ella con un empujón y la mujer cayó al suelo, golpeándose la cabeza con algo. Víctor encendió la luz. La lámpara oscilaba y las sombras bailaban sobre un cartel donde una robusta pareja de jóvenes agricultores construían el futuro, sonrientes, abrazados a desproporcionados haces de trigo y de maíz. El granjero ya no estaba allí. Antes de que tuvieran tiempo de reaccionar, regresó desde el dormitorio del matrimonio sosteniendo un viejo Mosin-Nagant. No le dio tiempo a disparar, porque Justino le descerrajó un tiro en el pecho que lo hizo retroceder y caer muerto.

Una oleada de algo demoniaco barrió aquella habitación, un sentimiento de inevitabilidad, una embriaguez de muerte; porque Justino, Alfredo y Santiago, incapaces de soportar el gorgoteo de la granjera, aturdida por el golpe, y los sollozos desgarradores de los niños, empezaron a disparar a ciegas. No querían matarlos, querían silencio, necesitaban silencio para no volverse locos. Y el silencio se hizo, y entonces comprendieron lo que acababan de hacer. Víctor perdió por completo el dominio de sí y se abalanzó llorando sobre los cadáveres acribillados de los niños. Empezó a gritarles.

—¡Asesinos! ¡Sois unos asesinos!

Solo querían que se callara, que dejara de acusarlos, que comprendiera, pero Víctor no paraba y gritaba y gritaba cada vez más fuerte. Un último disparo le voló la cabeza. Alfredo se volvió horrorizado y vio a Santiago, que acababa de matar a su amigo.

Llegó un silencio definitivo. Eran perfectamente conscientes de lo que había pasado. Todos estaban unidos por un crimen sin nombre y sin perdón posible.

Alfredo quiso llevarse la placa de Víctor para devolvérsela a su novia, pero le hicieron ver que nadie debía averiguar nada, que Víctor simplemente había caído en una emboscada. Entonces Alfredo, sin que nadie lo viera, cogió las cartas que su compañero guardaba en una bolsa de lona impermeable cerca de su pecho y las ocultó en el suyo.

Antes de que amaneciera, prendieron fuego a la cabaña y la redujeron a cenizas, junto con el cuerpo de Víctor y con toda posibilidad de alegría en sus vidas futuras.

LIV

La última cena

Marina, la doncella, se asustó, se asustó de veras cuando abrió la puerta y vio a Alfredo, a Víctor, a nadie en realidad, empapado de lluvia y desolación. La chica jamás olvidaría aquellos ojos en llamas.

—Quiero verlos —acertó apenas a decir.

—No sé, señor, no sé si es el momento.

—Déjame entrar.

Y era tal la decisión que se pintaba en su cara que la pobre chica no sabía qué hacer.

—Déjalo pasar.

Marina se volvió. Era Santiago, que había salido del salón. Una chaqueta de punto le daba un inusual aire de mansedumbre y parecía haber envejecido diez años.

—Virginia y yo nos disponíamos a cenar. ¿Quieres acompañarnos?

Y miró a los ojos a su viejo camarada. Ya se acabaron las mentiras. Ya no podía mantenerse el engaño, aunque el precio fuera desorbitado. Pero, al fin y al cabo, ¿qué más podrían sufrir? El invitado asintió y Marina lo ayudó a despojarse de la gabardina mojada y se ocupó de colgarla en un lugar seco.

Entró en el comedor, la mesa larga de tantas y tantas cenas y comidas en silencio, la luz cálida sobre el mantel impoluto y sin pecado. Virginia palideció al verlo, pero no hizo nada por evitarlo. Alfredo se sentó en una silla entre los dos extremos de la mesa, Virginia a un lado, Santiago al otro. El mismo sitio que desde niña había ocupado Dolores.

Desenrolló la servilleta y la depositó sobre sus rodillas mientras Marina le servía en el plato un consomé denso, ligeramente perfumado. Santiago inclinó una botella sobre su copa.

—¿Quieres vino?

Alfredo asintió, lo iba a necesitar. En el silencio se seguía oyendo la lluvia tras los cristales, solo interrumpida por el sonido del cucharón de sopa con el que Marina iba llenando los platos hondos de sus señores.

Un par de cucharadas le hicieron mucho bien, como si recuperara el alma. Marina se retiró y siguieron sin hablarse. No había prisa para decirse lo que tenían que decirse. El prisionero 756 dejó vagar su mirada por las fotos de familia exhibidas en los portarretratos del salón, de plata resplandeciente. Dolores Rivera niña, Dolores Rivera jovencita, Dolores Rivera mártir definitivamente intocada por el tiempo.

Alfredo probó un buen trago de aquel vino, que era excelente y al descender por su cuerpo lo llenó de calor y coraje. Luego se secó los labios con la servilleta y la volvió a dejar sobre sus rodillas con un movimiento calmo, sacerdotal.

—He estado hablando con Justino. Me ha contado muchas cosas.

Alfredo miró con el rabillo del ojo a Santiago, que también se secaba los labios y se servía otra copa de vino. A Alfredo le admiró cómo podía mantener la calma en ese momento.

Alfredo llenó también la copa de Virginia, que no entendía de qué estaban hablando, aunque a esas alturas sabía que cuanto se iba a decir durante esa cena arrasaría con lo poco que les quedaba de paz.

—Yo no soy Víctor Cano. Yo nunca fui tu novio, Virginia, yo nunca te tuve entre mis brazos. Llevaba días preguntándome, ¿por qué?, ¿por qué me han hecho creer esto? Y ahora lo sé. Es curioso, tengo la sensación de que eres la única que no conoce los verdaderos motivos.

Santiago respiró hondo y miró hacia arriba. No hizo nada, estaba inerme, como quien espera el golpe del hacha del verdugo.

—Mi nombre real es Alfredo, un nombre que ni siquiera me gusta. No conozco mi apellido, ni mi edad. Justino lo ha olvidado.

Le hizo un gesto a Santiago, impidiéndole hablar.

—Mejor así, prefiero no saberlo. —Luego siguió hablando a Virginia—: Yo hice la campaña de Rusia con tu marido y con un tal Víctor.

Alfredo se dio cuenta de que Virginia iba a echar mano de un bote de tranquilizantes que tenía sobre la mesa.

—No hace falta. Hace poco me pediste que no te condenara. No lo voy a hacer. Desde que sé quién soy no os puedo juzgar.

Qué extraño, en ese instante en que iba a revelar esa clase de secretos que solo se le revelan al confesor en el lecho de muerte, se sentía más unido que nunca a los dos canallas con los que se sentaba a la mesa a compartir el vino y los alimentos. Al fin y al cabo, él era uno más. Alfredo prosiguió.

—Víctor era el muchacho al que le escribiste aquellas cartas. Era un buen hombre; debió serlo, porque en aquellas cartas que le escribías había algo dulce, algo amable y limpio. No sé qué te ha hecho la vida, pero ya no eres aquella chica.

Alfredo bebió de nuevo de su copa. Santiago miraba fijamente el centro de mesa, con unas rosas.

—Víctor nos enseñaba tus cartas y tus fotos. Todos estábamos enamorados de ti. Todos envidiábamos a Víctor, el más joven de nosotros, el más noble, el más afortunado. Un día Santiago, Víctor y yo, acompañados de ese Justino, pasamos la noche en una granja rusa. Algo se torció, hubo un malentendido y todos nos asustamos y nos pusimos violentos. Matamos al matrimonio y a sus hijos. A sus hijos, Virginia.

Alfredo señaló a Santiago.

—Él y yo.

Se podía escuchar la respiración premiosa de cada uno de los tres.

—Santiago, además, mató a Víctor.

Santiago no intentó negarlo. De hecho, cuando Virginia lo miró de una manera que hubiera hecho agachar la cabeza a un verdugo, Santiago le sostuvo la mirada. Como si tras la revelación se sintiera libre por primera vez en muchos años.

— No sé si los nervios le jugaron una mala pasada o si ya tenía previsto lo que iba a hacer.

Santiago no decía nada. Alfredo se volvió hacia su excompañero de armas: le estaba dando una oportunidad de justificarse, pero este seguía mirando fijamente a Virginia. Era como el silencio que precede a una prueba nuclear.

Un sonido argentino lo rompió. Virginia había hecho sonar la campanita sobre la mesa. A los pocos segundos apareció Marina y retiró los platos de sopa apenas tocados. Luego sirvió un asado con zanahorias. La doncella miraba de soslayo, asustada, las expresiones de todos. La situación era absurda como un sueño mal construido, pero todos agradecieron la interrupción. Cuando se retiró de nuevo, Alfredo se dirigió a Virginia.

—Yo me quedé con tus cartas, pensaba entregártelas algún día. Semanas después me hirieron en Krasni Bor. Santiago me abandonó malherido, así habría un testigo menos. Luego te buscó al llegar a España. Quería ayudarte y quería tenerte. Imagino que no sabías todo esto.

Virginia negó con la cabeza mientras troceaba nerviosamente su porción de asado, pero sin probar bocado. Alfredo se sintió aliviado y no entendía por qué.

—Cuando perdí la memoria, armé con esas cartas una historia que me permitió tener recuerdos. He estado más de veinte años enamorado de una mujer a la que ni siquiera conocía. Lo que aún no sé es cuándo te enteraste tú de eso.

La voz de Virginia era muy diferente a la de la mujer con la que se había encontrado en aquella habitación de hotel. Débil, sin énfasis, sin vida, la voz de un cuerpo embalsamado con Seconal. No parecía salir del interior de ella.

—Os oí hablar por teléfono, no entendía por qué te llamaba Víctor. Me explicó lo de las cartas y cómo había decidido no sacarte de tu error —respondió Virginia sin dejar de mirar a Santiago.

Alfredo se quedó momentáneamente desconcertado.

—¿No escribiste tú el telegrama para que buscara a Dolores?

—El telegrama lo mandé yo —interrumpió Santiago—, firmé como Virginia porque así no podrías negarte.

Alfredo asintió. Luego miró de nuevo a Virginia, que parecía no estar del todo con ellos.

—Pero el segundo sí lo mandaste tú, ¿verdad?

Ahora fue Santiago el que se quedó sorprendido. Alfredo lo calmó con un gesto.

—También viste la oportunidad de manejarme. Tenías que estar muy desesperada para recurrir a eso.

Virginia sintió que el cuerpo la traicionaba y se aflojaba por dentro. Pidió disculpas apenas audibles antes de huir al baño con una urgencia que no admitía explicación.

Alfredo y Santiago se quedaron a solas bajo el retrato de la mujer mitológica, distante, de la diosa altanera que presidía el salón.

Ambos se miraron en un momento de extraña intimidad.

—¿Cómo era yo, Santiago?

—Hace tanto tiempo que apenas me acuerdo.

Alfredo asintió con tristeza.

—Pensaba que era yo quien quería de verdad a Virginia, pero tú has matado por ella.

Santiago se limitó a llenar ambas copas. No tenía sentido, pero era como si por un instante recobraran la camaradería que alguna vez los unió. Alfredo bebía con cautela, no quería emborracharse.

—Y además has querido a la Virginia real, la que te ha sido infiel.

Santiago se bebió media copa de una sentada.

—Tú sabías que Virginia era la amante de tu amigo Nicolás, ¿verdad? ¿Cuántos negocios habéis hecho juntos?

Santiago golpeó la mesa con la mano.

—¡No fue por eso! Hubiera soportado cualquier cosa por ella.

A esas alturas Alfredo sabía que su amigo no mentía. Le apretó la mano.

—Lo creo. También sé que has cuidado de mí todos estos años.

En ese momento Virginia regresó al salón. Se había perfumado de nuevo, pero el perfume lo hacía todo más humillante.

—Te estábamos esperando, Virginia. Iba a contar a tu marido el motivo de esta visita.

Virginia se sentó. Cogió el frasco de pastillas y se tomó dos, acompañadas de un buen trago de vino. Alfredo le hubiera dicho muchas cosas: que Santiago había llegado a conocerla y sabía que no era buena; que era el trofeo que merecía un hombre que se había manchado las manos como él, pero haber dejado de quererla hubiera sido como enfrentarse al crimen sobre el que había construido su vida; que su marido creía que su hija sería otra cosa, que Lola estaría libre de los pecados y la culpa de sus padres; que por eso soportó que le fuera infiel con Nicolás y por eso, cuando a través de él y de Estela supo que Dolores la había desbancado en el papel de amante, se lo ocultó e intentó que las sospechas de la policía fueran hacia Toni; que Santiago quería protegerla, quería que no enloqueciera de rabia y desesperación, que no se sintiera vieja.

Todo eso le hubiera dicho, pero Virginia tenía otros planes.

—No quiero que este hombre siga jugando con nosotros. Te lo diré yo. Santiago, mírame.

Santiago no se atrevía a mirar porque temía lo que iba a escuchar de sus labios.

—Yo maté a nuestra hija.

Santiago no levantó los ojos. Solo tuvo como una sacudida, tras la cual quedó sentado en su silla, inmóvil.

—¿Por qué? —musitó apenas.

Virginia era incapaz de explicarse. Las lágrimas corrían por su cara, el maquillaje se le deshacía.

—Dolores estaba embarazada. El doctor Aliaga me lo dijo. Estaba muy confundida y me llamó. Yo pensaba que el padre sería ese delincuente.

—Un hombre mucho más digno que todos los que estamos aquí sentados. —Alfredo no pudo contenerse. Virginia ni lo miró.

—Yo quería evitar un escándalo y me fui con ella a la casa en Aranjuez. Y entonces me confesó que el padre era Nicolás…, me volví loca.

Ya no podía seguir. Virginia se mordió el labio hasta hacerse daño. En el silencio, además de las lágrimas de Virginia, se podían escuchar las campanas de San Jerónimo el Real.

En la cocina, Marina estaba cenando a solas mientras sonaban las campanas. A esas horas solía sentirse inquieta; el pasillo que comunicaba con el comedor era largo y había una pintura en la pared que le daba miedo: una joven gitana, con una melena oscura que se derramaba sobre sus hombros, sonreía misteriosamente, sus ojos siempre la miraban. A la pequeña Lola le inspiraba horror y apretaba el paso cada vez que pasaba junto a ella. Marina sabía que esa noche ocurría algo en aquel salón. Pasó un rato en que no se escuchaba ni siquiera el sonido de sus voces, como si hablaran en susurros. De repente se sucedieron algo así como dos detonaciones de cristal. Primero el sonido de una copa rota y luego lo que parecía el derrumbamiento de una vajilla hecha añicos. Entonces, como una rúbrica, una risa desafinada de mujer, tan fuera de lugar que sonó espeluznante.

—¿Qué sabréis? ¿Qué sabréis vosotros? —gritó Virginia.

Marina no tuvo el valor de moverse.

En el comedor, Virginia se había levantado y sus ojos brillaban. Por un instante, había recuperado su antigua belleza. Las lunas de la vitrina al lado de la gran mesa estaban hechas añicos, junto a parte de la vajilla que allí se exhibía. En el suelo había cristales rotos y un candelabro grande y pesado. Sobre el retrato al óleo, un reguero de vino espeso y rojo corría por su cara.

—¡Toda mi vida imaginando por las noches que Víctor me tocaba! Y lo que tenía a mi lado era un hombre que gimoteaba en sueños. Lo sabía, sabía que algo ocurrió en Rusia y me lo ocultabas.

Pensaba que dormía con un cobarde o con algo peor. Luego vino Dolores y yo quería quererla, pero era tan parecida a ti…

Alfredo se preguntaba cuánto sería capaz de resistir Santiago.

—La malcriaste, era una niña arrogante y consentida. Me despreciabais, los dos, porque no era de vuestra clase. Y la veía crecer y ser más bella y triunfar mientras yo me consumía. ¡Yo no era vieja todavía!

A Alfredo le pareció asombroso aquel arrebato de vanidad.

—La detestaba, detestaba su manera de hablar, detestaba sus crueldades gratuitas, detestaba que fuera una zorra. Los dos me dabais asco, Santiago.

Santiago era incapaz de hablar. Había quedado desmadejado sobre la silla, como una marioneta abandonada por su titiritero. Alfredo pensó que ya había habido bastante. Dobló su servilleta, la dejó sobre la mesa y se levantó.

—No se lo voy a contar a la policía. Puede ser que no acaben averiguando la verdad, no lo sé. Sea como sea, los tres tendremos que vivir con esto. Los tres.

Antes de salir del comedor miró hacia atrás y vio a Santiago acercarse a la silla de Virginia pisando los cristales rotos. Se inclinó sobre ella, que lloraba sin consuelo alguno. Santiago cogió su cara con ambas manos y la beso en los labios. Luego se arrodilló y enterró su rostro en el regazo de ella. No quiso ver más. Salió al vestíbulo.

Marina acudió solícita a ponerle la gabardina. Esta vez sí que lo miró a la cara, esperando algo, alguna señal sobre lo que acababa de ocurrir en el comedor y que ella, oscuramente, sospechaba que haría de esa casa un lugar inhabitable.

LV

Oración, despedida y cierre

Cuando llamaron al timbre de su casa y Alfredo abrió la puerta, casi se alegró de ver de nuevo el rostro solemne de Marco Aurelio. Como siempre, no hacían falta palabras; Alfredo se limitó a seguirlo hasta el coche.

Marco Aurelio lo condujo hasta Usera, a uno de los pisos en construcción en los límites del barrio, donde había conocido al Dudi, el hermano de Toni. El logotipo de la punta de lanza los recibió.

Alfredo subió las escaleras hasta la planta séptima, donde Nicolás lo esperaba. Ya se habían marchado todos los albañiles, no había nadie que pudiera verlos, tan solo Marco Aurelio, en un discreto segundo plano, y un pobre hombre abajo que vigilaba de noche las obras.

Nicolás estaba contemplando las vistas desde la altura. No se volvió cuando oyó sus pasos.

—¿Quiere acercarse a ver esto, Víctor?

Alfredo le obedeció. No le importaba por qué le habría convocado a esas horas, todo le daba ya igual. No tenía miedo.

—¿No lo encuentra hermoso? —inquirió un Nicolás extrañamente ensimismado.

Y tenía razón. Había cierta poesía en aquella fealdad organizada, en esas estructuras de ferralla y hormigón, separadas entre sí por calles embarradas aún sin urbanizar. La ciudad se expandía lentamente, como un liquen.

—No negaré haber hecho dinero con esto, señor Cano, ni siquiera le voy a ocultar a usted que he empleado malas artes en mi negocio.

Y se volvió a la desnudez de la planta todavía sin terminar, con un par de muros levantados, olorosa a cemento fresco y a óxido. Tan solo los pilares y el cielo de la tarde de Madrid y un aire frío que los traspasaba.

—Pero también veo esta obra e imagino lo que ocurrirá dentro de unos años. Parejas de jóvenes vendrán a vivir aquí, se aparearán, tendrán hijos, tenderán su ropa en los patios, guisarán su comida, envejecerán… Ahora parece una ruina muerta, pero habrá vida aquí y yo construyo el decorado para esas vidas. ¿Le parezco un sentimental?

—La verdad es que a estas alturas no sé qué pensar de usted.

Nicolás sonrió.

—Todo lo ocurrido en estos días ha sido demasiado. ¿Sabe que Virginia se ha intentado suicidar?

Alfredo no lo sabía, pero podía imaginar que en lo sucesivo los Rivera iban a vivir en uno de los peores círculos del infierno.

—El escándalo se ha desbordado. Aún no se sabe nada, pero la gente habla. De ella y de mí.

—¿Le dijo Virginia lo que había hecho con su hija?

Nicolás se volvió hacia Alfredo.

—¿No se preguntó nunca quién la ayudó a enterrar el cadáver? —le respondió con cierta sorna.

Una vez más lo sorprendió. No, no lo había pensado. Pero guardó silencio. Imaginó aquella noche: Nicolás despertado por una llamada, al otro lado la voz inconexa de Virginia ahogándose en sus propias lágrimas, su miedo, su culpa sin medida. Luego la larga carretera hasta Aranjuez, las horas empleadas en envolver el cuerpo mortal de Dolores Rivera, en limpiar la sangre del suelo, en rastrear obsesivamente en busca de alguna señal que pudiera delatarla. Qué temple hay que tener para mantener la calma, para ser fiel a pesar de todo a su vieja amante, decidir dónde la enterrarían, introducir el leve cuerpo en el maletero, recorrer casi sesenta kilómetros en la oscuridad, cavar un hoyo apresuradamente, asestar unas puñaladas en el cuello al cadáver antes de darle sepultura, para aparentar sabe Dios qué explicación que en aquel momento les parecería que la podría exculpar.

—No tuvo que ser fácil —dijo Alfredo, imaginando el espanto de aquella noche.

—Le aseguro que no lo fue.

Una ráfaga de viento atravesó la estructura sin muros y dispersó todos aquellos recuerdos, pero Víctor todavía necesitaba saber algo.

—¿Por qué Virginia se la llevó a la casa de campo?

—No, no lo había premeditado. Se le ocurrió a Lola, pensó que sería buena idea llamar a Virginia, siempre había echado de menos a una madre que la quisiera como quieren las madres. Allí estaba lejos de mí y se sinceró y le contó todo lo nuestro.

—Un poco ingenua para ser Dolores, ¿no?

—Quizá una forma de herir a su madre. No lo sé. Virginia perdió los nervios. Una reacción que ni Dolores ni Santiago se hubieran permitido jamás, pero Virginia no pertenece a su clase y puede comportarse como en un melodrama barato.

En ese momento, una sirena lejana anunció el final de un turno en una de las fábricas donde los jóvenes se dejaban la salud.

—A usted solo podrán acusarlo de encubrimiento.

Nicolás hizo un gesto de desdén.

—Eso no me quita el sueño, el daño ya está hecho. Este

escándalo es demasiado para ellos. La gente comienza a darme la espalda. ¿Sabe que perdí el juicio del otro día? No sé si tengo ganas de apelar, no quiero tirar el dinero.

Una bandada de estorninos se coló en la planta hasta encontrar la salida.

—Mi tiempo ha pasado. Todo decae, Víctor. El régimen también caerá, aunque todavía hay un montón de imbéciles que lo creen eterno. No lo es, nada lo es. Yo no pienso quedarme a verlo en primera fila. Estoy pensando en retirarme.

—¿Podría vivir sin nada que hacer, sin poder?

—Oh, perfectamente. Me atrae la idea de comprar una casona en algún pueblo de Castilla y envejecer allí con dignidad. Otras veces me seduce regresar a África, allí me sería más fácil dar rienda suelta a mi naturaleza.

—No creo que me haya citado aquí para contarme eso.

—No hay otra persona en el mundo con la que pudiera hablar de esto. En otro tiempo, me hubiera encargado de quitarle de en medio. ¿Será que me hago mayor, Víctor?

Alfredo miró hacia atrás. Marco Aurelio contemplaba sereno la puesta de sol.

—Víctor no es mi nombre.

El difunto novio de Virginia le dio el nombre, Lucía le dio su apellido. Ese era Víctor Cano, una criatura mitológica fruto de la unión de dos jóvenes muertos. Nicolás le miró a los ojos.

—¿Y usted cree que yo me llamo Nicolás?

Alfredo sonrió y se dispuso a marcharse.

—Buena suerte —le deseó Nicolás.

Alfredo se dirigió hacia las escaleras, dejando a Nicolás Gamboa-Ackerman con las manos a la espalda.

—¿Cómo está su amiga Estela?

Alfredo se giró antes de empezar a bajar.

—Hace días que no la veo.

—Antes de que todo esto estallara hablé con un amigo en televisión. Van a hacer una telenovela sobre *Las ilusiones perdidas* de Balzac. Hay un personaje secundario, Coralie se llama, una aspirante a triunfar en las tablas. He pensado que sería una bonita ironía del destino que Estela lo interpretara.

Alfredo se quedó sorprendido.

—¿Por qué lo ha hecho?

—Estela necesita un padrino y, como puede imaginarse, soy un gran partidario del nepotismo.

Alfredo asintió e inició el descenso de las escaleras siguiendo a Marco Aurelio, del que solo distinguía su nuca rocosa y oscura. Por mucho que lo intentara, a Alfredo le costaba imaginar entre aquellos palés con saneamientos y montones de ladrillos y sacos de cemento esa especie de creación del mundo que Nicolás vislumbraba en su fantasía. Él solo veía las ruinas del inminente final de una época. Marco Aurelio rompió el silencio.

—¿Sabe que ahora parece un recién nacido?

Alfredo no supo qué responder. Con aquel hombre nunca sabía qué responder.

Salieron de la obra. En el aire, el olor acre de una fogata donde el guarda, un mutilado de guerra, se calentaba. Atravesaron un descampado hasta llegar al coche.

Antes de subirse en él, se volvió y vio por última vez a Nemo. Lejano y solo en la cima de su imperio a medio construir. Este le mandó un saludo con la mano, que Alfredo le devolvió.

LVI

Una verbena en el cielo

Habían encendido las guirnaldas de bombillas, tras las ventanas había caído la noche y se veían las parras del exterior. Los acordes de *Lady Pepa* de los Pekenikes, que salían de la resplandeciente gramola, daban a aquel ventorrillo un aire plácido de sueño. Como un sábado perfecto que nunca se acabara. El Jarama discurría lento más abajo, entre los sauces y los álamos. Allí dentro se estaba bien, había varias estufas de butano y el día había sido radiante.

No había muchos invitados. Sus padres habían venido del pueblo y algunos Ojos Negros, amigos de Toni, hacían lo que podían para parecer gente razonable y no deslucir el día grande de su amigo. Vinieron pocos de la banda; los otros, ahora que él estaba físicamente disminuido y que había vuelto a trabajar, consideraban que se había rendido. Y era cierto: Toni ya no era el mismo. En todo caso, los Ojos Negros cumplieron a la perfección. Bien peinados, con sus mejores chupas y las botas lustradas, animaron bastante el cotarro. Los otros invitados eran actrices y actores del mundo de Estela, ninguno por supuesto de los que trabajaban con ella en televisión, que jamás se hubieran dignado. Eran los que conocía de años de presentarse a pruebas y hacer papeles insignificantes en el teatro; eran, como ella, veteranos en derrotas que no habían perdido la esperanza. De algún modo empastaban muy bien con el colorido chillón de los Ojos Negros y sus blusas rojas. El Dudi con su novia y Visitación, la hermana de Toni, con toda la prole, también se endomingaron para la ocasión. Hacía tiempo que la comida había terminado y ellos mismos habían apartado las mesas para bailar más a sus anchas y que los chiquillos corretearan, pasándoselo en grande.

Olía a tabaco rubio y a cerveza derramada. Alfredo había bebido con ganas, con alegría, y se había deshecho en brindis. Se había sentado un momento a descansar y evocó la boda, en una iglesia brutalista de Chamberí. Había sido una ceremonia austera, como correspondía a un enlace apresurado, ligeramente vergonzoso. A Alfredo le pareció que la fría sequedad de los bloques de hormigón y acero corten no hacía sino resaltar el candor de los novios, que se habían puesto muy guapos.

Estela había sacado a bailar a su padre. Le divertía ver cómo ella intentaba guiar sus movimientos. Alfredo no podía dejar de estudiar los rasgos ya cansados de aquel hombre a punto de entrar en la ancianidad. En aquel momento, todos sus pesares —la muerte próxima de su esposa, la tristeza de que su hija acabara casada con un tarambana ciego de un ojo— se evaporaban, como si una luz saliera de los ojos de Estela y le diera vida. Alfredo pensó en cuántas veces no sentiría Santiago algo semejante al ver a su hija.

No lo odiaba, su inmenso pecado lo había pagado con creces. Él, Alfredo, también había pagado con creces el suyo. Pensó que le costaría vivir tras la revelación de lo que ocurrió en aquella granja, pero sentía que al haber hecho lo que debía, al haber conseguido que por una vez los malvados no se salieran con la suya, merecía alguna forma de perdón. Y de paz. Y ahora experimentaba esa paz. Era como si esa oscuridad que siempre había anidado en las habitaciones más escondidas de su mente hubiera desaparecido. No pensaba, no le daba vueltas a las cosas; aceptaba, percibía los olores a perfume y a fritanga, se dejaba llevar por el estruendo de la música. Sentía.

Margarita, la madre de Estela, miraba a su hija bailar. Sonreía, pero estaba pálida y demacrada. Pobre Margarita, que ni siquiera sabía que iba a morir. Su mirada se cruzó con la de Toni, que también la había visto sola en una esquina. El novio se levantó, le pidió a un amigo unas monedas y corrió a la gramola. Empezó a sonar una versión de Machín de *Yo te diré,* y Toni cogió de la mano a Margarita para que bailara con Servando. Los dos, con una timidez de viejos monarcas, empezaron a bailar a la manera usada en sus tiempos.

> *Yo te diré*
> *por qué mi canción*
> *te llama sin cesar.*
> *Me falta tu risa,*
> *me faltan tus besos,*
> *me falta tu despertar.*
> *Yo te diré*
> *por qué en mi canción*
> *se siente sin cesar*
> *mi sangre latiendo, mi vida pidiendo*
> *que tú no te alejes más.*

Toni se sentó al lado de Alfredo.

—A mi madre le encantaba esta canción, pero la que salía en la película.

—Me parece una canción tristísima, Toni, pero me gusta. ¿Cómo estás?, ¿contento?

—Creo que soy un tío con suerte, Víctor.

—Yo creo que sí. ¿Bien en el trabajo?

—Sí, doña Aurora me ha recibido con los brazos abiertos.

—¿Y la casa?

—Es pequeñita, pero Chamberí es otra cosa, ¿sabes? Y Estela siempre está comprando cosas para que sea bonita.

—Sí, tiene gusto.

Y así sabrás
por qué en mi canción
te llamo sin cesar.
Me faltan tus besos,
me falta tu risa,
me falta tu despertar.

En ese instante de silencio en el que ambos escuchaban la canción, Alfredo notaba la inquietud de Toni.

—Ahora va a estar rodeada de gente interesante —le confesó a Alfredo.

—Ella piensa que eres tú el interesante.

—Ya sabes lo que quiero decir.

—¿Tú has visto cómo te miraba hoy?

—Bueno, sí…

—Pues ya está. Cuídala, sé un hombre, no un cabronazo. ¿Vale?

Toni asintió.

—De todos modos, toda esa gente del teatro no tiene ni media hostia —concluyó el novio para zanjar el asunto.

Ambos rieron.

—Oye, Víctor, saca a bailar a la novia, joder.

—No, no, bailo muy mal.

Toni lo cogió por las muñecas y tiró de él. Qué fuerza tenía en sus manos aquel muchacho. Lo arrastró atravesando la pista de baile hasta llegar a Estela, que miraba a sus padres bailar con las cabezas juntas.

—Lo he tenido que traer a la fuerza, no quería bailar contigo.

Estela se rio.

—Eres tan tímido, Víctor.

Alguien puso *La casa del sol naciente*, que cantaban los Lone Star.

Hay una casa en New Orleans, que es donde nace el sol.
Y es allí donde yo mi vida destruí, pido perdón a Dios.

Estela cogió de la mano a Alfredo y lo llevó a la improvisada pista de baile. Alfredo sintió las manos de la joven sobre sus hombros mientras, azorado, él ponía las suyas sobre su cintura. Toni no se fijaba en ellos, riendo y bebiendo quintos con sus amigos. Alfredo sintió cómo Estela deslizaba, solo una vez, los dedos por su nuca. Aquel gesto en que nadie pudo fijarse era como un reconocimiento.

Mi padre era un jugador, y beber fue su perdición.
Yo no supe nunca qué es el amor, solo pena y dolor.

Ella le susurró al oído.

—Gracias por haber venido. Pensé que me guardarías rencor.

—Las personas sin memoria somos incapaces de guardar rencor. Espero que todo vaya bien entre vosotros. Me gustó veros en la iglesia.

—¿Crees que he hecho una locura?

Alfredo negó con la cabeza.

—¿Qué tal salió, lo de la tele?

—Al final fueron cuatro sesiones y estuve muy bien.

—No lo dudaba.

—Estoy acostumbrada a que me ninguneen, pero esta vez estaban encantados. Lo sé. Vi en sus caras respeto, ¿sabes?, admiración, no esos ojos de «me gustaría acostarme contigo».

—Pero estás preñada, Estela, ¿ahora qué?

—Si no me volvieran a llamar más, con eso estaría contenta. Pero sé que me llamarán.

—¿Cómo lo llevará Toni?

—Intentaré serle fiel, Víctor. ¿No me crees capaz?

—Cada uno es como es.

—El bebé no es suyo.

Alfredo la miró, asombrado. Estela bajó un brazo y le apretó la mano.

—Tú eres el padre, Víctor.

Alfredo también le cogió la mano unos segundos.

—¿Estás segura?

—Nosotras siempre estamos seguras. Me hace ilusión que tú seas el padre.

Alfredo se quedó mirando al vacío con una sensación de cumplimiento, de que de repente todo tenía sentido.

—Ahora tienes que cuidarte. Y dejar de fumar. Y no beber tanto. —Alfredo no podía evitar darle consejos. Él. Y a esas alturas.

—Víctor, él no debe saberlo. Nunca.

Giraron sus cabezas. Toni bailaba medio en broma con una de las actrices amigas de Estela.

—No, claro que no.

—Tú entiendes por qué lo quiero, ¿verdad?

Alfredo asintió.

—Es fuerte, es leal, un hombre al que te puedes aferrar cuando todo se tuerza. Tú viste eso, Víctor, y sin saberlo lo trajiste hacia mí. Yo sé que no es bueno del todo, pero yo tampoco. Ni tú.

Estela lo miró en ese momento. Y era como si pudiera leer todo cuanto él ahora sabía.

—Nuestra hija sí lo será. Porque me gustaría que fuera una hija, ¿no te parece?

—Sí, una niña como tú.

—Pero menos puta —rio Estela.

Cuando acabó la canción y Alfredo se desprendió de los brazos de Estela, sintió como si estuviera flotando a unos pocos centímetros del suelo. Después de todo, algo de él iba a permanecer. Las bombillas de colores provocaron extraños efectos de sinestesia en su cerebro. Tuvo que sentarse, quizá había bebido demasiado.

Vio a Estela correr hacia Toni y agarrarlo de la cintura para bailar muy pegada a él mientras Bruno Lomas cantaba *Como ayer*. Vio también a Servando, al bueno de Servando, con su corpachón y su traje que le reventaba un poco las costuras, también derrotado. Cogía de la mano a Margarita, a la que empezaba a vencerle el sueño.

Yo te prometo cambiar desde hoy
y darte entera mi vida y mi amor.
Deja rencores,
olvida viejos temores,
volvamos a ser felices como ayer.

Alfredo miraba bailar a los novios. Sus cuerpos parecían hechos el uno para el otro, se movían con una gracia ligera y despreocupada, reían asombrados de su estado, improvisaban, rompían con la rigidez pautada del baile e inventaban sobre la marcha nuevos movimientos que clavaban sin esfuerzo.

Eran todavía muy jóvenes, todo lo malo estaba olvidado. Había sido un largo camino el que los había llevado hasta allí. ¿Cuánto duraría aquello? ¿Podrían la mezquindad, la rutina, el engaño, la decepción estropear aquel sueño?

A Alfredo no le importaba. En aquel momento, en el aquí y ahora, nada ni nadie podía enturbiar aquella alegría diáfana.

Vuelve a quererme otra vez como ayer,
vuelve a llorar de emoción como ayer.
Mírame, bésame igual como ayer
y podremos juntos vivir
confiando en el porvenir,
como ayer.

A su lado, Servando miraba a su hija en brazos de aquel hombre. Alfredo le dio una palmada en el hombro.

—Todo está bien, Servando, todo está bien.

LVII

Bien está lo que bien acaba

Cuando Alfredo se marcha todavía quedan invitados y la fiesta parece ir a más. A través de las ventanas escucha las risas y la música, como una fiesta en la que nunca se apagarán las luces.

Se sube las solapas del abrigo, hace frío. Le llega el rumor del viento susurrando entre los sauces y los álamos negros y más allá cree distinguir, como una lenta nota de órgano, muy grave, el curso del Jarama, que le parece en ese momento no menos majestuoso que el Nilo. Se ríe, lleva percibiendo un rato cosas extrañas y la idea de que el río fluye hacia atrás ya no le sorprende a esas alturas.

Está un poco desconcertado, imagina que ha sido cosa del alcohol. Las voces que le llaman le parecen lejanas.

—Eh, Víctor, no puedes quedarte ahí.

Se espabila un poco, le llaman para subir a un coche. Y es verdad, no puede quedarse ahí: dentro de la fiesta todo era acogedor, pero esa intemperie le parece peligrosa. Desde la distancia a la que está no ve bien las caras de sus compañeros de viaje. Se apresura hasta el coche donde ya están todos instalados. Ocupa su puesto en el asiento junto al conductor. La carretera de vuelta está a oscuras. Solo ve los troncos pintados de blanco de los plátanos del paseo, iluminados por los faros del coche. Atraviesan un pueblo con tenues farolas anaranjadas y un anuncio de Sandeman. En el coche se cuelan olores de acequia y de abonos. Sus acompañantes no hablan, es como si no hubiera nadie viajando con él, pero el silencio no lo incomoda, le resulta acogedor y lo agradece. Un suave sopor le hace entrecerrar los ojos.

No sabe cuánto tiempo ha pasado en ese estado, pero todavía está aturdido cuando el coche lo deja ante la fachada del zigurat. Está extraño esa noche, ninguna ventana encendida, como si las nubes negras que cubren la luna hubieran robado también la luz del que ha sido su hogar durante tantos años.

Entra en el vestíbulo y siente que sus pasos resuenan como en un templo vacío. Y ahí está Julián, tras el mostrador. Lo mira a los ojos y sonríe.

—Buenas noches.

—Buenas noches, Julián, buenas noches.

Y Alfredo sabe que ya no lo volverá a ver, que a sus espaldas el truhan, el mensajero, saluda con una reverencia al respetable y sale de escena y todo el vestíbulo se apaga lentamente, que la ciudad ha desaparecido y el ascensor asciende a través de un túnel vertical hecho de pura nada, borrando todo a su paso, y que cuando llega a la planta quince y empieza a caminar sobre la moqueta —no le hace falta girarse para comprobarlo—, las puertas, los apliques, el pasillo van desapareciendo a su paso, uno a uno, cumplida ya su función. Todo el edificio, sus habitaciones, sus cañerías, sus laberintos, sus kilómetros de cables eléctricos, sus muebles y cada uno de los objetos en el silencio de sus estancias se desvanecen con todo lo que él ha sido.

Y no tiene miedo, comprende lo que está pasando y se siente en paz, porque se le ha concedido una segunda oportunidad para redimirse y para restaurar el sentido. No enciende la luz del salón cuando entra en su casa —y ya nunca más todas las plantas del edificio, ni los pasillos, nunca más la casa de Estela—, porque sabe lo que está empezando a crecer en la oscuridad mientras todo se despide de él. Sabe que el reloj del salón ha empezado a andar de nuevo, escucha su tictac creando el tiempo.

Se deja caer en la cama, suspendido a cincuenta metros de altura, como en un mar cálido de oscuridad; sabe que un perro, medio mastín medio podenco, un perro bueno, mojado por la lluvia, está allí en el umbral, velándolo con un amor incondicional. Deja caer un brazo a un lado de la cama y el perro se acerca y lame su mano. Piensa en Santiago, cenando solo en el comedor de su casa, debajo del retrato de su esposa, solo hasta el fin de sus días; piensa en Virginia hundida en la cama en un sueño de plomo, lágrimas y Seconal; piensa en Marion Radiguet en su apartamento, envuelta en una manta mientras escucha a Jacques Brel, pensando en la vida que jamás hubieran podido llevar Dolores y ella, poniendo a secar flores de lavanda y haciendo conservas en una casita en Polignac, y también en Marina, saliendo para siempre de una casa ya maldita, y también en el doctor Aliaga, cuya ciencia y vanidad nada pueden hacer para detener su vejez, y tiene un último pensamiento para ese pequeño corazón que late en las entrañas de Estela. Piensa en ellos dos, en Estela y en Toni, les desea toda la felicidad que él nunca tuvo, pero no hay dolor en ello, porque ahora todo está cumplido, y entonces —y no hay palabras para expresar la dicha, el asombro y la gratitud que siente en este momento— empiezan a caer lentamente sobre él los recuerdos. Primero la voz de su madre, el aroma del café en la cocina, la luna como la vio por primera vez, el perfume de las flores nocturnas, luego las aulas de un colegio donde aprendió a leer, el miedo que sentía tapado con las mantas en su cama, el misterio de la luz sobre las cosas, los crudos olores del cuerpo, una calle que a nadie le parecería hermosa, pero que era la calle donde creció, el salitre en su piel, el vértigo de volar cuesta abajo en bicicleta, un vasito de agua con medicinas en la mesita de noche, el canto de las chicharras en verano, el rostro de una muchacha a la que amó, el primer cuerpo de mujer que besó… Todos los recuerdos son convocados ahora y todos le son devueltos. La alegría, la lluvia y el dolor, todos están invitados y son bienvenidos. Y ahora los tiene para él, para siempre, libre de la tiranía del tiempo.

Ya está listo para abrir de nuevo los ojos y ver los copos de nieve cayendo sobre él desde las estrellas y dejarse arrullar por el rumor de los abetos del bosque cercano. El frío comienza a congelar los miembros de los hombres muertos que lo rodean, pero ya nada puede hacerle a él.

Y Alfredo —o Víctor, ¿qué importa?— sonríe.

Septiembre, 2025